詩經 植物 筆記 2

古典文學 × 自然科學經典讀本，發現詩經裡的植物之美

韓育生　著
南穀小蓮　繪

遠流出版

詩經植物筆記2

目錄

前言　不讀《詩經》，不知萬物有靈　009

導讀　為每一個閱讀經典的孩子，提供一條參考方法的路徑　014

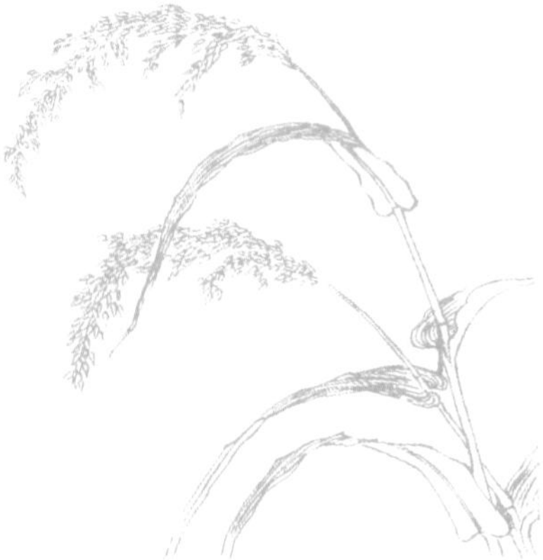

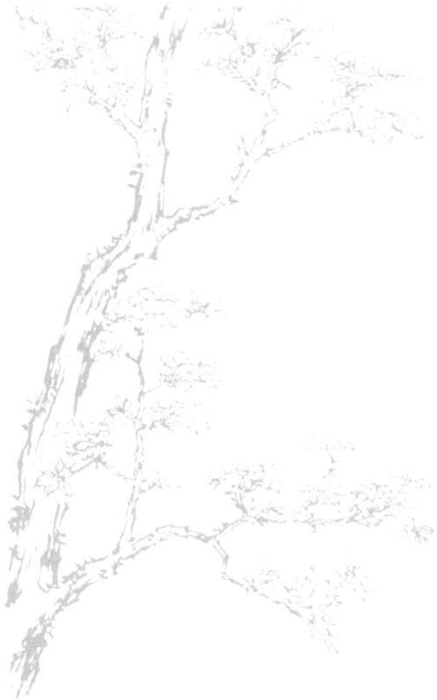

王風

020 **黍** 悲感的熔池

032 **蒲柳或香蒲** 千年韌如絲

044 **益母草** 救治婦仁

056 **葛藟葡萄** 遍布山野的野葡萄

068 **艾** 情不知所起，一往而深

080 **李** 幸福的豐收

鄭風

092 青檀 浸入神祕色澤裡
106 木槿 有女同車
118 蓮 「所見」芙蓉色，「不見」蓮子心
130 栗 情愛的果子，美味的果子
140 茜草 遠古紅色的母親
152 佩蘭、草芍藥 春水流殤花見情

齊風

狗尾草　被戲弄的荒涼　166

魏風

酸模　酸溜溜的野菠菜　180

唐風

刺榆、白榆　故鄉的託辭　194

花椒　多子多福之誤　208

稻　悲號餘音的底色　218

烏蘞莓　至情的背景　230

秦風

244 蘆葦
鏡花水月覓傑作

258 櫟樹
可以卑微，可以宏闊

陳風

270 青楊
星空下的約會

282 小巢菜或紫雲英
怪像與妖孽

檜風

296 獼猴桃 悲歌的絕唱

曹風

308 榛 落鳥承林

322 蓍草 降神術士的道具

334 參考書目 含書中簡稱與全稱對照

前言

不讀《詩經》，不知萬物有靈

朋友說：「《詩經》是中國最美的文字，是中國藝術性靈初始的童年。」說這樣的話時，她眼睛裡泛著光，臉上有一種沉湎於純真之美裡的安寧情態。她這樣說，是從文學的角度，出於對華夏文明的家園情懷吧。岡元鳳在《毛詩品物圖考》中說「夫情緣物動，物感情遷」，似乎是讀《詩經》之美，有感於萬物之盛，精靈物語在心裡跳動，遂有此語。

我最初寫《詩經裡的植物》，還遠遠談不上「物動情遷」，僅僅只是機緣巧合中對《詩經》的一種親近。

網路的一角，幾個性情相近、趣味相投的朋友聚在一起，時間久了，就成了即使不曾謀面，偶爾也會在心上記掛的朋友。大家喜歡花花草草，又都經常分享一些亂翻書得來的趣味。寫《詩經裡的植物》的點滴（修訂版改名為《詩經植物筆記》），倒更為貼近寫作的初衷），除了朋友推薦之外，另一個原因是，當時正讀著日本作家川端康成的《古都》、《伊豆的舞孃》、《雪國》……他大學時學的是西方文學，早期寫作的技法借鑑意識流派，但文學上最終獲得世界的認可，卻是在回歸日本的文化傳統後取得的。他在寫作過程中思維視野的轉向影響了我的閱讀習慣，讓我把閱讀的目光投向了中國文學的經典。

中國的現代文學，起始於白話文運動，人們的思維模式和感受世界變化的節奏，鑿穿韻文的螺殼，不管內容還是形式，都更加自由，更貼近生活的語言。經濟全球化對人們生活的影響日益深刻，寫作要呈現的不單是美學的感受、社會的思考、道德的批判，還有揭示人性深處矛盾叢生的深淵。

長久的閱讀涵養了精神的豐饒，同時也讓內心敏感好奇的種子逐漸發芽長大。離開校園，進入博雜的社會，世界的複雜又在眼前呈現出一個多層次立體的生命感受和思考視野。不管生活、工作多麼艱難，總還是囫圇吞棗不成系統地持續閱讀了西方哲學、西方藝術史和世界文學的各種經典著作，西方思辨的邏輯和東方直覺的感受系統之間，那種差異鮮明的矛盾激盪，很有一種酵母的催化與激發。疑惑困擾人越多，反倒更有一種將觸發思考和想像的衝動寫下來的動力。我能堅持寫作，並把寫作變成生命的一種自覺，其中源頭之一就在這裡。

我沒有受過嚴格的文科教育，如果採取經注的路徑閱讀《詩經》，一定會對《詩經》浩如煙海的注釋望而卻步，那樣，《詩經》之美，對我來說，也就僅僅只是虛無縹緲的空谷回音。自我無法主動介入中國詩學的田園故居，也就獲得不了中華文明對一個人在美的觸發和智性愉悅上的震動。還好，有朋友喜歡讀植物裡藏著的故事，我也正好遇到《詩經》，於是，寫作的過程，便成了一種被簇擁、共分享的過程。其間，寫作的很多思緒，都在交流、討論、聊天中形成。所以，寫作《詩經裡的植物》的過程非常愉快。常話說：「和美人相撞會受傷，與美人同行，則正好可以擁有美人。」寫《詩經裡的植物》，正好印證了這句話。讀《詩經》，感受《詩經》和植物世界相互激盪產生的性靈脈動，不是因為《詩經》之美和植物世界的神祕燦爛，僅僅只是為了點點滴滴的歡喜。這和愛一個人一樣，愛她，不是因為她多麼美，不是因為她多麼富有，不是因為她出類拔萃，不是因為她百轉千迴的氣質，僅僅只是因為：相互在一起愉悅，心靈在一起安靜，生命在一起值得。當心裡充滿這樣的喜歡，眼前的那個人，就不再是一個獨立的個體，而成了一個魅力無窮的世界。這個世界為你洞開時，它就具備了讓人追尋探索一輩子的魅力。但凡長久之愛的生成，不正是如此？

文章寫到大半，有出版社來談出版的事，當時未及多想，只是頭腦裡嗡的一響，心頭一熱，感覺有股新的泉水從生命大地上湧出。平靜地辭了工作，回到鄉下，去寫未完成的書稿。那個無聲堅定的選擇，就像一條分割線，將昨日之我和今日之我清晰地區分開來，也將兩種截然不同的人生區別了開來。

鄉下是寧靜的，頭髮花白的父母，安然陪伴小兒子，來完成這個突兀得幾乎讓他們覺得不可思議的決定。兩個兄長一定對讀理科、又在化工行業工作多年的弟弟突然做這樣的選擇感到奇怪，但他們也默默支持了我的選擇。因此，注入寫作的情感氣息是平和的。

安靜的鄉間和植物世界的聯繫更為緊密。寫得累了，會到鄉村的山脊上散步。曠野的風，讓人想起西周、春秋、戰國的風。西北天水正是古代的秦地，十五國風中的《秦風》浸養生長的土地就在這裡。枯草在風裡亂飛，艾蒿、飛蓬、薺菜、旱柳、桑苗、白楊、芍藥、郁李、桃花、古柏……這些在《詩經》裡面目或清晰或朦朧的植物，在家鄉的土地上，我和它們一起，一步步走入詩性和物性的對話。讀《詩經》時，就好像自己化成了一個細胞，由中華文明綿延律動的脈搏推動，順著一條條波瀾壯闊的血管流淌。《詩經》裡的不少詩句，在今日生活中，已經變為俗語和成語，《詩經》語言的生命力已經融入了我們的日常生活，融進了我們流淌的血液裡。這種永不枯竭的生命力，讓我們在滋養自己的文明身上，獲得了自信和自尊。這種文化自信，在閱讀西方作品時，以一面母體文化的鏡子做對照，感受尤其明顯。在西方文明的森林裡跋涉，心裡有母體文化的燈照路，就不會輕易迷失。

認識《詩經》裡的植物，能夠讓人不經意間想像中華文明曾經生成的場所：心裡的一愛一恨、容顏裡的一顰一笑、山風裡的一呼一吸、雪雨中的一飄一落，這些場景雖然相隔已有將近三千年，但伴隨我們先人的心路歷程，對詩意棲居其中的家鄉土地、山川河流，在親切的認知之外，更多了厚重、飄渺與神祕的感應。正是這樣的親切感，讓心中的愛也顯得更加真實。

《詩經裡的植物》最初只是一本連接中國古典文化、自然環境和個人心靈成長史的隨筆集，多年之後，修正為《詩經植物筆記》再版，閱讀《詩經》的歷程，在大自然深處認識植物的生趣，《詩經》本體的豐饒與《詩經》裡名物（不只是植物）的世界，就像日漸深紮的樹根對應日漸豐茂招展的枝葉，無數精彩紛呈的內容不斷充塞，閱讀《詩經》和植物研究的文本，逐漸累積成厚厚的筆記，越是深讀，越是發覺，自己原先閱讀《詩經》的視野是多麼狹窄，曾經理解《詩經》的方式是多麼淺薄。

魚游入海，生命會增加更多可能的機會。雖然啟悟有別，但閱讀經典的歷程，從未知盲童到有知之人的變化，每個人其實都是類似的。

導讀

為每一個閱讀經典的孩子，提供一條參考方法的路徑

編輯溫建斌將《詩經裡的植物》的書名修正為《詩經植物筆記》之後，原來一本單一的個人隨筆集也就一下子朝著五個不同局部共鳴的筆記體文本變化了。

筆記體是中國古代史學記錄的重要文體之一。正史因為受各種力量的平衡和鉗制，樣子周正到無趣。而人類真實的歷史，很顯然充滿了激情與神奇。像野史佐證正史的筆記體文本，以筆記、筆談、雜識、日記、箚禮等方式記錄鬼神仙怪、歷史瑣聞和考據辨正，那種不受羈絆的自由和充滿奇思妙想的活力，都給了筆記體文本更多彰顯個性的機會。

書在結構上五個部分的裂變和重組，是從宋代心學大師陸九淵的一句話演變而成。陸九淵遵從孔夫子「述而不作」的故訓，試圖將一腔心血傾訴到六經的注解中去，因此他為閱讀六經定了一個

行動的綱領：六經注我，我注六經（綱領定出之後，他自己倒沒有行動，後學猜測，陸九淵所說這個「注」字的對象，不是六經典故，而是身體力行）。這兩句話隨著心學的影響日漸深遠，逐漸變為閱讀中國經典文本一種重要的學習法。

《詩經》的文本，自漢以後豎立了牢牢的經典地位，不僅在每一個朝代承擔了道德教化的職責，「詩三百」中的每一個字，每一句話，每一首詩，自《說文解字》始，還成為中國漢語文字源頭的活水。陸九淵的「六經注我，我注六經」便很自然成為《詩經植物筆記》文本修訂的指標。受著建斌的啟發，最終的文本定為「《詩經》原文」、「雜家題解」、「『我』注《詩經》」、「植物筆記」、「《詩經》注我」五個部分。要閱讀經典，基本上經歷這五個部分的支撐，應該能夠將一個經典世界從一個人的內心支撐起來。

「《詩經》原文」映照著閱讀的起點，映照著偉大創作的源初，顯現這閱讀經典世界的根本，很多時候我極力要求自己去背誦原典，背誦這些文學、思想永恆的界碑。要有對經典原文強烈的熱愛，才能為其他幾個局部推陳出新打下堅實的基礎。

「雜家題解」穿插著各個優秀文本的考據辨正，如果說經典的原文是巨河激流的湧動，雜家題解就是巨河落澗濺起的心靈浪花中最具光彩的浪花朵朵。將這些散落的心靈浪花聚集一處的，必須是讀者自己心頭得到感觸的語言。這個「解」字，最是趣味紛呈，可以是邏輯嚴苛的推演，更可以是綜合各家又獨具個性的表達。展開這個「解」字，我常用到自由心性和直透本質的自覺觸發，也經常用到闡釋學上的種種雜家推演。在重寫《詩經植物筆記》「雜家題解」時，正是這個「解」字，給了我重新解讀《詩經》現代性的勇氣。

「『我』注《詩經》」這個局部會打開中國文學史和語言史無限拓展的細節，無數個「我」在吵吵嚷嚷中自說自話，各有辯詞，每一份辨與識裡都藏著一份生命的精進。這個局部，就像夏夜敲打萬物的雨聲，每一滴「我」都從歷史的天空中從天而降，每一份敲打都是一份來自「我」的獨一無二的注解。每個「我」都帶著令人吃驚、讓人迷醉的歷史背景和時代目的。孔夫子在教導學生的時候，在心中遵為「述而不作」的周朝初建充滿了朝氣的世界，在一個又一個朝代精英的接力中，將知識與精神的脈絡不斷梳理，不斷湧現。「『我』注《詩經》」就像熱流將文明精華的膠質熔化，讓《詩經》原典的精華，從滯重化身為輕盈，在新時空的航道裡奔湧流淌。

「植物筆記」自然是我熱愛《詩經》的那個看起來小小的部分，民俗生活的原景，飲食文化的變遷，中華中醫洞察生死的自然哲學觀，都在一草一木身上湧現，化身為人們血液和生活鏗鏘有聲的內斂平和的原點。每一種植物身上包含的大自然的奇妙，碰撞著詩的朦朧與靈魂的莊嚴，吸引著一個個時代的畫家，把自己筆頭顏色的魂魄印在《詩經》植物的吟唱裡。

「《詩經》注我」是我原先書本的隨性筆記，它不是凝固不動的冰，而是流動不息的水，是物動情牽，有感萬物的循環。期望《詩經》將來會注我於深情，會注我於東西方文化交織的宏闊。這個「注」曾經有過一個看似決定我人生方向的小小開端，這個「注」將來會化形為多元多樣的魂魄，會化身為不可預知的多條路徑。在修改這個根據自由特質的經典「注」我的局部時，很多未知的可能性又朝著我的心頭聚集過來。

閱讀經典，其實既艱難，又簡單。只有讀透經典，才是一個人的精神幼苗長成大樹的基礎。期望每個閱讀經典的孩子，在翻開經典的文本時，能夠毫不慌亂地在心裡印下這樣一條清晰的閱讀路徑，並且經由這樣一條閱讀路徑，重新發現一個比昨天更加光彩照人的自己。

王風

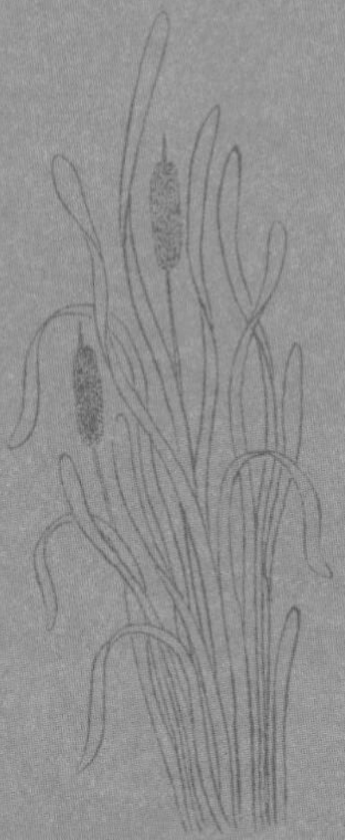

蒲柳或香蒲

千年韌如絲

黍

悲感的熔池

益母草

救治婦仁

李

幸福的豐收

艾

情不知所起，一往而深

地理位置

「王風」之王，指王城。王應麟《詩地理考》，據鄭玄《詩譜》，周武王滅殷商，建都鎬京（今西安市長安區），謂之宗周，稱為西京。周成王即位，周公攝政五年，周成王欲建都洛邑（今河南洛陽），讓召公選址建城，城建好後，周公隨周成王遷都，周室氣象方始完成，史稱成周，所建王城，也就是所謂東京，就是現在洛陽城中的一個古城。後來周成王又將洛陽劃分給殷商頑固的舊屬，周王室重新遷回鎬京。到三監之亂，周公鎮壓商朝舊部，就常駐洛邑主持朝政。西周末年，政教衰弱，周幽王被犬戎殺死，諸侯擊退北方蠻族，重新擁立周平王，周平王擔心戎狄再次侵擾，於是從鎬京遷到東都王城。王城和方圓六百里的地方，即王城及周圍的郊區，就是《王風》詩歌的發生地。自東周始，周室衰微，實力大減，再無力駕馭分封諸國，其地位實際上已與諸侯無異，因此，它的詩不能歸於「雅」，只能稱做「風」，但王號未替，故不能稱為「周」，只能述為「王」。《王風》十篇，全部為東遷後作品，詩的產生地大概在今天河南洛陽、孟州、沁陽、偃師、鞏義、溫縣一帶。

黍

悲慼的熔池

《王風・黍離》

彼黍離離，彼稷之苗。行邁靡靡，中心搖搖。
知我者，謂我心憂；不知我者，謂我何求。
悠悠蒼天，此何人哉？
彼黍離離，彼稷之穗。行邁靡靡，中心如醉。
知我者，謂我心憂；不知我者，謂我何求。
悠悠蒼天，此何人哉？
彼黍離離，彼稷之實。行邁靡靡，中心如噎。
知我者，謂我心憂；不知我者，謂我何求。
悠悠蒼天，此何人哉？

雜家題解

《黍離》可見「詩可以怨」的一個極致，後世大量詩人憑弔前朝的詩意，基調基本由《黍離》引領。這種引領，便是「王風」自悲涼中誕生的雄壯，自雄壯裡滋生的自證。中國文學詩魂一脈的傳承，總有著極好的接續。方玉潤《詩經原始》說：「後世杜甫遭天寶大亂，故其中有《無家別》、《垂老別》、《哀江頭》、《哀王孫》等篇，與此先後如出一轍。杜作人稱詩史，而此冊實開其先。」《黍離》詩言雖沒有明說對亡國的感慨與憑弔，但讀過詩，任誰人都能感受到那種故國與憂思之間解不開的死結。若說中國文化有極強的黏度，有深厚的故國之情，那種難過哀婉的慨歎（如杜甫自覺寫成的「三吏」、「三別」的史詩），那種胸臆迴盪的深情（梁啟超語，中國詩「迴盪表情法」生成的韻文世界），那種對亡國末世的憑弔（沉在每個人骨子裡「故園回望」的自覺），其中幽古起源的一個出典，便是由《黍離》而生的「黍離之悲」（又被稱為「故宮禾黍之悲」）。正有「悲情」之森，繼而才滋養了「憂憤」的高溫，「憂憤」並因守護引發重生之「怒火」，便讓《黍離》深刻的自救價值長存不息。

《毛詩序》：「黍離，閔宗周也。周大夫行役，至於宗周，過故宗廟宮室，盡為禾黍，閔周室之顛覆，彷徨不忍去，而作是詩也。」清人崔述《讀風偶識》說《王風》的歷史背景：「幽王昏暴，戎狄侵陵；平王播遷，家室飄蕩。」梁啟超敘《黍離》筆法：「是胸中有種種甜酸苦辣寫不出來的情緒，索性都不寫了，只是咬著牙齦長言詠歎一番，便覺一往情深，活現在字句上。」若用現代文論來說，《黍離》便是複調共鳴迴響的典範之詩。

《黍離》與《詩經》最重要的秉性「詩可以怨」，妥帖吻合，其歷代傳誦，詠唱而不衰，自成中國文學深沉厚重生命力長存不息的一條主脈。

《黍離》詩如此之好，卻並非天授（也就是並非最早的唯一的一首）。殷商末年，紂王的叔父胥余，因授封地為箕，稱為箕子。箕子這個人，《尚書》收有他為周武王講授治理天下的《洪範九疇》篇，《周易》卦爻中唯一提到的可靠歷史人物只有箕子，他還以黑白石子占卜觀星，推演陰陽五行，思考萬物生滅，發明了圍棋，《論語．微子》篇，孔子稱他為「殷有三仁」（指箕子、微子、比干）之一，殷商滅國後，他帶領遺老舊臣東渡膠州灣，登陸半島，取名朝鮮，建立了古朝鮮國。這個在歷史裡不顯山不露水的箕子，還被看做是影響孔子建立儒學的先驅。箕子「違衰殷之運，走之朝鮮」，周武王知道後，敬其才識與賢德，派人分封箕子為朝鮮君王，並邀請他探望故國。箕子回到周朝，踏上故土，觸景生情，作了中國現存最早的文人詩《麥秀》：麥秀漸漸兮，禾黍油油。彼狡童兮，不與我好兮。司馬遷《史記．宋世家》記之：「箕子朝周，過殷故墟，城壞生黍。箕子傷之，乃作《麥秀》之詩以歌之。」（轉引自《毛詩正義》）孔穎達《正義》及後世注家多認為，《黍離》成詩或受《麥秀》啟發，更是青出於藍，自成了千古的絕唱。

「我」注《詩經》

1\. 彼黍離離，彼稷之苗。行邁靡靡，中心搖搖。知我者，謂我心憂；不知我者，謂我何求。悠悠蒼天，此何人哉？

彼黍離離

彼，語氣助詞，所指這些，語含深情。黍，《中國植物志》名為稷，為禾本科黍屬一年生草本，詳釋見「植物筆記」。離離，離散之姿，極富動態與抒情的描述。所謂詩言所重，在物的震蕩，而不在事理的敘述。一種解釋，「離離」為莊稼排列整齊之貌；一種解釋，「離離」為黍的圓錐花序的種子疏散之狀。

稷

《本草綱目》釋，稷名穄、粢。《禮記》：「祭宗廟，稷曰明粢。」《爾雅》：「粢，稷也。」羅願《爾雅翼》：「稷、穄、粢皆一物，語音之輕重爾。」《五經異義．今孝經說》：「稷者，五穀之長，五穀眾多，不可遍敬，故立稷而祭之。」古代稷有黍、粟（穀子去殼後之稱）、高粱三種植物的論爭。現代植物學上，稷代表黍。

文化意義上，稷為五穀之總稱。詩中，前句說黍在田間的排列，後句說稷的長勢，應該指一種植物。

行邁靡靡

邁，《說文》：「遠行也。」靡靡，《毛傳》：「猶遲遲也。」指緩行之貌。

中心搖搖

倒置句式，指心中搖搖。搖搖，三家詩為愮愮。《爾雅》：「愮愮，憂無告也。」《正義》載：「楚威王曰，『寡人心搖搖然，如懸旌而無所薄』。搖搖是心憂無所附著之意。」這是高度概括的一句話，身體微微顫抖，表達出心中鬱積的憂思無人可以訴說的悲涼，這悲涼哀痛在心口一時盈滿，如河流漫過斷崖。由此憂思，正將之後幾句話所包含的千古難以訴說的憂情，如瀑布一般，一湧而出，在歷史的長河裡奔流直下。

知我者

知道我心思的人。

謂我心憂

怪怨我遲遲久留不去。

不知我者

指那些不相識的陌生人。

謂我何求

好奇問他，你要找什麼人？

悠悠蒼天

悠悠，《毛傳》：「遠意。」蒼天，據遠而視，蒼蒼然也。這是長久望天的感受。詩語為「悠悠蒼天」，俗語就是「老天爺啊」：這個難過至極的人，這個傷心人，這個悲苦的人，這個時候不知道該怎麼表達自己，他幾乎是欲哭無淚地哀告說：「我是個什麼樣的人啊？」

2.

彼黍離離，彼稷之穗。行邁靡靡，中心如醉。知我者，謂我心憂；不知我者，謂我何求。悠悠蒼天，此何人哉？彼黍離離，彼稷之實。行邁靡靡，中心如噎。知我者，謂我心憂；不知我者，謂我何求。悠悠蒼天，此何人哉？

穗

《說文》：「采，禾成秀也。」本意指五穀成熟後聚生在莖稈頂端的花或果實。

醉

神迷恍惚之態。

實

豐收的糧食，含有「倉廩實」之意。

噎

《正義》：「咽喉蔽塞之名。」吞咽氣息，常會噎住。這裡指憂傷欲泣之態。

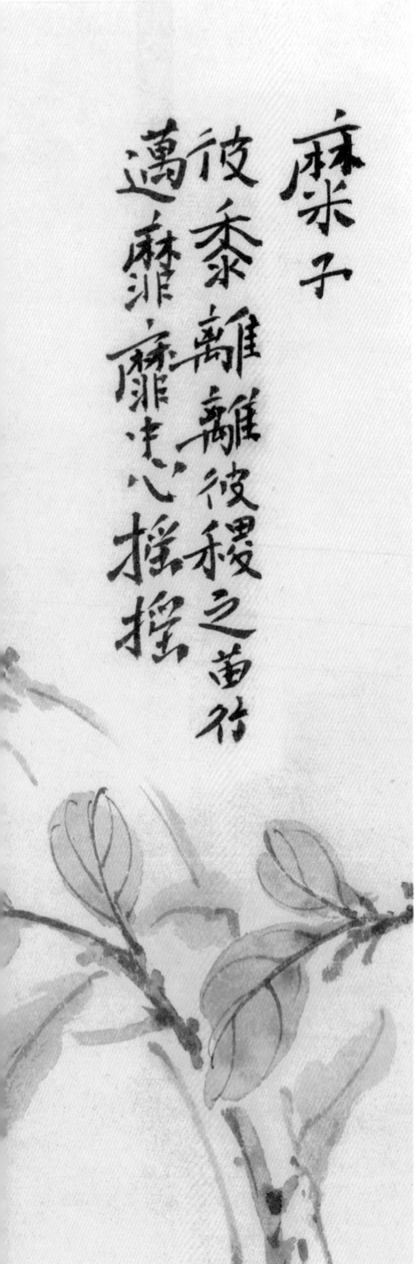

3.

《黍離》成詩的根本，就在強烈的懷舊之情，因顧念昔日強盛繁榮的故國而生成天地同悲的詩意。詩第一章言苗之長勢，第二章言穗之初成，第三章言糧食豐收。元朝劉瑾《詩傳通釋》說：「於憂樂之事，初遇之，則其心變焉；次遇之，則其變少衰；三遇之，則其心如常矣。至於君子忠厚之情則不然，其行役往來，固非一見也。……而所感之心，終始如一，不少變而愈深，此則詩人之意也。」言苗、言穗、言實，亦可理解為詩人行在路上、立於田間的一時之想。《正義》云，言苗，乃宗周之苗，懷想武王建周的激動；言穗，乃成周之穗，為周室內外安穩、天下安定而興奮；言實，乃周室強盛之時，武備足，倉廩實，為周室立於天地間而驕傲。周朝君子，踏上故土，昔日故國的這些盛景，在心頭一一閃過，如過電波，悲痛、憂思、迷醉、哽咽一時聚來，才有天知、地知、我知之外，還有誰能體恤與共鳴的曠古悲歎。《黍離》之好，就在天、地、人達到了物我相融的共情。

《詩經》中所言的黍、稷、黍稷、秠、秬（黑黍）指的都是黍類。黍類生長期短，耐旱耐瘠，乾旱地區的農耕民族最適宜種植，因此是中國古代最重要的糧食作物。《本草綱目》卷二十三黍：「黍乃稷之黏者，亦有赤、白、黃、黑數種，其苗色亦然。郭義恭《廣志》有赤黍、白黍、黃黍、大黑黍、牛黍、燕頷、馬革、驢皮、稻尾諸名。俱以三月種者為上時，五月即熟。四月種者為中時，七月即熟。五月種者為下時，八月乃熟。」

《詩經》中黍稷並提，可見古人對黍稷並未加以細分，歷代注家對黍、稷、粟（為去殼的穀子）的物種確定也眾說紛紜，認識不一。《中國植物志》載禾本科黍屬植物五百多種，中國產十八種兩變種，其中模式種定為稷，本種為人類最早的栽培穀物之一，穀粒富含澱粉，供食用或釀酒，稈葉可為牲畜飼料。由於長期栽培選育，品種繁多，大體分為黏或不黏兩類，《本草綱目》稱黏者為黍，不黏者為稷；民間又將黏的稱黍，不黏的稱糜。

稷（按現代植物學所稱），為禾本科黍屬一年生栽培草本。稈粗壯，直立，高四十至一百二十公分，單生或少數叢生，有時有分枝，葉片線形或線狀披針形，圓錐花序開展或較緊密，成熟時下垂，長十至三十公分，分枝粗或纖細，具稜槽，成熟後果實為穎果（米粒），圓球形或橢圓球形，因品種而異，有乳白、蛋黃或紅、褐、黑等顏色。花果期在七至十月。華北、西北、西南、東北、華南和華東栽培廣泛。籽實中富含蛋白質和澱粉，糯性品種（即黏者）不含直鏈澱粉或含量很低，稱黍；粳性品種（即不黏者）中直鏈澱粉含量平均在百分之七．五，稱為稷，民間稱為穈，可製糕餅，可釀黃酒，花莖可做笤帚。

黍米是中國北方主要的糯食，從周朝到唐宋，黍米一直都是人們的主食。楚人用菰葉包裹黍飯祭祀，謂之角黍，是後來粽子的濫觴。周族的先祖棄，因教先民種黍（稷），被後世尊為稷神，稱為後稷。祭祀中，孔子先食黍，以顯示黍為五穀之先。稷為五穀之長，「社稷」一詞因此演變為國家的代名詞。

《詩經》注我

悲感是一種心靈巨大的撞擊，當天性和期望的世界悖逆，陡峭人生的峽谷向生命傾瀉出湧動的洪流，這洪流撞擊內心，湧現出的晦暗陰鬱的情緒，便是悲感的成因。

我們看草木一生的枯榮幻滅，看家世凋零的茫然人生，更有國家傾覆破敗的時刻，情感與心靈激蕩共鳴，總是超之於言語。

悲劇的藝術，西方理論，是把美好的一切摔碎了讓人看。所謂摔碎，不是刻意去毀壞，而是每個人必然都會經歷的人生旅程。竭力追求幸福人生的我們，總是要去衝破重重阻隔才能終有所得。被現實小小的困境困擾，那是破壁的痛苦，而當歷史的變遷傾斜，非人力能為，才是悲從中來無人能夠應答的傷痛。

《黍離》的立意便在渺小生命和國家命運的感應裡。它超越了個體利害的取捨，而是精神體認的高度共鳴。

中國文學裡，《黍離》之悲的滄桑，是一切憂懷之詩的一個開端，這種悲感形式的呼號，它刺骨的銳度，正如梁啟超先生說的，是中國詩作裡「迴盪表情法」的典範傑作。

「知我者，謂我心憂；不知我者，謂我何求」，全是人與天地的對話，好像小小的個體，在這樣的話裡，得到了一種深度的淬煉。什麼是詩歌語言的原生態？這樣的話可算是範本。

後世，由曹植的《洛神賦》、向秀的《思舊賦》、劉禹錫的《烏衣巷》，到姜夔的《揚州慢》，黍離之悲的泉眼裡一直在湧現著這樣的名曲、名賦、名詞。這《黍離》裡悲涼的歌聲，好像喚出了魂靈，驚醒了無數應答的魂魄。一個文明的江河，既是由歡欣的創造和開拓所造成，又是由悲慼的體認與付出血肉和心靈的融合所鑄就的。

稻、黍、稷、麥、菽這五穀裡，黍是沉甸甸的一束，它們是社稷的根基，是先人留給後人最珍貴的遺產，也是每一個周朝子民的故鄉。營養了血肉之軀的黍米，同時也滋潤著精神與靈魂的洞察。當那種撕裂的劇痛從心口蔓延，一定是國家的傷痛召喚著一個生命，將飽含在心裡一份強盛的期望重新投注心頭，才會從無言的一點悲，感應到先人遺訓的河流在血脈裡的奔湧，連接了未來永不斷裂的橋樑。

蒲柳或香蒲

千年韌如絲

《王風・揚之水》

揚之水，不流束薪。
彼其之子，不與我戍申。
懷哉懷哉！曷月予還歸哉？
揚之水，不流束楚。
彼其之子，不與我戍甫。
懷哉懷哉！曷月予還歸哉？
揚之水，不流束蒲。
彼其之子，不與我戍許。
懷哉懷哉！曷月予還歸哉？

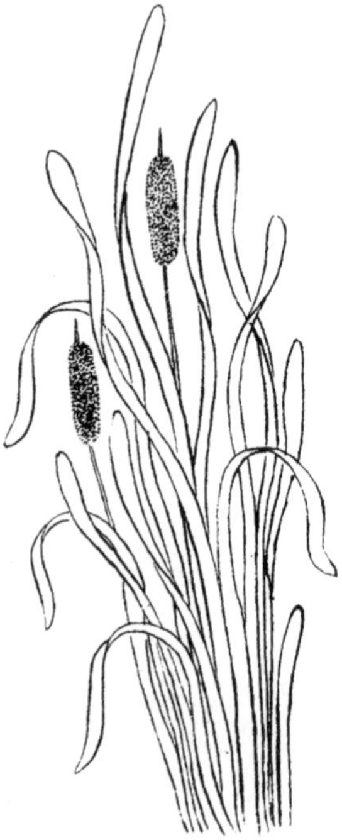

雜家題解

詩當占住世界的一個中心，不以實用為目的，作無聊之思，發無聊之情，才會成為真正純粹的詩，就像這《揚之水》。當私心雜念浸染在詩中，詩的含蓄的神祕屬性，詩的情意的充沛，總會遭到私念和渾濁兩種力量的銷蝕，在時間的河流裡，這股淨化心靈的力道會漸漸弱化下去。理解何以為詩的純淨，《揚之水》可做這樣一個絕佳的範本。

「揚之水」三字，自帶一種天地悠悠的悲涼，但這悲涼並不沉鬱，因為與水行之變有一種理解和體認，反倒顯出一種不動聲色、順勢而為的欣喜。《揚之水》自帶一種從萬物之根上滋生出來的悠揚節奏，讓天地和生命的相處額外動人。《揚之水》本是一個守著邊關的戍卒無聊之時寫下來的幽怨詩，心頭的怨憤與思念像藤莽一樣糾纏在詩中。正是有「悠揚之水」這樣動人的靈魂與體認萬物不一樣的格局，心靈含蓄與深沉的迷霧浮起在詩行的叢林裡，倒讓一種眾人皆能辨識的哀婉悲涼的基調，顯得雄健歡欣起來。《揚之水》的態勢，隱藏有士人、詩人對命運的體認，那份對愛人的相思，看似是怪怨，倒更顯出一份純粹與深闊。原本個人的戀思，與草木、天地、江河共生的世界同在，到顯現為大愛無言的一種象徵。

詩極含蓄，又極孤獨，因此有了一種無言的浸潤心靈的美好與無奈。

《毛詩序》說《揚之水》：「刺平王也。不撫其民而遠屯戍於母家，周人怨思焉。」詩的歷史背景實在是艱難。東周初，周平王遷都洛陽，其時，周天子權威漸弱而衰，諸侯國力量並壯而驕，南方楚國吞併小國的野心不再遮遮掩掩。周平王的舅家申國和曾幫他遷都的甫國和許國，這些靠近王都的小國，受楚國侵擾，不得不向王都求救。唇齒相依，周平王勉為其難，抽調士兵幫這些國家鎮守部分邊防。王都兵員本來就少，替別國守關的任務就更顯得沉重，士兵服役到期無法返鄉已經是常有的事情，無端延長的兵役，時間久了，怨憤之音難藏心裡，因此便有《揚之水》這樣的歌詠，對王權國政提出警訊。

「我」注《詩經》

1.
揚之水，不流束薪。彼其之子，不與我戍申。懷哉懷哉！曷月予還歸哉？

開首為興，一下子將讀者和戍卒的心緒感受帶入現場。這也是興的一個獨特功能。

揚之水，不流束薪

從《鄭箋》到《正義》：「激揚之水至湍迅，而不能流移束薪。興者，喻平王政教煩急，而恩澤之令不行於下民。」朱熹《詩集傳》則反之：「揚，悠揚也，水緩流之貌。」就詩的反差對比，就怨詩反映的歷史背景，很顯然，漢唐對詩意的認識更為確切。這「揚之水」既指向具體的自然之物，又牽動複雜的物象之動與世界之變。束薪，本指一捆柴。商周時代，平常百姓居泥牆草屋，山野中砍來柴薪捆成一束，夜晚可以堵門洞，平常以柴薪燒火煮飯，寒冬則燃柴薪取暖。一個男子柴薪的多少，類似今天一個男人財產的多寡。因此，古代有以束薪代表新婚。聞一多說：「析薪、束薪，蓋上世婚禮中實有之儀式，非泛泛舉譬也。」此束薪，為戍卒心中新婚妻子家中背影的代表。正由束薪，誘引出「彼其之子」的呼喚。

之子　《詩集傳》：「戍人指其室家而言也。」束薪、之子都是含蓄之詞。

申　古國名，《毛傳》：「申，姜姓之國，平王之舅。」在今河南唐河的南邊。你這個人啊，怎麼不陪我一起來戍守邊關。這種怪怨裡又含著甜蜜。

懷哉懷哉　懷，想念。揚之水，為自然波瀾起伏。懷哉懷哉，為相思之心緒波瀾。兩者前後呼應，可以感受《揚之水》詩意的嚴謹。

曷月予還歸哉　曷，古時疑問代詞，何。月，年月。還，《爾雅》釋：「還，返也。」音義同旋。真想你啊，真想你。我什麼時候才能回到家園？

2.
揚之水，不流束楚。彼其之子，不與我戍甫。懷哉懷哉！曷月予還歸哉？
揚之水，不流束蒲。彼其之子，不與我戍許。懷哉懷哉！曷月予還歸哉？

楚　《說文》：「楚，叢木，一名荊也。」古人刑杖為荊，故字從刑。蘇頌《本草圖經》：「牡荊，今眉州、蜀州及近汴京亦有之，俗名黃荊是也。」古人稱楚為牡荊，但對牡荊和比較相似的黃荊並未細分。現代植物分類學上，將牡荊歸為黃荊的變種。古者貧婦以荊為釵，暗喻戍卒與家妻的相敬。

甫

甫，陳奐《毛詩傳疏》：「甫，即呂國，《詩》及《孝經》、《禮記》皆作甫，《尚書》、《左傳》、《國語》皆作呂。甫、呂古同聲。」甫國，地理位置在今河南南陽西。

蒲

《毛傳》：「草也。」《鄭箋》：「蒲柳也。」陸璣《陸疏》：「蒲柳有兩種，皮正青者曰小楊，其一種皮紅者曰大楊。其葉皆長廣於柳葉，皆可以為箭幹。故《春秋傳》曰：『董澤之蒲，可勝既乎？』今又以為箕鑵之楊也。」《本草綱目》又釋水楊為青楊、蒲柳、蒲楊。按詩的對仗，薪、楚、蒲都應該是柴薪。蒲柳更接近詩意。蒲柳為楊柳科柳屬紅皮柳，落葉灌木。《詩經》中其他各處的蒲，明顯與水澤、游魚、荷花有關，解為香蒲更為確切。香蒲自古與人們的生活關係至為密切，白色嫩莖可製作味道鮮美的醃菜，葉子可編製蒲席、蒲扇、蒲團，花絨可做填充物，稱為蒲絨，花粉稱為蒲黃。

許

古國名，今河南許昌東。

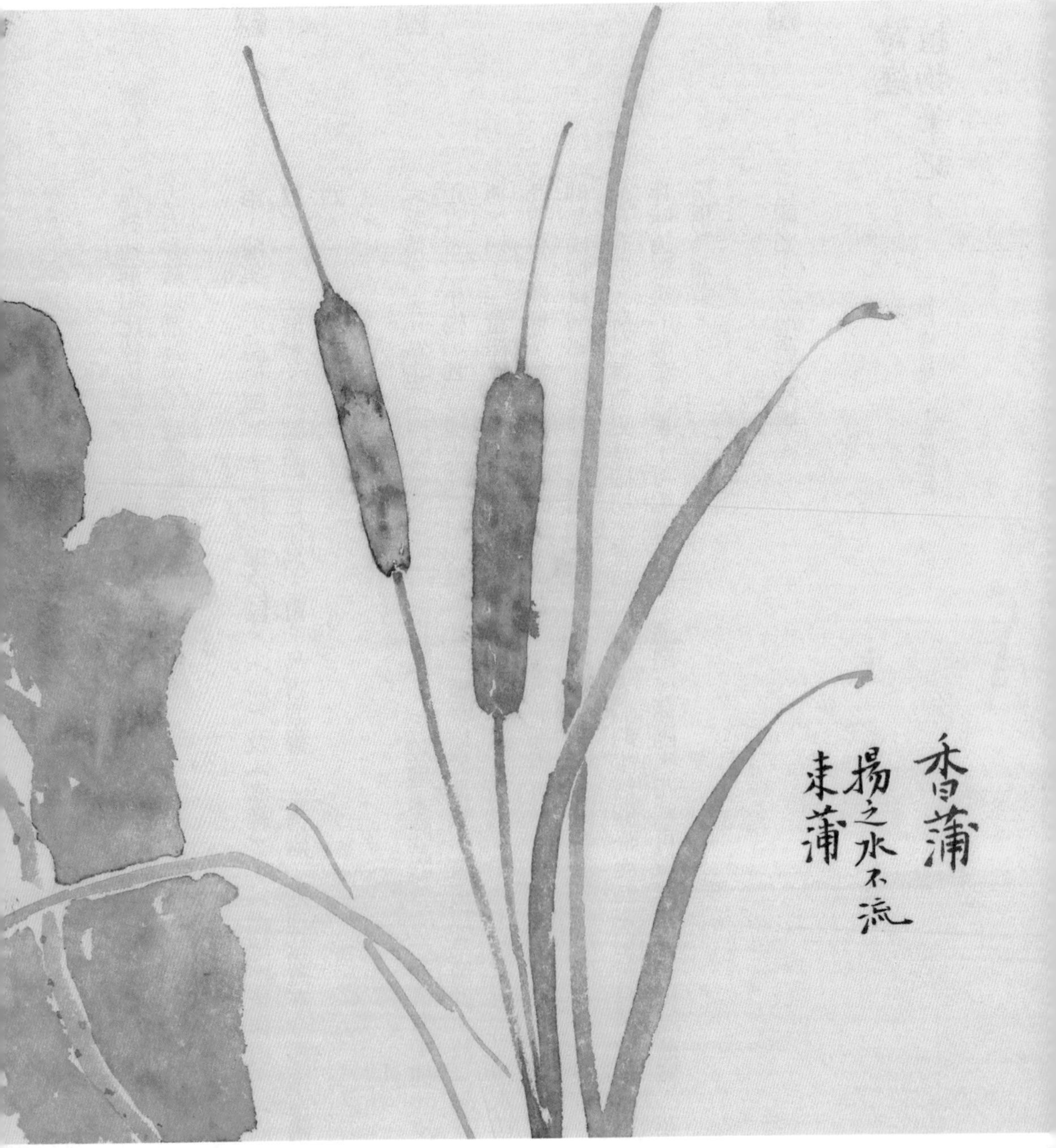
香蒲
揚之水不流
束蒲

蒲，《毛傳》：「草也。」《鄭箋》：「蒲柳也。」因這兩種完全不同的解釋，蒲按《毛傳》，常被釋為香蒲，蒲按《鄭箋》，常被釋為蒲柳。兩種植物對詩意本身並無大的影響。

香蒲，香蒲科香蒲屬多年生水生或沼生草本。《毛傳》：「蒲，草也。」《詩集傳》：「蒲，水草，可為席者。」《本草綱目》卷十九香蒲、蒲黃：「甘蒲、醮石，花上黃粉為蒲黃。香蒲即甘蒲。……蒲叢生水際，似莞而褊，有脊而柔，二三月苗。」蘇頌《圖經本草》：「香蒲，蒲黃苗也。生南海池澤，今處處有之，而泰州者為良。春初生嫩葉，未出水時，紅白色，茸茸然。《周禮》以為菹，謂其始生。取其中心入地，大如匕柄，白色，生啖之，甘脆。以苦酒浸，如食筍，大美。」

香蒲，又名東方香蒲，因其穗狀花序狀如蠟燭，又名水燭，是重要的水生經濟植物。常見如寬葉香蒲，株高一至二．五公尺。乳白色根狀莖，粗壯，直立，向上漸細，高一．三至二公尺。葉片條形，光滑無毛。雌雄花序緊密連接。花果期五至八月。生於湖澤池沼，河灘水渠旁，常成片而生。葉片稱蒲草，古來是編織蒲席、蒲包、蒲團、蒲簍的材料。蒲葉纖維可紡織和造紙，花粉入藥成為蒲黃，有行淤利水、收斂止血的功效。蒲棒常做切花的原材料，古人將花穗蘸油，代替蠟燭照明。雌花序上的絨毛稱為蒲絨，可填充為枕絮和坐墊。白色根莖稱蒲筍（同筍），嫩芽成為蒲菜，都是蔬菜美食。

蒲柳，《本草綱目》釋水楊為蒲柳，《中國植物志》並無蒲柳的中國學名，依古籍描述，蒲柳特徵與紅皮柳最為相近。

紅皮柳為楊柳科柳屬落葉灌木，高三至四公尺。小枝淡綠或淡黃色，無毛；當年枝初有短絨毛，後無毛。芽長卵形或長圓形，棕褐色，初有毛，後無毛。葉對生或斜對生，披針形。花先葉開放，花序圓柱形，長二至三公分，粗五至六毫米，對生或互生，無花序梗。花期四月，果期五月。分布在甘肅、陝西、山西、河北、河南、湖北等省，長在海拔一千至一千六百公尺的山地灌木叢中，或沿河生長。

蒲柳是入秋即凋零的樹木，古人常收撿蒲柳枝條，做過冬的柴薪。《世說新語》言「蒲柳之姿，望秋而落；松柏之質，經霜彌茂」，指韶華易逝，容顏易老。或許在《揚之水》中也指離別之傷。

《詩經》注我

《揚之水》寫了一個戍邊士卒孤獨的心境，這個滿腹牢騷的男人，顯然是接到了新的命令，戍守邊疆的時間又要無限期延長了。原本歸心似箭，一時間又變成沒有歸期的哀愁，他看著浪花拍岸，悲和怨禁不住在心頭泛起，那悠揚的水波，讓他心底的相思也浮動起來。

文字的背後自然是一個大世界動盪的變局，楚國擴張的野心，時不時會讓邊疆變成戰場，弱小中國的倔強，周朝王畿之地唇亡齒寒的親情，但有限的國力，又是那麼力不從心。所有這些，征戰的士卒心裡都有感應。實際上，寫詩的其實也是有後路可退的，他畢竟是來自周朝王師之地，替換著回到家鄉，家終歸還是安全的。延長守衛邊防的時間，意味著時局動盪日益緊迫。大世界攪起的波濤裡，思念親人的情緒自然也就更加強烈。

詩的後面，有一雙愛意深沉、顧念家人的憂傷之眼。悠揚之水的流動，原本只是大千世界再平常不過的景象，此刻卻好像正將一顆靈魂的游離從命運的河流上漂浮起來，正要將心靈的寄託，透過時空的轉移，通過《揚之水》悠揚、激蕩的歌調，文辭賦了心曲，韻律跨越時空，心靈的相思在詩裡得到了含蓄的釋放，有了不怕時空阻隔的意志。

這樣一個男人，經歷無數個日輪星瀚的日子，遠離妻子兒女，固守著邊戍。夕陽西下，悠悠的河邊，眼前的河流一時間不再僅僅是河流，更成為了可以乘波而去的小舟。現實又是如此殘酷沉重，心頭的幻想更增添了無聊的憂傷，心頭的思念，落到水波上，瞬間又沉到水裡去。

獨守空房的妻子此刻怎麼樣？夜晚的霜月下，是不是和自己一樣不盡愁眠，空對蒼穹下的夜色？詩的含蓄、深沉裡，並無怨詞，他甚至期望此刻的邊關，能夠有妻子的陪伴。詩的悲涼正因為如此，更顯強烈。那悠揚的水波，「不流束蒲」的水波，正在詩意深處承載著這份悲涼，承載著一份思念的暖意。

讀《詩經》，自然而然會感覺到一種反復詠歎的衝動，彷彿有歌唱的衝動，要和心頭泛起情緒的波濤有一個呼應。

《詩經》的音律，正和現代的流行歌曲一樣，是周朝民眾間傳唱的歌謠。

《詩經》的起興，連接著人心自然、質樸的內在，這種內心情感的表露，含蓄、空茫、曠遠，其中藏了千年、萬年都說不盡的生命滋味，有人存於世、其心相與的真情和無奈。可惜的是，兩千多年前唱在山野廟堂的歌，歷經歲月沉浮變遷，這些音律的祕密已經被時間的水波淹沒了。能夠讓

《詩經》像原初時那樣傳唱起來，這正是現代中國文學家、歷史學家和考古學家共同面對的一個艱難課題。

《孔雀東南飛》裡，唱過香蒲編織的蒲席與天地的磐石對應成歌的愛情堅守：

感君區區懷，君既若見錄，不久望君來。
君當作磐石，妾當作蒲葦。
蒲葦紉如絲，磐石無轉移。

在這首傳誦千古的愛情詩裡，蒲草由自然物轉化成人的情感的承載物，女性愛戀的心思便為蒲席所度量。

晚唐詩人李商隱作過一首《促漏》，詩中有「南塘漸暖蒲堪結，兩兩鴛鴦護水紋」的佳句，說的是幽會男女，別離後，看蒲草暗結，鴛鴦戲水，月下孤影徘徊，來日悠悠，不禁觸景傷情。

人生本就是悲喜交加的一趟旅程，動盪時世裡，蒲草的柔韌，在心頭升起，顧念與寄情通過草木呼應架設在天地之間的橋樑，更注釋了一種堅實的生命價值與活著的意義。

益母草

救治婦仁

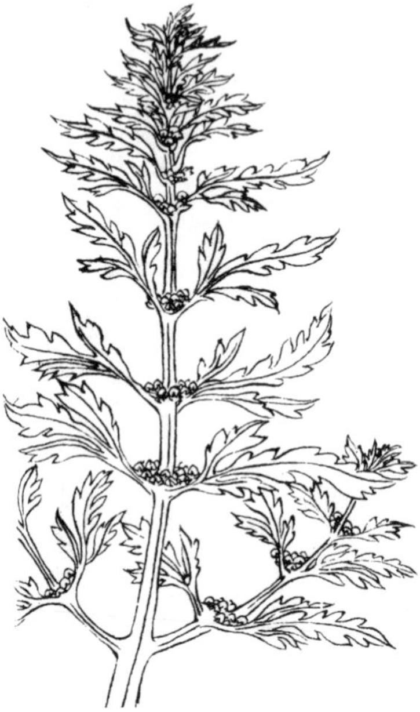

《王風．中谷有蓷》

中谷有蓷，暵其乾矣。
有女仳離，慨其嘆矣。
慨其嘆矣，遇人之艱難矣！
中谷有蓷，暵其脩矣。
有女仳離，條其歗矣。
條其歗矣，遇人之不淑矣。
中谷有蓷，暵其濕矣。
有女仳離，啜其泣矣。
啜其泣矣，何嗟及矣。

※「蓷」音同「推」。

雜家題解

「中谷」二字實際指的就是「谷中」，中谷有蓷，用日常白話說，就是「谷中有一片益母草」。但是將「谷中」二字重新變為「中谷」，我們的心靈立刻就會被一種震動人心的節奏韻律安頓住，就好像我們的靈魂聽到了巨言大吼的一聲立定，事起中谷，我心難安。像「谷中一片曬焉的益母草旁偶遇一個哭天抹淚的棄婦」這樣平鋪直敘的語言，聽著會止於同情，卻很難讓靈魂飄出肉身之外。由「中谷」兩個字一正一反的變化感應裡，我們可以簡單區分「何為生活」與「何為詩」的祕密。區分之前，我們首先要看到，日常生活的對面，同時存在著一個詩的世界，日常生活與詩意世界兩者互為鏡像，是事物存在的一體兩面。眼前所見的同一物、同一事，凡俗之眼注重的是糾利害關係的物性，詩意之眼感覺到的是性靈與情感感應存在之價值、存在之自尊的詩性。由此想，「詩三百」的每一首，都是如擴音器一般，向著千千萬萬年的心靈，傳達著巨大轟鳴的回音，這回音能夠讓人們的情感始終保持敏銳與活力，這回音還會刺激到因欲望糾纏而日漸沉重的肉身，以及那些從見怪不怪中變得麻木遲鈍的神經。

《毛詩序》反射的歷史稜鏡，總是將詩中無可取代的時代價值的光芒投射出來。

《毛詩序》說：「閔周也。夫婦日以衰薄，凶年饑饉，室家相棄爾。」東周是一個國勢逐漸走向崩潰的時代，周天子失去了對中央王權的把握之後，權威的削弱在所難免，諸侯國之間弱肉強食的裂變日漸激烈。天下亂，百姓苦，亂世總是與饑荒年月並行不悖。《中谷有蓷》就是窺亂世一斑的一個視窗。天災緊隨著人禍，原本美好的家庭一時破裂，那個被男人拋棄走投無路的女子，她的慨歎、呼號、哭泣，如此絕望淒涼的命運，並不止於個人，還是周天子尷尬、難過、生不如死的權力崩塌世界的一個類比。《中谷有蓷》寫亂世中一個棄婦的悲慘命運，主題與《詩經》中另兩首著名的敘事詩《穀風》、《氓》類同，只是在寫作手法上，《穀風》與《氓》是完整的敘事，視角選取的是作者自述，而《中谷有蓷》是純粹的抒情，視角選取的是旁觀者的同情。戴君恩《詩風臆評》說：「作寫言讀，乃知此詩之佳甚。」詩佳者，其情同悲。這個棄婦的悲慘命運，就像是一個放大鏡，牛運震《詩志》評：「蕭條慘蹙，周安得不亡。」便是將《中谷有蓷》看做末世的回音。徐與喬《增訂詩經輯評》說：「讀《芣苢》者，不知其樂，讀《中谷有蓷》，方知其逍遙。」可見《中谷有蓷》的悲切何其入骨。對《中谷有蓷》評價最高的要算孫鳳城的《詩經輯評》：「《黍離》而後，周無君矣。《中谷》之慨，《離騷》美人之悲乎？」屈原之心，與《中谷有蓷》的棄婦之心，一死一泣，千古同音，雖心念大小有別，但與陳子昂「念天地之悠悠，獨愴然而涕下」的悲痛，是共軌的。

「我」注《詩經》

1. **中谷有蓷，暵其乾矣。有女仳離，慨其嘆矣。慨其嘆矣，遇人之艱難矣！**

中谷 同「谷中」，山谷之中。孔穎達《毛詩正義》：「中谷，谷中。倒其言者，古人之語皆然，詩文多此類也。」

蓷 白花益母草，唇形科益母草屬一年或兩年生草本植物，詳釋見「植物筆記」。

暵其乾矣 暵，《毛傳》：「煙貌。」煙通蔫，枯萎之意。乾，乾燥。生長在低窪潮濕山谷中的益母草，在乾燥的空氣中，葉子都枯萎了。

仳離 陳奐《傳疏》：「別離，言相棄也。」指遇到一個女子，說她被丈夫拋棄。仳離與現代的離婚還不相同，古代婚姻中，女子完全沒有自主權，被丈夫拋棄，趕出家門。

嘅其歎矣 嘅，《說文》：「歎也。」嘅其，即「嘅嘅」。嘅，同「慨」，歎息之貌。歎，歎息。

遇人之艱難矣 遇人，嫁人。艱難，困難，凶年饑饉，室家相棄。饑荒凶年，女子遇到的人性之惡，讓她慨歎。《鄭箋》：「有女遇凶年而見棄，與其君子別離，嘅然而歎，傷己見棄，其恩薄。所以嘅然而歎者，自傷遇君子之窮厄。」

2\. **中谷有蓷，暵其脩矣。有女仳離，條其歗矣。條其歗矣，遇人之不淑矣。**

脩 古時老師的酬金為晾曬的乾肉條，稱脩。《說文》：「脩，脯也。」陳奐《傳疏》：「乾肉謂之脯，亦謂之脩。因之，凡乾皆曰脩矣。」乾巴巴之意。此處脩，也隱含女子行貌枯槁，瘦骨嶙峋。

條 同「條」，條條然，又深又長，形容長嘯之態。

歗 同「嘯」，呼叫，悲嘯。

淑 《鄭箋》：「善也。」不淑。劉瑾《詩經通釋》：「古者謂死喪饑饉，皆曰不淑。」

這裡哀歎丈夫薄情寡義，並無斥責之意，只是對個人命運的悲歎。

3. **中谷有蓷，暵其濕矣。有女仳離，啜其泣矣。啜其泣矣，何嗟及矣。**

濕 一種說法是蜆，為棲息在淡水汙泥中的軟體動物。《廣韻》：「蜆，曝也。」引申為暴曬，意指益母草枯死之兆。

啜 本意為嘗食。為哽咽之貌。為惙的通假。

何嗟及矣 據胡承珙《毛詩後箋》考證，為「嗟何及矣」之誤。事已至此，後悔也來不及了。自我勸慰的話。

4. 全詩以原本低窪潮濕的山谷裡的益母草，從葉枯寫到枯死，描寫了饑荒旱災的凶年，以生性適宜生長在濕潤環境中的益母草來比興自己命運的不幸，以葉子枯萎、枝幹乾枯、植株枯死，來對應自己不幸人生的悲歎、悲嘯、悲泣。詩的溫柔敦厚在於，經歷如此悲慘的命運，詩意的重心不在埋怨，有的只是對命運的一種無可奈何。詩末一句，若是變為對丈夫的叱責和對命運的不平，詩就變為浪漫主義的抗爭。詩所寫的正是活生生的現實，女子在對現實的理解中完成了自己生命的超脫。詩人作為傾聽者，在對現實的描述中，理解著自己生活的時代。《中谷有蓷》裡有著中國文學悲劇意識覺醒的萌芽。

益母草

中谷有蓷

暵其幹矣

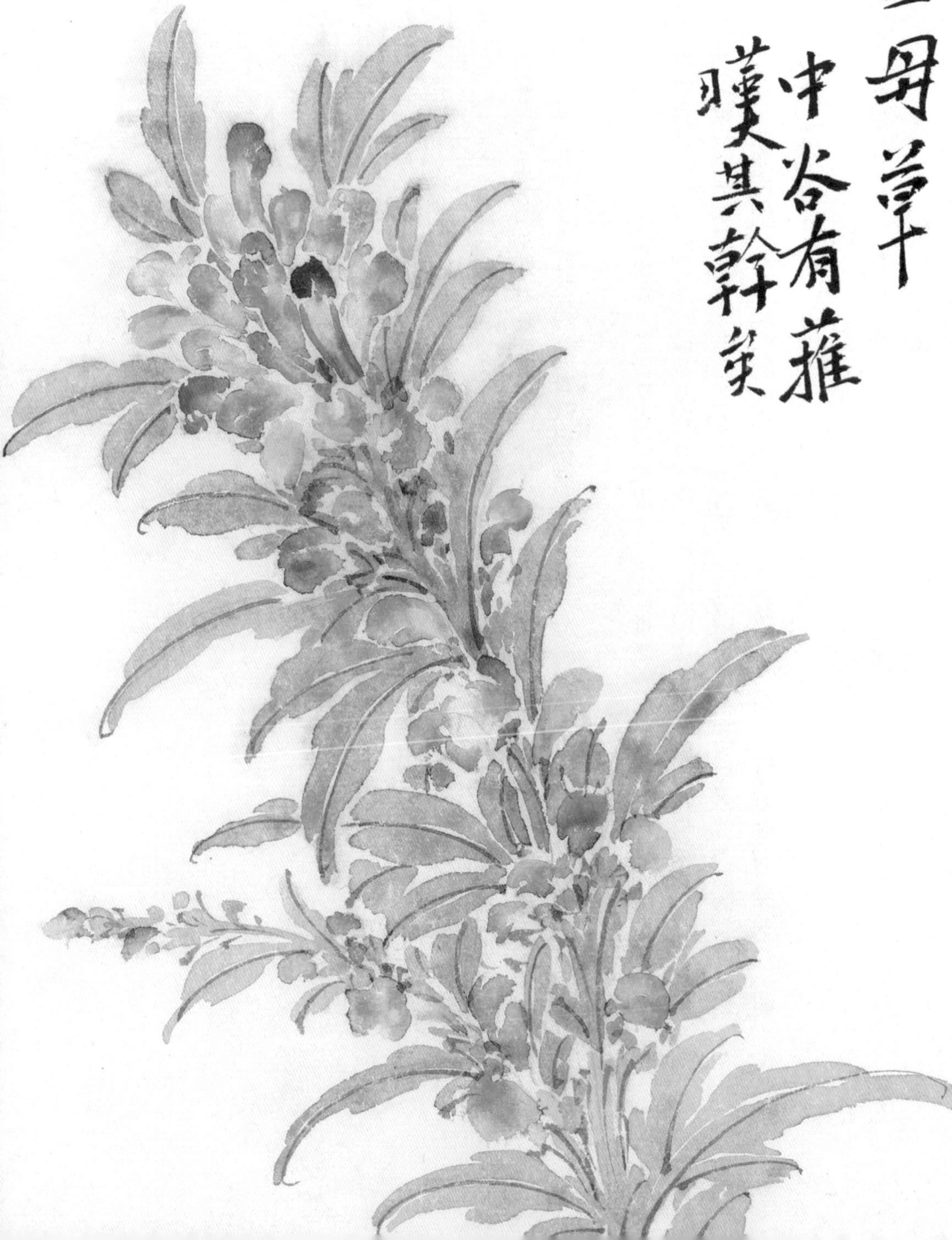

蓷，《毛傳》：「蓷，鵻也。」這種解釋將鳥與植物混淆了。從詩意，蓷指的是一種植物。《爾雅》郭璞注：「蓷，今茺蔚也，葉似荏，方莖，白華，華生接間，又名益母。」《本草綱目》卷十五茺蔚（指益母草的種子）：「益母、益明、貞蔚、蓷、野天麻、豬麻、火杴、鬱臭草、苦低草、夏枯草、土質汗。……其功宜於婦人及明目益精，故有益母、益明之稱。……茺蔚初春生時，亦可浸洗，淘去苦水，煮做菜食。淩冬不凋悴也。茺蔚近水濕處甚繁，春初生苗如嫩蒿，入夏長三四尺，莖方如黃麻莖。其葉如艾葉而背青，一梗三葉，葉有尖歧。寸許一節，節節生穗，叢簇抱莖。四五月間，穗內開小花，紅紫色，亦有微白色者。」

陸璣《陸疏》：「蓷，益母也，故曾子見之感思。」由此推想，至少春秋末年，作為孔子門生的曾子就曾寫過有關益母草的文字。《本草綱目》載，江南陰濕之地生一種白花鏨菜：「此即益母之白花者，乃《爾雅》所謂蓷是也。其紫花者，《爾雅》所謂蘈是也。」可見古代，並沒有細分白花鏨菜、白花益母草的區別。詩中能引詩人和棄婦命運發生共鳴的，是益母草夏至而枯的習性，與棄婦衰年遭棄命運的對照。

益母草，唇形科益母草屬一年或兩年生草本。莖直立，通常高三十至一百二十公分，鈍四棱形，微具槽，有倒向糙伏毛。葉輪廓變化很大，莖下部葉輪廓為卵形，基部寬楔形，掌狀三裂，裂片呈長圓狀菱形至卵圓形，花序最上部的苞葉近於無柄，線形或線狀披針形。輪傘花序腋生，具八至十五花，輪廓為圓球形，徑二至二・五公分，多數遠離而組成長穗狀花序；花梗無。花冠粉紅至淡紫紅色。花期通常在六至九月，果期九至十月。

益母草全草入藥，有效成分為益母草素，廣泛用於治療婦科的多種病症。嫩苗入藥，稱童子益母草。變種為白花益母草，兩者醫藥上的功用與益母草相同。

益母草廣布全中國，從低地平原直到海拔三千四百公尺的高原都有分布。藏藥中，益母草被稱為森蒂，隨生長環境的巨大差異，高地益母草和低地益母草的藥性有所不同。

《詩經》注我

《中谷有蓷》的開場白就是一個艱難時世。在時局動盪、饑荒遍野的時代，詩人或許也流浪在路途上。這個意外能夠安放身心的「中谷」，暫時撫慰了詩人的饑渴、焦慮與疲憊，他正要喘一口氣時，卻意外遇到一個婦人在路邊哀號、哭泣。此情此景一下子收緊了詩人的心，共同流浪的命運，那個婦人似乎只有在這個無人的山谷（應該沒有發現遠處詩人的存在），才能將心口壓抑的痛楚釋放出來，她心有不甘的歎息，忍不住呼喊曾經愛過的人的名字，她悲歎命運，痛恨自己，無法抑制悲傷，以致大聲哭泣起來。詩人一定難忍這眼前的淒涼，一顆惻隱之心，促使他走上前去撫慰那個悲痛欲絕的婦人。哭泣聲終歸是停了，他靜靜聽著婦人的傾訴，心潮的起伏裡，湧起韻律與節奏，有一種抑制不住的衝動，促使他寫下這個時代的縮影，寫下路上偶遇卻驚詫到靈魂的事。

《中谷有蓷》的詩情，層次感上有著非常精確的把握，這是一份情感的白描，傾聽心緒的變化，體諒情感的共鳴。懂得這個命運悲涼的婦女有她如此哭泣的原因。

山谷裡到處都是益母草，自古都是婦女良藥的益母草，也在谷中乾枯了。哀傷女子在自身身世的悲情裡，枯萎的益母草引起她心口的隱痛，更增添了一份歎息。身體的病痛倒在其次，待到來年，眼前的益母草又會茂盛地長起來，可是遇人不淑，被如此無情地拋棄，這種心口的傷痛，如何來修補，誰又能夠治好呢？詩中三次寫到益母草，三次寫到心口日益加深的傷悲。物變與傷悲同時共鳴著，天地與人心交互體察著，這個婦女的命運映照在益母草上，這悲情與哀歎不斷向上攀升，個人與時代的命運輪廓便在詩言的背景裡逐漸呈現出來。

《詩經》之詩的好，既是完美的純詩，同時又是無聲擴展的史詩，它不僅在生活裡有根，在心靈上有基礎，而且在歷史中有座標。詩對情感的概括和抽象能力，可以說是有著至高的標準。這個標準對整個中國的文學也是一個後世佳作必要具備的基準線。

山谷中的益母草，在詩中是情感抒發的起興之物，在實用性上，還是醫治婦女病痛的良藥。記載武則天宮廷美容祕方的《外台祕要》，詳細記錄了益母草配製美容祕方的方法和它的美容作用，傳說，武則天常用此方，五十而有十五的容顏。或許我們可以照此推測，山谷路邊哭泣的女子，她的容貌，她的身姿，以及那個山谷中酷熱難耐的背景，是美與善在被削蝕的一種悲傷。

葛藟葡萄

遍布山野的野葡萄

《王風・葛藟》

緜緜葛藟，在河之滸。
終遠兄弟，謂他人父。
謂他人父，亦莫我顧。
緜緜葛藟，在河之涘。
終遠兄弟，謂他人母。
謂他人母，亦莫我有。
緜緜葛藟，在河之漘。
終遠兄弟，謂他人昆。
謂他人昆，亦莫我聞。

※「緜」音同「綿」；「藟」音同「壘」；「漘」音同「唇」。

雜家題解

亂世風雲起，世態炎涼生。漂泊流亡，背井離鄉，遠離故土親人，寄人籬下，遭人白眼，心中該有多少無處話淒涼的悲苦。《葛藟》將這樣一個孤零人的形象，寫得簡練、精準、痛切，活生生扎人心坎。牛運震《詩志》評：「乞兒聲，孤兒淚，不可多讀。」不管將《葛藟》看做是流亡詩，還是孤兒詩，詩中都可見一個人生逢亂世的淒慘與悲涼。拋棄自尊，乞憐哀告，求人呼為父母兄弟的可憐與無奈，孤苦悲鳴填塞胸廓，那種無情攥住心房的難過，必會有什麼東西會在心頭如激流湧出斷崖，水濺石上，氣化為詩，影聚為魂，將人心的悲憫淬煉出矛尖與鋒刃，刺人對生命的體會多一份五味雜陳。

詩越寫出現實之真，詩所塑造的生命意義就越顯澄澈與透明。但要穿透現實之像，穿越思想漩渦，文學藝術探索的千年難題永遠都在自身。流沙河先生說：「老實說，我讀了那麼多新詩，還沒見到一個詩人良心發現，來寫這樣的孤兒題材，沒有，從來沒見過，還不如幾千年前的《詩經》。可見《詩經》的內容是多麼豐富。」❶《詩經》內容的豐富，正好可見現代人認識世界理解生命的盲區。

《毛詩序》：「《葛藟》，王族刺平王也。周室道衰，棄其九族焉。」詩再刺，國衰也無力興，但一首靈魂之詩總是為詩國種下了一粒終會發芽的精神種子。生在唐朝由盛轉衰中的杜甫，作《哀王孫》，「但道困苦乞為奴」的呼喊，就像是從遠古《葛藟》「謂他人父」的哀痛中借力，在痛切悲哀中攀緣，尋覓流失消散在亂世激流裡的國之離魂。《詩集傳》云：「世衰民散，有去其鄉里家族而流離失所者，作此詩以自歎。」這自歎，隱蔽於書房，流散在荒野，只會人死任燈滅，但當一聲自歎引發世人共鳴的感慨，便定有什麼樣的徵兆藏在詩行中。徐與喬《增訂詩經輯評》云：「人所尊，莫如父，而此云『謂他人父』，禍亂之兆，一至於此，周道不可挽矣。」就思考時世，《葛藟》如挽歌；就思考人性，《葛藟》便是如冰針般鑽透的純詩。

《葛藟》中所顯現的身影，喚人想起契訶夫筆下的《萬卡》，那個耶誕節前夜為鄉下爺爺寫信的孤兒的身影，總讓人有說不出的難過。

❶ 摘自《流沙河講詩經》，石地整理，四川文藝出版社。

「我」注《詩經》

1\. **緜緜葛藟，在河之滸。終遠兄弟，謂他人父。謂他人父，亦莫我顧。**

緜緜葛藟 緜，綿的古寫。長而不絕之貌。葛藟，《中國植物志》名為葛藟葡萄，葡萄科葡萄屬木質藤本，俗名千歲藟，臺灣稱光葉葡萄，河南俗稱野葡萄（詩的發生地），詳釋見「植物筆記」。

滸 沙灘上，或岸邊。《爾雅．釋丘》：「岸上平地，去水稍遠者名滸。」《正義》：「《釋水》：云『滸，水厓（同崖）』。李巡曰『滸，水邊地，名厓也』。」前兩句起興，由河岸邊生長的葛藟爬藤，想到自己依附於他人的人生景況。

終遠兄弟 終，既。陳奐《傳疏》：「傳云，『兄弟之道已相遠矣』者，以『已』釋『終』，為全詩『終』字通訓。」終像一刀把詩切成兩半，是一個突然的轉折。遠，遠離。兄弟，《鄭箋》：「猶言族親也。」小處指家人，大處指血脈同源的親人。

謂他人父

這句看似簡練明白的話，其實是《葛藟》一詩裡最複雜最殘酷也最悲傷的話。「謂」從字面上解釋，是稱呼。沒有人願意在自己的人生裡有乞討的經歷，我只能查找二十世紀上半葉的一些紀錄片裡關於乞丐的記錄，看那些沿街追著路人跑的乞兒，就知道《葛藟》的詩風依舊在，也能夠理解流沙河先生說的，沒有人去寫乞兒題材的原因。有哪個詩人，有哪個作家，有哪個平常生活裡的人，期望有過乞丐的經歷。乞討對人是怎樣的一種恥辱，可在《葛藟》裡，卻藏有深沉的悲憫。這個出門乞討的人，「謂人之父」，就該翻譯成「叫那些有錢人大爺、老爺」。再尊貴的人，快要餓死的時候，為了活下去，抹過臉面，是什麼都能叫出來的。只不過生命自尊的瓦解和生活意義的銷蝕，也能活活把人壓死。若是寄人籬下的孤兒，則又可翻譯為「叫那個養育自己的人爸爸」。

顧

理睬、眷顧。乞討的景況，描寫得無比真切。

2.

緜緜葛藟，在河之涘。終遠兄弟，謂他人母。謂他人母，亦莫我有。

涘

形聲字，指水聲。水岸邊。

亦莫我有 同「亦莫有我」，倒置。有，同「佑」，幫助。或通「友」，親近，相親相愛。

3. **緜緜葛藟，在河之漘。終遠兄弟，謂他人昆。謂他人昆，亦莫我聞。**

漘 《爾雅》郭注，涯上平坦而下水深者為漘。指深水之處。滸、涘、漘三字形容滋養緜緜葛藟的河流，流沙河先生以為，此河流為黃河岸邊，源遠流長，是故鄉的隱喻。這個流亡中的人，心中難忘的，始終是生養他的故鄉，「故國之思」是人們的靈魂所在。

昆 《毛傳》：「兄也。」大哥，哥哥，都是敬稱。

聞 通「問」，救助慰問，相互體恤。王引之《經義述聞》：「聞，猶問也，謂相恤問也。古字聞與問通。」

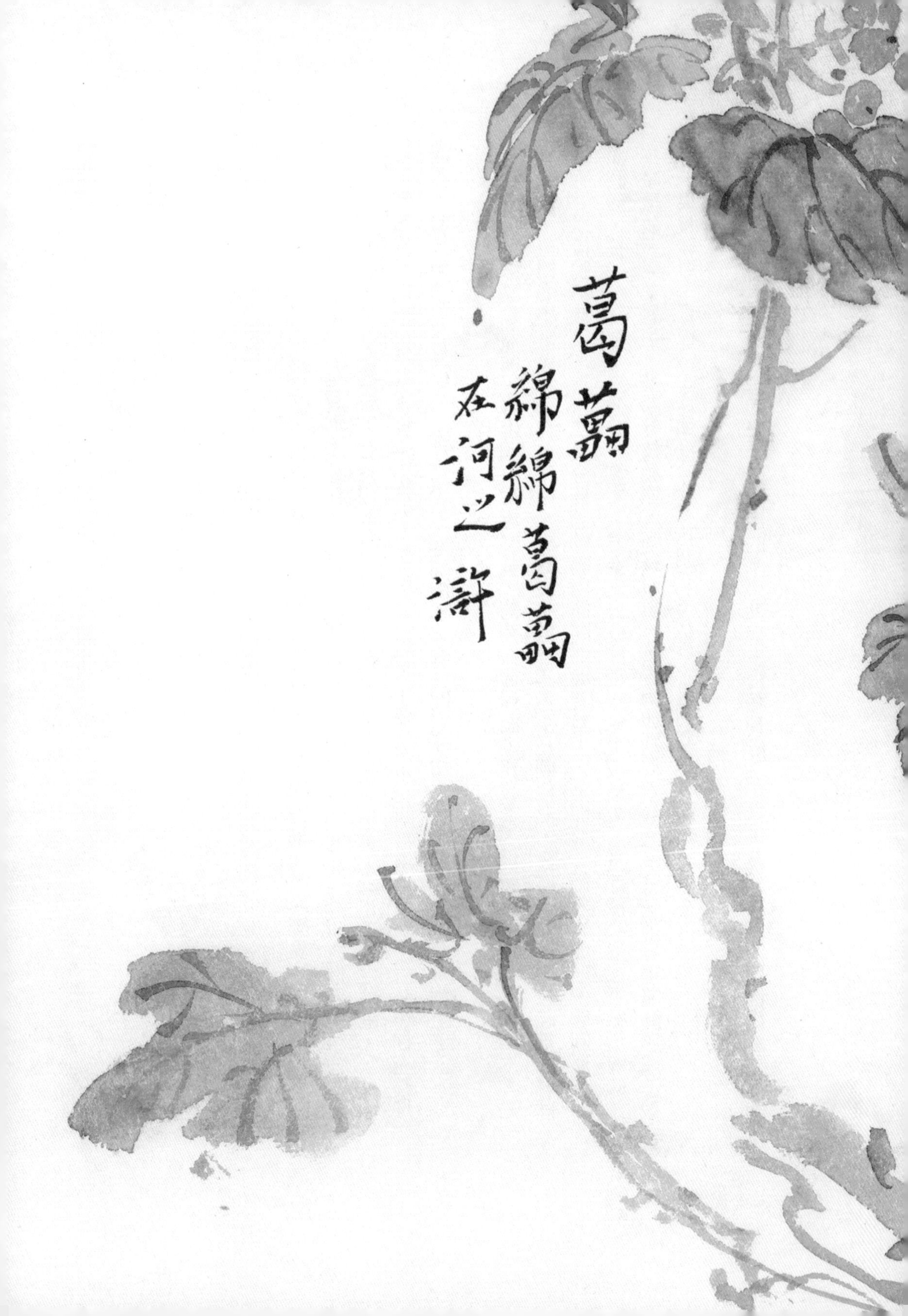
葛藟
綿綿葛藟
在河之滸

植物筆記

詩中葛藟，可指兩種藤本植物葛藤和藟，也指的就是葛藟，即野葡萄。《鄭箋》：「木枝以下垂之故，故葛也藟也，延蔓於木之枚本而茂盛，喻子孫依緣先人之功而起。」陸璣《陸疏》：「藟，一名巨苽，似燕薁，亦延蔓生，葉如艾，白色，其子赤，可食，酢而不美，幽州人謂之蓷藟。」蘇頌《本草圖經》：「葛藟處處有之。藤生，蔓延木上，葉如葡萄而小。四月摘其莖，汁白而味甘。五月開花，七月結實，八月採子，青黑微赤。冬惟凋葉，春夏間取汁用，陶、陳二氏所說得之。」

葛藟，即葛藟葡萄，《中國植物志》載，葡萄科葡萄屬木質藤本。別名有千歲藟、千歲木、光葉葡萄（臺灣名稱）、野葡萄（河南，詩的發生地）等。小枝圓柱形，有縱棱紋，嫩枝疏被蛛絲狀絨毛，以後脫落無毛。卷鬚二叉分枝，每隔兩節間斷與葉對生。葉卵形、三角狀卵形、卵圓形或卵橢圓形，長二．五至十二公分，寬二．三至十公分，頂端急尖或漸尖，基部淺心形或近截形。圓錐花序疏散，與葉對生，基部分枝發達或細長而短，花蕾倒卵圓形，高二至三毫米，頂端圓形或近截形。果實球形，直徑〇．八至一公分。花期三至五月，果期七至十一月。

漢代張騫出使西域帶回了今天食用的水果葡萄，野葡萄釀酒、做果蔬的功能才逐漸由水果葡萄取代。

《詩經》注我

詩中提到「葛藟」，注釋裡眾說紛紜，「葛藟」以一種藤本植物論，被李約瑟稱為中國中世紀最偉大的博物學家和科學家之一的北宋蘇頌在所著的《本草圖經》裡記錄最為翔實：「葛藟處處有之。藤生，蔓延木上，葉如葡萄而小。四月摘其莖。汁白而味甘。五月開花，七月結實，八月采子，青黑微赤。冬惟凋葉。春夏間取汁用。」民間稱葛藟為千歲藟，老百姓更多稱它為「野葡萄」。「葛藟」在詩中承載的詩意如此悲涼，戰亂年代，那個流離失所的人，試圖像葛藟一樣找到一個攀附的人，能夠讓自己生活下去。可是，他的命運就連山間的野葡萄都不如。

「葛藟」原本是善於纏繞、攀附的植物，《葛藟》利用這一點作為起興，所要的效果是要用它來做一個現實的反差。這個巨大的反差，正是如孔子後來哀歎時世禮樂崩壞的前景。

正是情非得已，造成了家庭破碎和骨肉離散，寄身他人，生而為人的無奈，讓人心上滿是淒涼。「綿綿葛藟……」是多麼深的一種悲歎。

興盛時代，幸福美滿的生活，人們臉色紅潤，容顏開闊，生活滋潤。那曾是西周初興的美景。《樛木》一詩裡也寫到了葛藟，那是攀附蔓木旺盛生長的姿態，隱喻著對國家復興的美好憧憬。可惜《葛藟》一詩的現實澆滅了多少心頭升騰的火苗。

和朋友在遠山深處旅行，偶爾在農家樂喝到苦澀帶著甘甜的野葡萄釀製的葡萄酒。這些酒的釀製是村民千年傳承的技藝。聊到興頭上也會和有緣的旅人分享。他用黑色的瓷碗倒上兩碗酒，臉上帶著憨厚敦實的微笑。酒入口，舌頭上留下生澀酸苦的滋味，一層層的粗礪漸漸褪去後，嘴唇和舌尖上慢慢留下某種說不透的甜味。喝過的有名無名的酒裡，野葡萄釀製的酒更為粗礪，但和熱情憨厚的笑相連接，和那種甘甜的地位烘托著，與現代工藝製作出來的葡萄酒相對照，記憶裡的印象更是難得而深刻。飲酒品的是流質深處的醇香，但最終體會的還是一種心態，一種生活方式。葛藟葡萄的酒香裡，有自然的甘甜和敦厚純樸的心意。

《易經》第四十七卦第六爻的爻辭，告誡世人：深陷困境，攀附葛藟，越是掙扎，越是受藤蔓纏繞和阻絆，於事無補，終會後悔。雖然靜待時機的心態最顯智商和心機的智慧，但絕望時世裡的人，葛藟不如的命運，又該如何擺脫呢？

遍布山野的野葡萄，雖然普通。《詩經》的視野卻不一樣，越是普通，當我們讀《葛藟》，讀到一個男人在乞求、哀告中，也難得到一絲救濟。此情此景讓我想到詩聖杜甫在秦州時寫下的最苦的那些詩，他或許看著枯樹寒鴉，覺得遭逢的多難時世裡，自己就連葛藤都不如吧。這個《葛藟》

詩意裡超越的神性，就是那種看透悲涼命運的體認，體認的不是惡念的橫生，而是依然保有的「溫柔敦厚」的心靈教化，正是這詩意深處的教化，讓我們愛著更多的東西。

艾

情不知所起，一往而深

《王風・采葛》

彼采葛兮，一日不見，如三月兮！
彼采蕭兮，一日不見，如三秋兮！
彼采艾兮，一日不見，如三歲兮！

雜家題解

愛情的主題，有三大永恆的劇場：初逢的驚詫、闊別的相思、永聚的悵然。《采葛》寫到了其中的闊別。

世上哪對愛人不是在這闊別之境中才看到自己心中有著一顆永不落的太陽？別後的相思，構成了溫柔與煎熬的幸福，誰能想到，這相思裡竟會藏有萬鈞的力量，這力量就像靈魂的救贖者，一下子將時間巨大的石門推開，那些簡練清澈千古不滅的相思詩，會被心頭愛難自禁的念想一首首解救出來。牛運震評《采葛》用了兩個字：超絕。超的是最難超的時間，絕的是最難絕的心意吧。他說《采葛》：「直抒胸臆，此等立言，乃伯樂之相馬骨，淵明之識琴理也，後人作詩，落筆即說給人聽，哪能有此神理。」、「君門萬里，小人在側，離久情疏，憂思如渴，三句中有多少含蓄。」《采葛》既是直接的告白，又是心靈的密碼。《采葛》留給中國文學一個鑽石般的成語「一日不見，如隔三秋」，驚起世人多少訴不盡的情波。張芝洲《葩經一得》評《采葛》：「工於言情。」《采葛》對情之一字，何止是「工於」，更是造化入微的神奇。程俊英《詩經注析》說：「此詩（《采葛》）用『秋』而不用他字，雖是出於作者直覺，妙手偶得，非刻意鍛煉而成，但也有入神造微之妙。」《采葛》裡至為神奇的一個字，便是「秋」字，生命裡多少神奇與美好都是往著秋的莊嚴肅穆的世界裡彙集而去的。不管怎樣春潮泛起，生如夏花，唯獨這秋之靜美，終歸是愛的嚮往和情的歸宿。春華秋實原本就是生命本能的追念。立在整首詩中心的一個「秋」字，代表了手指撥動歲月的琴弦，引得心靈也振顫不已，又像綿延伸展通途不阻的階梯。正是一個「秋」字，構成了整首詩思念與忠誠的支點。剩下相逢與永聚的另外大半個世界，由《采葛》詩意擴展為空鏡和留白的溝壑，全都留給後世一代代的讀者，去思、去想，去懷、去念，去哀、去傷，去欣、去喜。

《詩經》裡這種一字驚魂的地方還有很多，後人欲縱橫詩海，苦思謀求凝練一字，渴慕自己的辭章能達到詩心、人心、天心、地心的合一，渴慕做出一首如《采葛》這樣的詩。中國詩詞的煉字，像《采葛》這樣質樸簡練到似乎隨手抓來一字，便能訴盡相思。但這一字，是多少複雜神奇真純敏動的感應融為一念，才會得到唯一美好自然的回應。

詩寫透如海的相思，沒有用到華麗的想像，采葛、采蕭、采艾中勞作，人人看到的都是有真純不欺的生活。可是，如果兩個人的生活從來沒有過互通，凝望同一片天空時，相思的星辰又怎會在兩個人心頭的地平線上一次次升落。

拉開詩的帷幕，很自然會想像世上有那麼兩個人，他們在綠草繁花的小道上如兔子般驚魂初遇，又在祭祀的活動中，意外眉目對視，神色迷離地看著對方，冥冥中又在織布剪裁的工作中，喜不自禁地相逢在一起。這是所有的愛遇，這是永存的甜蜜，患難與波折沒有達成撕裂，反而成了兩顆心融為一體的證明。《采葛》的好，簡單到驚心動魄的，是時間大海裡承載著無數人心頭關於愛與相思的共鳴與回想。

《毛詩序》說《采葛》為「懼讒」而寫，馬瑞辰《通釋》說，采葛表織夏布，喻臣以小事使出（指遭讒貶黜），采蕭表祭祀，喻臣以大事使出，采艾表治療疾病，喻臣以急事使出。《詩集傳》更強說《采葛》為「淫奔」之詩。詩的清澈並不因此渾濁，歷史與政治的巨大喧囂，正是詩誕生的社會峽谷，反倒讓《采葛》生成的純情，更顯出獨有的幽靜與純粹的回音。權力的意志與人心的節拍，這個韻律的平衡，讀一讀《采葛》，便能明白，並不是只由一方說了就算數的。

「我」注《詩經》

1.

彼采葛兮，一日不見，如三月兮！

彼采葛兮

彼，語氣助詞，並無實意，卻是詩言起興的初始。讀詩的人，從這個「彼」字起，便好像自身也要端正起靈魂折疊婉致的一個身姿。采葛，采葛藤，是古代女子必須要學的女功之一，是製作夏布工序的前期準備工作。其中採收的輕體力活由女子完成，搬運的重體力活由男子完成。由此引出下句「不見」，「彼采葛兮」便隱喻了初次的相遇。兮，心緒泛起，是為兮。這個兮字在《詩經》裡運用非常廣泛，湯顯祖《牡丹亭》「情不知所起，一往而深；恨不知所終，一笑而泯」，說的就是「兮」的時空。兮的語調和心緒波瀾成為了《楚辭》的文體特點之一，又融進古詩、絕句、律詩、宋詞的詠歎裡，化為深情厚意的代言。一日不見，說的正是一個愛字，人都知愛的美好，將愛的所有歸於時間、歸於歲月、歸於命運神奇的饋贈，愛原本屬於個人、屬於生活的意義，便轉換成了屬於詩、屬於靈魂的事情。取政治詩的角度，又用「一日不見」隱喻君臣的誠信。周星馳飾演的至尊寶在《大話西遊》中對紫霞仙子「關於愛的許諾」時說「如果有個期限的話，我希望是一萬年」，這「萬年」與「一日」其實並無明顯的差別。《詩經》裡寫到愛的時間感更為真實，「一日見不到你的日子，就像經歷了三個月的煎熬」，這煎熬理解著薄涼世情下真情的難得，沒有任何自欺欺人的挑逗，因此一點真情才會穿透歲月的審視，坦然接受時間流水的沖刷。

2.
彼采蕭兮，一日不見，如三秋兮！

采蕭

《周禮》：「祭祀共蕭茅。」可見是在為祭祀的工作而忙碌。蕭，《毛傳》：「蒿也。」陸璣《陸疏》：「蕭，荻，今人所謂荻蒿者是也，或云牛尾蒿，似白蒿，白葉莖粗，斜生，多者數十莖，可作燭，有香氣，古祭祀以脂爇（燒）之為香；許慎以為艾蒿，非也。」牛尾蒿，為菊科蒿屬半灌木狀草本。俗名紫杆蒿（甘肅）、水蒿（陝西）、米蒿（四川）。

秋

按照普通眼光，此處出現的詞語，應該是最為均衡的季字。三月、三季、三年，正好時間上均衡類比遞進，相思不正是心頭的漣漪疊疊嘛！一個秋字，別有詩的深意。詩中沒有用三春、三夏、三冬，而是用了獨一無二的「秋」字。月、季、年原本是時間的量詞，並不包含特別的感情色彩。突然一個「秋」字，一切都變慢了，被無聲巨大的時空阻隔了，被虹吸了，詩中圍繞這個「秋」字的中心，形成了一個情感激流巨大黝黑的漩渦。這個秋字，完全打破了詩韻、詩情、詩思的均衡，沖毀了安靜惆悵的堤壩。所有相思的乾枯，被突然湧進的波濤、流水潤澤了。《采葛》的詩魂便被這個「秋」字一下子喚醒。

3. 彼采艾兮，一日不見，如三歲兮！

艾

菊科蒿屬多年生草本或略成半灌木狀，詳釋見「植物筆記」。

詩意的第一章、第三章，情出而意在，盡現相思的克制，以對應第二章的漫漫秋聲，歲月的悠遠，雖有極好的月、秋、歲的鋪陳，但顯然，秋聲的迴盪，讓山河在人心上都變得靜肅。中國詩詞裡，相思之音裡秋的深意，正由這《采葛》一篇，被打上歲月之靜美的哀婉惆悵的烙印，也見出人們秉性裡歲月不老的深情。

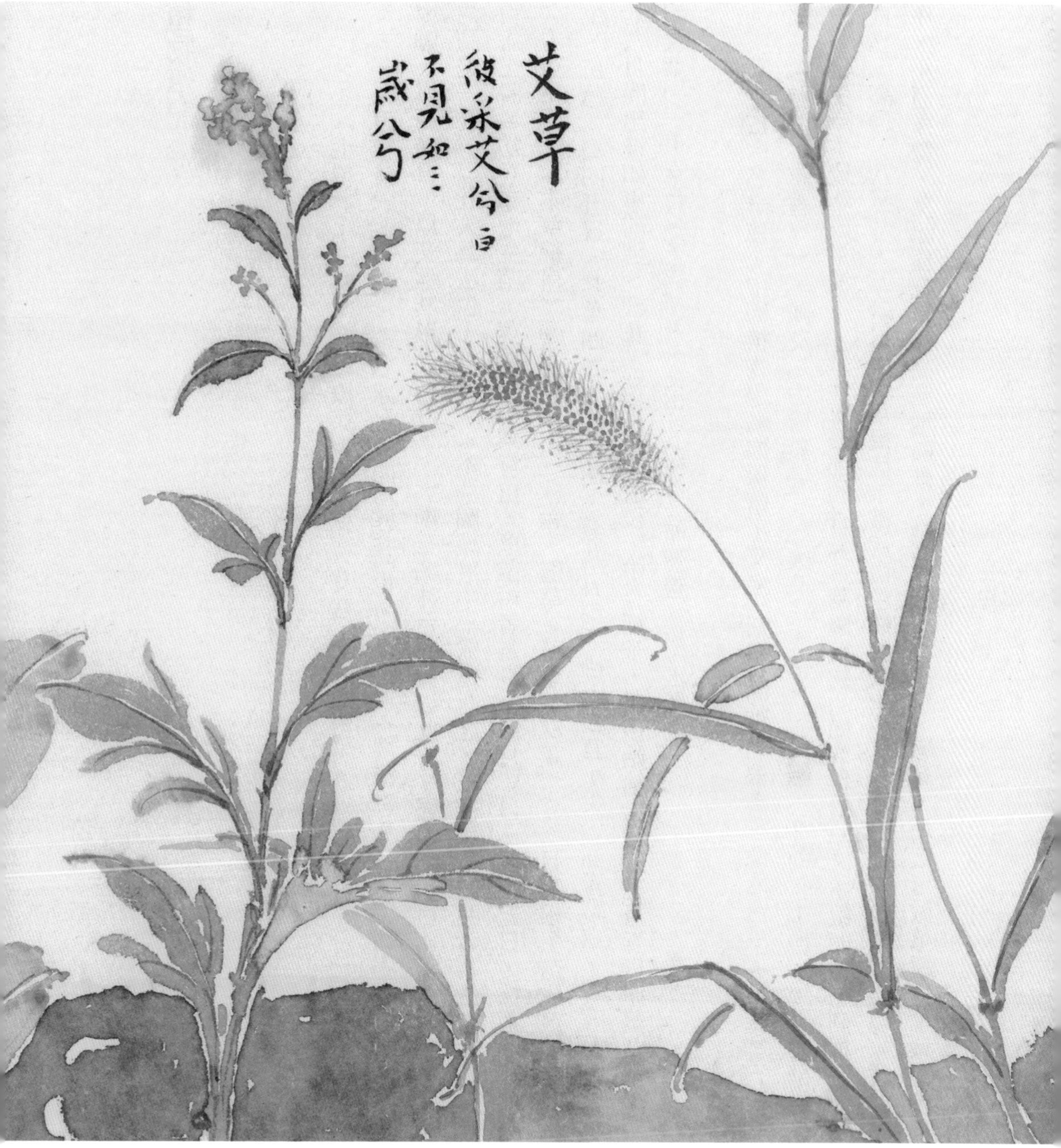
艾草
彼采艾兮一日
不見如三
歲兮

艾，《毛傳》：「艾，所以療疾。」可知，艾為古來的藥草。《詩集傳》：「蒿屬。乾之可灸。」《爾雅疏》：「艾，一名冰台，即今艾蒿也。」陸佃《埤雅》：「《博物志》言，『削冰令圓，舉而向日，以艾承其影，則得火。』則艾名冰台，其以此乎？醫家用炙百病，故曰炙草。一灼謂之一壯，以壯人為法也。」蘇頌《本草圖經》：「處處有之，以複道及四明者為佳，云此種灸百病尤勝。初春布地生苗，莖類蒿，葉背白，以苗短者為良。三月三日、五月五日，採葉曝乾，陳久方可用。」《本草綱目》卷十五艾：「冰台、醫草、黃草、艾蒿……二月宿根生苗成叢，其莖直生，白色，高四五尺。其葉四布，狀如蒿，分為五尖，椏上複有小尖，面青背白，有茸而柔厚。七八月間出穗如車前穗，細花，結實累累盈枝，中有細子，霜後始枯。皆以五月五日連莖刈取，暴乾收葉。」王安石《字說》：「艾可乂疾，久而彌善，故字從乂。」

艾，古今名一致，中國植物學名亦保留了艾名，但它的別名很多，像冰台（《爾雅》）、白蒿（《神龍本草經》）、陳艾（中醫藥名）、火艾（雲南）、艾絨（江浙、上海）。艾為菊科蒿屬多年生草本或略成半灌木。全株有濃郁的香氣（蒿屬植物的顯著特徵），主根明顯，側根多，莖直立，高〇．八至一．五公尺。通常褐色，被灰白色蛛絲狀柔毛。葉互生，羽狀多回深裂。頭狀花序，小而多數。艾除極乾旱和高寒地區外，全中國均有分布。嫩芽、幼葉可做菜蔬。莖葉含芳香油，製為艾繩，點燃熏煙可驅蚊蠅蛇蟲，古時還做燭心。全草入藥，古時視為「止血要藥」和婦科良藥。五至六月，割取地上部分，艾葉曬乾搗碎得「艾絨」，是製作印泥的原料。製成艾條供中醫針灸治療用，可灸百病。古有「家有三年艾，不用郎中來」的說法。民間，端午期間，門梁上懸掛艾，或身上佩戴艾，以禳毒辟邪。至於農諺中「三月茵陳四月蒿，五月六月當柴燒」的說法，強調的是艾的藥用價值。

《詩經》注我

《采葛》裡的「艾」，指的是艾蒿。艾蒿沒有妖嬈的形體和芳菲的花，但在古時，這不起眼的艾蒿，卻是治病救人的良藥。

艾蒿要救治的，《采葛》裡就是百病裡最難也最怪的病——相思病。

常言說，愛不是幸福的疊加，而是殘缺的補全。兩個人一旦在這個亂糟糟的世界裡分辨清楚，真心把愛的大門向另外一個人打開，兩種吸引力的巨大，深海漩渦一般，會攪動起時間的波濤。一日不見，如隔三秋。愛經歷這樣的苦渡，就像在經歷著一場人生不可少的艱難修煉。

草木的枯榮，守護陪伴的是漫漫時間。一日分別，輾轉難眠，心頭的狂野，一時芃芃其貌，一時灰骨盡滅，萬念叢生，如聚散浮雲遮蓋住心靈的天空。相思是有毒的，相思又是最美的。愛最終要落到天地無聲的平靜裡，落到家長里短的日常裡，才算落地生根發了芽。但一定要有那個「一日不見，如隔三秋」作為回想的念頭，有這個念頭打底，人生的波折才能算是值得去經歷的。愛過，活過，然後才有信心活下去。

西北，艾蒿俗稱蒿蒿，從初春長到末秋，將曬乾的淺灰色的細枝擰成草繩，老人用來做抽旱煙的火鐮子，還可以存放到來年，蚊蟲紛飛的夏天，點著一根，掛在門楣上，淡輕煙霧繚繞起來，蚊蟲、邪鬼定然會跑得老遠。身上有粉刺子的小疙瘩，外婆用曬乾的艾蒿熬的水，擦著我身上的刺痛處，一覺醒來，粉刺竟然會雲散煙消。

初夏，艾蒿的細碎葉子正毛茸茸的嫩，摘下來，可以做成美味的野菜。吃過韓國人製作的艾蒿豬肉丸子，雖然不是因為「一日不見，如隔三秋」的深情才吃它，但這艾蒿的肉丸子確實是在舌上留了很多餘味的。

李

幸福的豐收

《王風・丘中有麻》

丘中有麻，彼留子嗟。
彼留子嗟，將其來施施。
丘中有麥，彼留子國。
彼留子國，將其來食。
丘中有李，彼留之子。
彼留之子，貽我佩玖。

雜家題解

詩言「丘中」，連綿的丘陵，很多意義隱藏其中，表達的情意便也模糊不明。詩理解為定情詩，意義是明確的。要和誰定情？正是那個讓自己感覺到了幸福滿滿的人，懷想愛情的過往，曾經一點如麻的迷情，走至芃芃其麥一般豐盛，結了如李子一樣成串的沉甸甸的果實，終於塵埃落定。由此看詩，該是一首歡喜之詩。《毛詩序》：「思賢也。莊王不明，賢人放逐，國人思之而作是詩也。」三家詩也按這樣理解，那個舉國敬重的賢人已不在，看著弱國衰民的淒涼，敬重求賢的心情更顯濃烈，《丘中有麻》思賢詩的意義似乎更是鮮明，詩由此理解便顯出一種悲涼與憂愁。只是，喜得愛侶的情深與思賢求聖的誠心難得，不管結果如何，兩種心意都是相通的。朱熹《詩集傳》說：「婦人望其所與私者而不來，故疑丘中有麻之處，複有與之私而留之者，今安得其施施然而來乎？」朱子反向硬解《丘中有麻》為偷情詩，儒生們斥其不莊。即使如詩人之眼的聞一多也解讀為偷情的合歡詩。如此理解，詩的荒誕不經，倒會讓人懷疑起《詩經》的「溫柔敦厚」裡是不是藏著一份虛假。

詩的多義，因詞語的多誤和解詩的目的而起，人心在詩中予取予求的不同，讓詩顯出不同的樣子。這也是《詩經》複雜世界的一種呈現。

詩的結構，有鮮明的複疊、往復。這複疊，同樣讓詩形詩貌顯出一種曖昧。作為純詩的一個特徵，隱晦與曖昧背後隱藏著靈魂虛實難辨的形態，借用複疊的吟誦，詩意倒會讓讀者或聽者感受到一種不斷向內凝聚的力量。程俊英在《詩經注析》中說：「複疊的修辭是《詩經》藝術手法最突出的一個特徵，包括疊字、疊詞、疊句和疊章，它們除了將感情色彩烘托得更強烈之外，還有配合樂調的關係。天鷹古代歌謠的藝術特徵說：『章句的重疊往復這種表現手法和古代勞動歌曲有密切的關係，是旋律的作用更甚於語言的意義的。』」十五國風中，像《丘中有麻》這樣將詩意以疊句推進的作品不少，說明當時的樂調很適宜於做這樣疊句的演唱。

「我」注《詩經》

1.

丘中有麻，彼留子嗟。彼留子嗟，將其來施施。

丘中有麻

丘中，能讓人推想寫詩的地貌，並非平原地帶。從某種意義上，丘中也正是詩人由詩而興的眼光。麻，穀也，子可食，皮可織為布。《禮記．內則》：「女子……執麻枲，治絲繭，織紝組紃，學女事，以共衣服。」大麻，一年生草本植物，皮可織為布者，古時種植以其皮織布做衣，子可食。麻，即大麻，桑科大麻屬植物，一年生直立草本。原產錫金、不丹、印度和中亞細亞，現各國均有野生或栽培。其中兩個亞種，一種高而細長，為重要纖維植物，一種較矮小、多分枝且實心的，為多國違禁品種。

彼留子嗟

留，此留字，馬瑞辰《通釋》解釋比較清楚：「留、劉古通用，薛尚功《鐘鼎款式》有劉公簠（古人盛放穀類食品的器具），積古齋鐘鼎款識，作留公簠。」子，為男子美稱。嗟，為感歎詞。到朱熹將留解釋為挽留，詩意就全然變了。

將其來施施

將，請，希望。施施，《毛傳》：「難進之貌。」幫助之意。江南舊本都為「將其來施」。施施疊音顯然比一個施字意義更好，顯示出對於劉子，我要更加滿意。

2.

丘中有麥，彼留子國。彼留子國，將其來食。

孔穎達《正義》：「丘中墝（土壤堅硬不肥沃）埆（土地貧瘠）之處，盡有麻麥草木。」、「嗟、國」皆為語氣助詞。將子嗟、子國看做人名，詩的中心便顯得紛亂，詩中額外進來了不必要的人物。

食

吃飯，隱含著邀請到家中來，關係進一步親近。

3.

丘中有李，彼留之子。彼留之子，貽我佩玖。

李

薔薇科李屬落葉喬木，詳釋見「植物筆記」。

之子

與第一章和第二章對劉姓男子的美稱顯然更進一步，定情之後，對男子的稱呼為之一變，就像「之子於歸」的稱呼那樣，已經有了婚約之名的親近。

貽我佩玖

貽，贈予。玖，似玉的淺黑色石頭，古代製作佩玉的材料之一，類似現代人所言雜玉。

詩中的李園幽會一幕，可知，李和大麻、小麥一樣，已經是周朝普遍栽培的植物。羅願《爾雅翼》：「李乃木之多子者，故字從木、子。竊謂木之多子者多矣，何獨李稱木子耶？按《素問》言：李味酸屬肝，東方之果也。則李於五果屬木，故得專稱爾。」《本草綱目》卷二十九李：「李，綠葉白花，樹能耐久，其種近百。其子大者如杯如卵，小者如彈如櫻。其味有甘、酸、苦、澀數種。其色有青、綠、紫、朱、黃、赤、縹綺、胭脂、青皮、紫灰之殊。其形有牛心、馬肝、柰李、杏李、水李、離核、合核、無核、匾縫之異。……早則麥李、禦李，四月熟。遲則晚李，十月、十一月熟。」古時桃李並提，不僅因其兩者果實甜美，也因為桃李之花，在春天盛放爭豔。雖然說「何彼襛矣，華如桃李」，但似乎「桃之夭夭」的粉嫩，要勝過淡妝素裹的李花。桃花之豔，李花之潔，在人心上還是有不同的感覺，清代《灌園史》云：「桃花如麗姝，歌舞場中定不可少；李花如女道士，煙霞泉石間獨可無一乎？」《格物叢話》的作者顯然要更愛李花一些：「桃李二花同時並開，而李之淡泊、纖穠、香雅、潔密，兼可夜盼，有非桃之所得而埒者。」似乎只有懂得夜觀盛開李花的人，才會真正欣賞到李花的妙處。古時婦女立夏夜晚吃李酒的風俗，預求「立夏含李，能令顏色美」的李會酒宴，讓李子與生活之間，更多了一種諧美與風雅。從成語、俗語與李字的多寡，可以知道李同民生關係的緊密。「投桃報李」、「瓜田李下」、「桃李不言，下自成蹊」……

李的古今名稱一致，為薔薇科李屬落葉喬木。高九至十二公尺；樹冠廣圓形，樹皮灰褐色，起伏不平；老枝紫褐色或紅褐色，無毛；小枝黃紅色，無毛。葉片長圓倒卵形、長橢圓形，稀長圓卵形，長六至八公分，寬三至五公分，先端漸尖、急尖或短尾尖。花通常三朵並生；花梗一至二公分，通常無毛；花直徑一．五至二．二公分，花瓣白色，長圓倒卵形，先端齧蝕狀。核果球形、卵球形或近圓錐形，直徑三．五至五公分，栽培品種可達七公分，黃色或紅色，有時為綠色或紫色，梗凹陷入，頂端微尖，基部有縱溝，外被蠟粉；核卵圓形或長圓形，有皺紋。花期四月，果期七至八月。

李原產中國，栽培品種眾多。李花是觀賞花，果實自古以來都是生食嘉果。《兩京記》說東都美李，稱為嘉慶子，《梵書》說，李又叫居嘉陵。其中可見人們對李果味美的賞愛。

李子
丘中有李彼留之子彼留之子貽我佩玖

《詩經》注我

李樹長在山林裡，逢春色開花，夏暑時掛青果，秋上，密密匝匝，殷紅嬌人的李子懸在枝頭，李子自古都是美味的嘉果。最先取食這種誘人山果的，是那些靈長目的動物們，人類也從自己一代代的經驗傳承裡向大自然取食成熟的李果。

由《詩經》的記錄可知，商、周時代，李樹已經種植於巷陌，人們日常生活的河流負載著悠悠情絲的浪花，李果的甘甜，與苦盡甘來的愛情的圓滿是相互依託對照的。

《丘中有麻》就像在一個特殊的宴會上，由知情人演唱著情定終身的兩個人的愛情浪漫史。性靈的飛舞，疊句的詠歎，調子就像歌劇裡的詠歎調一般，歌中唱到，如此美好的事情，就發生在田間的勞作中間，「風起於青萍之末」的腳步聲，終於將兩個生命聚合的浪花掀起。宴席上的人聽著如此甜美的愛情，忍不住舉起酒杯，祝有情人終成眷屬，共飲美酒甘之若飴的醇美。

李子的花兒在春光裡是如此繁盛美麗，這花海的深處，隱藏著「之子」心愛的影子。未成熟的愛情，有過多少酸澀，每一次心靈的緊縮都可能讓愛的大門緊緊關上。但當果實真正成熟的時候，甘美的汁液，是盡著兩個幸福的人兒分享的。

《丘中有麻》很像是一部舞臺劇，麻林中的情動，麥田邊上的懇談共食，李子樹下美酒嘉果豐收的分享，每一幕裡都有心動情動的故事。

對《丘中有麻》的解讀，依託古訓和教化的解釋，國人思念放逐的賢人，日日勞作之餘閒暇的心事，便都要為期盼賢人的回歸做種種可能的考慮。但若看做一首情詩，我們便從一切陰鬱的情緒中脫出，詩意自帶了難以捨棄的歡喜。每種詩意的辨識都不能說是對錯。好的純詩總有它特別的翅膀，帶著我們飛向我們憧憬的地方。

《大雅．抑》說「投我以桃，報之以李」，經歷千萬年時光的打磨，今天，詩教的敦厚，像這投桃報李之情，一直沒有變過。

古諺說：「桃李不言，下自成蹊。」這樣的話帶領我們體會「務實，不尚虛聲」的道理。另，未熟的李子，含果酸過多，不可多食，吃多了，會虛熱腦脹，胃發痙攣，農諺說「桃飽人，杏傷人，李子樹下躺死人」，也是有原因的。

鄭風

栗

情愛的果子，美味的果子

木槿

有女同車

蓮

「所見」芙蓉色，「不見」蓮子心

茜草

遠古紅色的母親

佩蘭、草芍藥

春水流殤花見情

地理位置

鄭國原在陝西西安，是周宣王分封給弟弟友即鄭桓公的封地。據鄭玄《詩譜》記載，西周末年，周幽王貪婪敗政，王室動盪，鄭桓公擔心國禍殃及自己的家族，便讓史官推薦一塊避禍的地方。鄭桓公問史三年後，周幽王被申國（申後母國）引犬戎之敵所殺，西周覆滅，鄭桓公也死於禍亂。鄭桓公的兒子繼位，是為鄭武公。鄭武公協助周平王遷都東都王城，為東周之始。鄭武公因助遷都有功，獲得十邑之地，即史官所說「右洛左濟，前華後河，食溱、洧焉」，也就是河南新鄭，並在那裡建都（漢時為滎陽宛陵縣西南，即現在鄭州南面的新鄭市一帶），日後吞併鄶和東虢兩個小國，鄭國國勢進一步得到擴展。新鄭之地據說是高莘氏火正祝融的都城，有著濃厚的殷人風俗。周禮對鄭風的影響相對薄弱，鄭地男女喜好聚會行樂，故風俗奔放熱烈。鄭國文化發達，子產做宰相時自辦官學，人們好詩善樂，性情奔放，少顧忌，故說鄭風「淫」，淫非為放蕩、奢靡，乃動聽、浪漫，多情事。十五國風，鄭風之詩保留最多，有二十一首。

青檀

浸入神祕色澤裡

《鄭風．將仲子》

將仲子兮，無踰我里，無折我樹杞。
豈敢愛之？畏我父母。
仲可懷也，父母之言，亦可畏也。
將仲子兮，無踰我牆，無折我樹桑。
豈敢愛之？畏我諸兄。
仲可懷也，諸兄之言，亦可畏也。
將仲子兮，無踰我園，無折我樹檀。
豈敢愛之？畏人之多言。
仲可懷也，人之多言，亦可畏也。

雜家題解

《將仲子》的「將」讀音為「槍」，請求，「二哥請聽我說」。整首詩的意義便是從這個「請」字的急迫之情中綻開的，熱戀男女心意孟浪和行動失衡的趣味，都能在這個「將」字中感知。從純粹愛情詩的角度，《將仲子》說的都是「熱戀」。既然是熱戀，相愛男女，兩人都會陷入不知理智為何物的迷情裡，至少有一人，會完全不會在乎藩籬，不會在乎閒言碎語。愛戀之火本就是將兩個生命融在一起至高的熔煉，是對生命的一次無比重要的重塑。《將仲子》的鏡頭，真是張力十足的一瞬，不僅在動作，還在心頭。正準備從牆頭跳下來的，是那個腦子被愛的電流炸裂了的男孩子，理智、聰慧、點子多的反而是站在牆角苦勸的那個女孩（這樣的愛情多半都可成）。對那個正要跳牆破籬，把她從世上掠走的戀人，她的請求、推拒，詩言讀起來不像是真的拒絕。心底裡，她可能在罵那個男孩子死腦筋，她只是勸他，不要讓自己的父母、哥哥、鄰居撞見咱們的約會，心底裡卻是用另一種聲音在說，要想辦法躲開我的父母、哥哥、鄰居才行啊！「人言可畏，難道你不知道嗎？」詩裡有多少愛情的烈火，滾燙地燃燒在生命的大地上。那個孟浪少年，反倒讓人看到的是一副不在乎「人言可畏」的可愛模樣。左右為難的女孩子，急得不知怎麼辦才好，大概是快要哭了，心裡反而更愛這個狡蠻的壞蛋。

愛情劇的爛漫五彩，轉成歷史劇就陰沉晦暗了許多。情感與歷史這兩者在文化史裡一直都在慢慢交融。趨勢是，當初成詩的歷史背景的分量在逐漸變輕，凝聚為詩的情感元素反而在人性的分量上在日漸加重。《詩經》純詩的特徵越發明顯時，一首詩讓人愛不釋手的一個重要原因，就在於它穿越了歷史複雜又簡明的時空，穿越了人心輕盈與滯重的凝練，面目不是模糊不清，而是越發清晰明亮了。不滅的純詩，永遠都是精神、藝術、思想和創新的珍寶。這也是《詩經》的價值千古不滅的一個重要原因。

歷史給予《將仲子》的又是另外一種心聲。《毛詩序》說：「將仲子，刺莊公也。不勝其母以害其弟，弟叔失道而公弗制，祭仲諫而公弗聽，小不忍以致大亂焉。」這是記載在《左傳．隱西元年》的事情。鄭武公生了兩個兒子，大兒子出生時難產，母親姜後厭惡他，就給他起名寤生，對二兒子共叔段備加寵愛。姜後數次希望鄭武公將共叔段立為太子，鄭武公都沒有同意。寤生即位，是為鄭莊公。姜後和共叔段試圖攫取王位，祭仲發覺了陰謀，進諫鄭莊公，讓他儘快做決斷。鄭莊公說，小不忍則亂大謀，多做不義的事，自己一定會垮臺，且等等看吧。將《將仲子》看做祭仲和鄭莊公的對話，《將仲子》的意思深處，便滿是勸誡、警惕和退讓。《毛詩序》的物件是君王，說話的目的自然就是安頓天下，不是理解人心。由政治詩的眼光，可看出鄭莊公心意的委婉，也可見出他是個心思縝密、眼界長遠、城府極深的人。

越是理解《將仲子》中細膩的心理描述（程俊英說這心理描寫，寫到了盡致），便越能感受這首情詩簡中實繁的世界。詩中，愛戀是一根琴弦，禮法是一根琴弦，它們以不同的方式被撥動，發出不同的共鳴的和聲。開頭「將仲子兮」的呼告，透露著遮不住的親密，這種「愛著你」的心情，是整首詩的主音，是整首詩的內在世界。至於禮法，如同遙遠的旁白透出的一絲不安的副音，構成了整首詩的外在空間。詩音的對照，隱含著現代藝術創作中的複調。

「我」注《詩經》

1. 將仲子兮，無踰我里，無折我樹杞。豈敢愛之？畏我父母。仲可懷也，父母之言，亦可畏也。

將仲子兮

二哥啊，請你聽我說。第一句話裡，便包含了強烈的戲劇色彩。將，請求。古代，伯、仲、叔、季是兄弟姐妹的排行順序。子，對男子的愛稱或美稱。仲子，這裡便是二哥。若按《毛詩序》，此仲子為祭仲，講話的人為鄭莊公。

無逾我里

逾，翻越。里，古代二十五家為里。孔穎達《毛詩正義》：「地官遂人云『五家為鄰，五鄰為里』。」凡里，皆以牆相圍。里這裡指牆，但這個牆，指的該是週邊的高牆，與後面的杞柳相對應，杞柳是長在堤岸邊的樹木。

無折我樹杞

折，本義折斷。姚際恆《詩經通論》引季明德言：「篇內言『折』，謂因逾牆而壓折，非采折之折。」杞，木名。陸璣《陸疏》：「杞，柳屬也;生水旁，樹如柳，葉粗而白色，木理微赤，故今人以為車轂。」為楊柳科柳屬杞柳。樹高一至三公尺，古時常用杞柳枝條編織農具。

之

指杞柳。不是我愛護那棵杞柳樹，是我害怕我的父母要罵我。

懷

這個「懷」字用得絕妙。它表達的意思不止懷念、想念這麼簡單。一個「懷」字，真是情意綿綿，深情款款。女子此刻的矛盾心理，從對「懷」的迎拒中表現出來，反倒讓詩意顯得更加動人。思念和愛戀逼得二哥去翻牆，一定是二哥總往小妹家跑，讓小妹的家人煩了，把家門關上、拴死了。

父母之言

應該是小妹的父母對二哥說的難聽話。這些話讓小妹聽了，一定讓她難過，讓她害怕。這裡能看到，小妹真是溫順又聽話的女孩，也正因如此，才讓二哥更愛她。

2.

將仲子兮，無踰我牆，無折我樹桑。豈敢愛之？畏我諸兄。仲可懷也，諸兄之言，亦可畏也。

牆

這個牆要和後一句的桑對應，古代桑樹都是種植在庭院旁的樹木。《孟子．盡心上》：「五畝之宅，樹牆下以桑。」這裡的牆，當指院牆。

桑

這裡指家桑，原產中國的桑科桑屬植物。

諸兄之言

指小妹的兄弟罵二哥的話，讓小妹害怕。小妹的害怕，其實是不忍，是捨不得，也是規勸二哥不要和家人的關係鬧得太僵。

3.
將仲子兮，無踰我園，無折我樹檀。豈敢愛之？畏人之多言。仲可懷也，人之多言，亦可畏也。

園

《毛傳》：「園，所以樹木也。」

檀

詩境更近於青檀，詳釋見「植物筆記」。

明人徐常吉釋：「由逾裡而牆而園，仲之來也以漸而迫也。由父母而諸兄而眾人，女之畏也以漸而遠也。」這種遞進理解詩意的方式，從詩的敘事功能，進入到心理學的感知功能，頗具現代文學視角對詩的認識。對父母、兄弟、鄰居的畏懼和害怕，隨詩意的推演，在小妹心裡漸漸消散。日後成為「人言可畏」的成語，詩中只是小妹細密周全的一個小心思。

4.

二哥最後是不是從牆頭一躍而下，讀者可以自己去判斷。小妹的心思是焦慮還是歡喜，讀者也可以自己去揣摩。這份愛雖然遇到了艱難，但有這樣的小妹，有這樣的二哥，青春的滋味是那麼驚豔。詩意鮮明生動，精準真切，無一句詩說到小妹的容貌，但透過那個騎在牆頭不管不顧的二哥的雙睛，透過彌漫全詩的小妹溫情滿滿的言語，讀者能夠通感到一個心思敏慧、顧念周密的女孩子，這個聰靈水秀的姑娘，定然還有一顆有趣的靈魂。你看，她和她的二哥，在牆頭下，所說的千百年來讓人忘不了的「人言可畏」的情話，讓多少牆頭馬上的愛情故事生成了無法忘懷的開端。詩中姑娘的心緒容顏，在盡情驅遣著世人被魅惑的想像，在盡情馳騁著詩意澎湃水勢的奔流。

青檀

將仲子兮無逾
我園無折我
樹檀

檀，《毛傳》：「檀，強韌之木。」陸璣《陸疏》：「檀，木。皮正青，滑澤與繫迷相似，又似駁馬。」《本草綱目》卷三十五檀：「朱子云：檀，善木也。其字從亶以此。亶者善也。」、「檀有黃、白二種，葉皆如槐，皮青而澤，肌細而膩，體重而堅，狀與梓榆、莢蒾相似。故俚語云：斫檀不諦得莢蒾，莢蒾尚可得駁馬。駁馬，梓榆也。又名六駁，皮色青白，多癬駁也。」蘇頌《本草圖經》：「江淮、河朔山中皆有之。亦檀香類，但不香爾。」

常言所稱檀木有多種，均為貴重木材，比如豆科柿屬的「黑檀」，豆科的「紫檀」、「黃檀」，山礬科的「白檀」，都可稱為檀木。這些樹種均原產於熱帶地區（今中南半島及兩廣一帶），廣泛分布在黃河流域的檀木只有青檀，故《中國植物志》將青檀定為《詩經》中的檀木。

青檀，榆科青檀屬落葉喬木，別名檀、翼朴、檀樹、搖錢樹。樹可長到二十公尺，胸徑達七十公分或一公尺以上。樹皮灰色或深灰色，幼時光滑，老熟後常裂作長片剝落，露出內層深綠色新皮，樹幹凹凸不平。單葉互生，主脈三出。花單性，雌雄同株，腋生。花期三至五月，果期八至十月。常長於低海拔山麓、溪穀。喜生於石灰岩的山地，為中國特有的單種單屬樹種。

青檀為貴重木材，材質堅硬細密、紋理直細、強韌耐損，是古代製造車輛的重要材料，因此古代兵車常稱「檀車」。莖皮、枝皮纖維堅韌，可用於紡織、製繩，更是製造宣紙的優良材料。由《將仲子》一詩可見，青檀古代已經是種在庭院深處的觀賞樹種。現在的山東，還能夠見到千年的古檀。

《詩經》注我

最早鄭樵在《詩辨妄》中將《將仲子》示為「淫奔」的情詩，朱熹在影響深遠的《詩集傳》中採用了這種說法。《將仲子》便一直到近代，遭受更多的都是批判。

詩的好，總會存著一份真相，乾淨、純粹的心靈並不是完全受欲望誘惑了才表現出來的。《將仲子》的愛情裡，深深埋著「人言可畏」的責備，似乎天地人心的平衡裡，兩顆熱戀中的心靈，也是顧忌到了社會和道德秩序的邊界的。女子的勸誡和苦苦的哀求，將一個男人心上放浪形骸的波瀾，一次又一次掀起。這個不顧一切的愛人，怎麼會顧忌禮法的制約，而放棄心靈的選擇呢？

詩的妙處是存著一份讀者的選擇：你在牆上，聽著日思夜想的愛人的苦勸、求情，難道要把戀情拋到禮法的後面。那還是兩個熱戀的人心裡滾燙的愛情嗎？

《將仲子》是成語「人言可畏」誕生的源頭。封建時代，「人言可畏」是對藏著殺人不見血的閒言碎語的透徹解說。為何閒言碎語能夠殺人，是因為道德繩索總是在無形中捆綁著日常生活。在周代，道德倫理還沒有統一為儒家綱紀倫常的面目，民間和宮苑之中，周禮的約束在各個諸侯國，力量也是有限的，並不能窒息自由的戀歌、奔放的情話。《將仲子》呈現的畫面，向我們描繪的，正是自由心靈選擇愛情的觀念。這個觀念更接近人的自然屬性。「人言可畏」這四個字日後在儒家的倫理體系中不斷得到強化，《將仲子》裡女孩心有不安的擔憂，正是封建時代整個女性悲慘命運的擔憂。

詩中被莽撞男子壓折枝枒的檀木，正是榆科的青檀。可見春秋時期，青檀已經是普遍種植的庭院樹木。既美觀又堅韌的青檀，《詩經》裡《伐檀》的情景，還讓我們知道，古代戰車車輪的輻軸也是用青檀製造的。

檀在印度梵語中，內含「布施」的深意。在佛事生成的殿堂裡，煙熏霧繞的檀香，在佛經中和定心、安神、醒腦、鎮邪、通竅緊密連接。高僧口念六字真言，手撚一掛烏黑發亮的紫檀佛珠，「一念生而萬念生」的有的推演如在心間，「一念去而萬念不存」的空又從手邊流逝。檀木的性質，正是與人心上存著的敬畏與神祕對應。

檀木的獨特秉性，在人類歷史上，被拉入不同文化和宗教體系，這讓自然一木，披上了神祕的外衣。物不言，而知萬物。老子所說的道，與檀木的滋味，也有一種共鳴。

中國神話裡，檀木被稱做青龍木，青龍木的神話，與權力共生，便附加了更多說不清道不明的幽密。

木槿

有女同車

《鄭風．有女同車》

有女同車，顏如舜華。
將翱將翔，佩玉瓊琚。
彼美孟姜，洵美且都。
有女同行，顏如舜英。
將翱將翔，佩玉將將。
彼美孟姜，德音不忘。

雜家題解

像曹植寫《洛神賦》那樣的戀歌，是迷情，因為是迷於一種激情的揚起和未知的幻境，便可以盡可能發揮天賦與才華給予一個人想像的張力，這樣的戀歌就能寫得自由而任性。但像《有女同車》這樣的實寫，還要寫出人心上千古不滅的聲息，就非常難了。雖然難，但《有女同車》正是中國詩學難而有成的一個絕好範本。一個地位頗為尊崇，自詡自己頗為優秀，自信滿滿志得意滿的男子，帶著心儀的美女，駕車出遊，如此人生快事，正是讓人得意忘形的時候。

但得意忘形，正是生成詩的漩渦，這樣的語調，一不小心，會很容易因奢靡而浮誇，因驕縱而桀驁，因桀驁而不馴，不馴便會生出形變的醜態來。

《有女同車》寫了女子絕世的容顏，彷彿鳳凰展翅一般。詩人寫得非常妙，心頭的那點驕傲，若一旦露出炫耀之形，便無足觀，但這點驕傲最後並沒有落在欲念的宣洩上，而是被德性的莊嚴穩穩接住。這個陪伴同游的窈窕淑女，自然昭顯著好逑的君子。詩中「春風得意馬蹄疾」的自得，「婉若游龍乘雲翔」的自信，都是留給讀者自己去體會的。如此美好的一對男女，並行在車輛疾行的大路上，不正是世間的一道絕好風景，不正是一份完美的愛情？流沙河先生說，此詩寫的是鄭國貴族公子帶著美女在飆車，香車寶馬的濃豔到讀的人忍不住笑起來。

《有女同車》既隱現一個男子的自尊，同時彰顯著女性之美自信的源流，這種美不僅因為如英如花的形色，更是體現出了洞察花海風勢的自然母性，這母性說到底說的是秉性裡的寬厚與堅韌。從這母性之根，正可以生成如英如華的體貌與氣質。

《毛詩序》將《有女同車》看做諷刺詩，歷史的背景印證詩意很有意思。《毛詩序》認為，此詩是諷刺太子忽（即後來的鄭昭公）不娶強大齊國的公主，卻娶了弱小陳國的公主為妻，最終失去了齊國的資助與依託。清人錢澄之《田間詩說》以此解釋，詩的第一章說的是太子忽娶陳女的情形，詩的第二章說的是太子忽娶齊女的情形。太子忽失去了迎娶齊僖公女兒的機會，也就失去了一個君王以國為重之德，最終導致鄭國國勢的動盪。以史為鏡，《有女同車》的諷刺意味就很濃了。但《有女同車》影響後世詩學的重心，還是因為它是描述美好愛情的純詩，與這諷刺的關係不大。豔麗詩如人攬鏡自照，形色有限的辭章，寫一份快意美好，很容易流於千人一面的程式。獨一無二的《有女同車》，是豔麗詩中少有的傑作。豔麗詩看似人人可信手即來，要寫出絕味反而最難。一個人再美（尤其是女子的美），眼睛所見的皮囊，總是有限，要如《有女同車》，去觸碰深如海一樣魅惑的靈魂，就必須要打開一個不可收束的開放世界，並要進入這個開放世界去探索欲望的無限。

「我」注《詩經》

1. **有女同車，顏如舜華。將翱將翔，佩玉瓊琚。彼美孟姜，洵美且都。**

有女
這兩個字極顯自得。如沒有首句心意泛起，「顏如舜華」的美便失去了人心的依託。

顏如舜華
舜，錦葵科木槿屬木槿，詳釋見「植物筆記」。華，同「花」。

將翱將翔
充滿了無限想像力的描述，既是花隨風勢擺動的美豔，又是女子裙裾隨風飄揚的美態，還是兩人下車出遊，走在大自然中的恣意步態。《詩經》語言的特質正是巨集闊與入微同在。這種以虛寫實的筆法，高度濃縮著詩情詩意外顯的張力。

佩玉瓊琚
前句寫形色自由的美態，後一句寫內在溫潤、堅韌、柔和的德音。形色眼觀，德音為什麼要耳聽？這裡頭便與人們對音律的價值認定有關，音律為德之入口。古人重德，說天下美好之物，唯「有德者居之」，德是天道的內在反映，君王、貴族不以權勢為尊貴，而以德性為尊貴。玉是中國古人德性的象徵之物。瓊為赤紅美玉，琚為精美玉石。佩玉瓊琚，暗示著地位尊貴。將翱將翔，自然會有佩玉相擊之聲，玉音脆而清悅，正好意味著兩人語言上交流的歡快與自如，暗含著相知的情意。

彼美孟姜

這句話裡藏有男人一瞥的目光，為什麼一瞥，因為身邊的女子是個大美女，是他欣賞、鍾情的女人，這個美女顧盼神飛的姿態，她的長髮，她的眉梢，她的唇顏，她的手臂，她的裙裝，無時無刻不在吸引著男子的目光，才會在心裡有自得滿滿的「彼美孟姜」的讚歎。孟姜，後世作美女的統稱，《毛傳》指齊之長女。

洵美且都

洵，副詞，同「恂」，確實。《正義》：「美好閑習謂之都。」指悠閒自得之態。就好像對女子之美的讚歎從心口溢出來，很自然便會說：「啊，你真美啊！」風勢隨人聲，愉悅心意滿。

2.

有女同行，顏如舜英。將翱將翔，佩玉將將。彼美孟姜，德音不忘。

英

《毛傳》：「英猶花也。」氣質上與「華」又有差異。華指花朵色澤之豔，更具體指花色；英指花氣質之出眾，更具體指花朵的光彩。《詩經》指物，極少散漫，要麼宏闊，要麼入微，越體會到深處，越能感受到詩意自由的美態與內斂的神奇。

將將

即「鏘鏘」，玉石相碰之音。佩玉將將，有「不見其人，但聞其聲」的神奇效果，如遠山隔音，引人入勝。

德音不忘

最後一句，為全詩的破發點。說你的美是如此吸引人，但我心裡真正難忘的，還是你的品德，是你的秉性，是你的氣質，最終吸引我的，是你的內在。《詩集傳》：「德音不忘，言其賢也。」整部《詩經》的「溫柔敦厚」，讀男子，在賢德，示女子，為賢淑。愛一個人，由外而內，婉順如一。但德是中心。凡深解詩意，將詩展開的世界引向欲念，便是對詩最大的誤解。

3.

由《有女同車》的重德，可看出中國古典詩學與西方詩學探索生命的不同脈絡。中國詩學本質上並不拒斥欲望，但這種任情縱性，並不是詩意追求的目的，德音始終如影隨形，靈魂之終結還是在一個人德性的純淨上，中國古典詩學正是通過德性的道路去探索生命的意義。西方詩學則將欲望的張揚置於人性內部，又將人性與自由和愛關聯起來，在人性善惡的複雜糾纏中去探索生命的意義。東西方詩學在語言形式的指向上是有差異的，德必然側重整體，而人性則必然彰顯個性。兩種詩學的本質並無分別，都在試圖尋找天道的規律與靈魂的存在之間的關係，也就是人何以為人的原因。

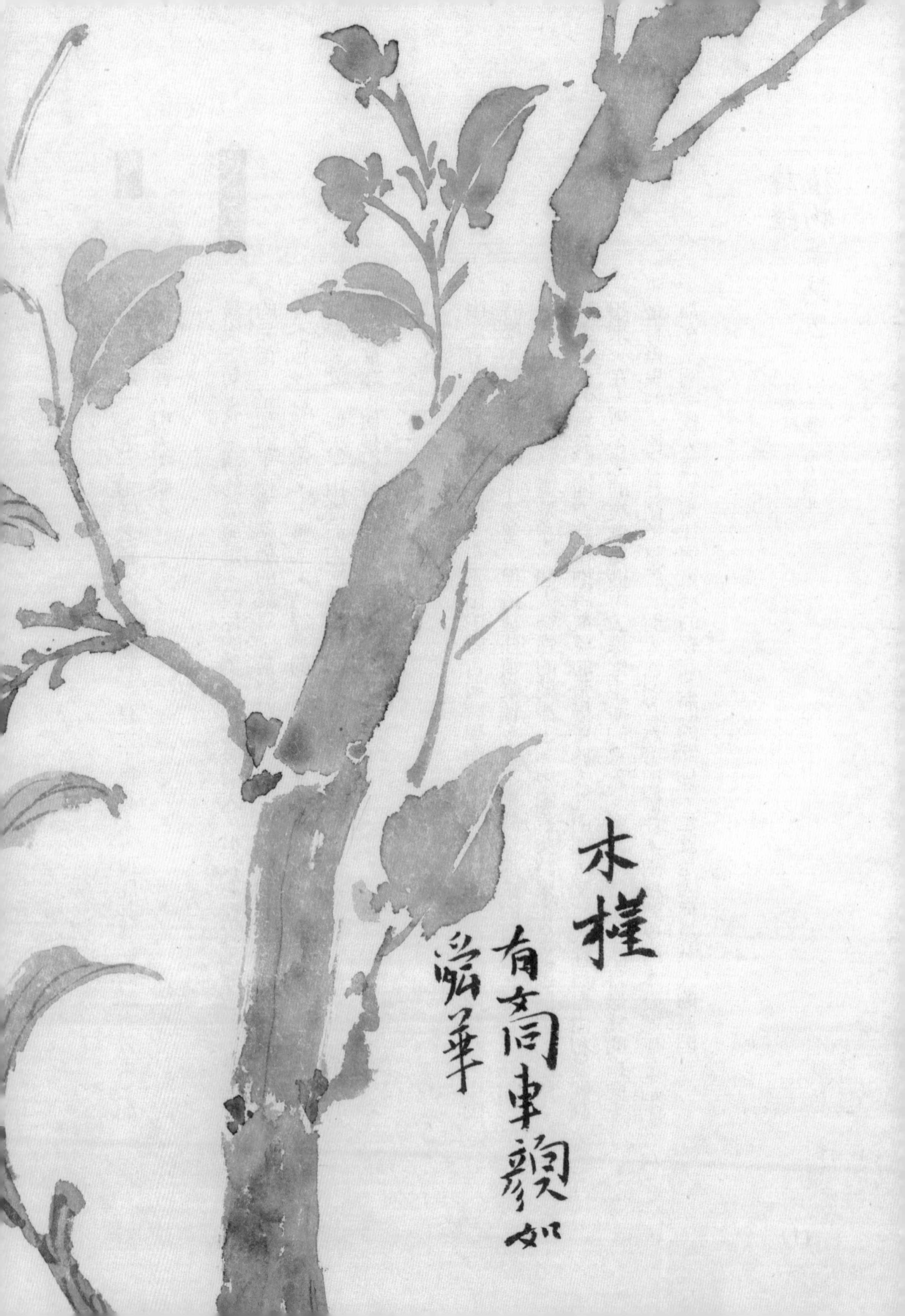
木槿
有女同車顏如
舜華

舜，《毛傳》：「舜，木槿也。」陸璣《陸疏》：「舜，一名木槿，一名櫬，一名椵。齊、魯之間謂之王蒸。今朝生暮落者也。」《本草綱目》卷三十六木槿：「椵、櫬、蕣、日及、朝開暮落花、藩籬草、花奴王蒸……齊魯謂之王蒸，言其美而多也。《詩》云『顏如舜華』即此。……槿，小木也。可種可插，其木如李。其葉末尖而有椏齒。其花小而豔，或白或粉紅，有單葉、千葉者。五月始開，故逸書《月令》云『仲夏之月木槿榮』是也。結實輕虛，大如指頭，秋深自裂，其中子如榆莢、泡桐、馬兜鈴之仁。種之易生。嫩葉可茹，作飲代茶。」其他茶葉飲之令人亢奮，木槿茶飲之倒有助睡的功效。

舜的意義，與它的花朵朝開暮謝有關，花開一瞬，古人說木槿花「僅榮一瞬」，舜便與瞬有對照之意。唐詩人皇甫曾作詩「愁心自惜江蘺晚，世事方看木槿榮」，哀歎命運的難以捉摸，此處木槿之榮，指的正是朝開暮謝的意思。木槿一朵花只開一日，但全株的花期長達四月。如此持久地綻放，正與生命的盛夏對應互生。常言說女子容顏易逝，但說女子顏如舜華，便是對她美貌的特別讚美。

木槿，即錦葵科木槿屬木槿，落葉灌木，高三至四公尺，樹皮灰褐色，莖直立，多分枝，單葉互生，葉片卵狀三角形。花單生於枝梢葉腋，大型，花瓣五。木槿因花瓣有單瓣或重瓣，花色有淺藍紫、紫紅、粉紅、淡紅或白色，每一種不同，讓木槿生出很多變種，比如白花重瓣木槿、粉紫重瓣木槿、短苞木槿、雅致木槿、大花木槿、牡丹木槿等。木槿的花期七至十月。原產中國中部各省，適應性強，現南北各地都有栽培。木槿花大而美，自古是園林景觀的觀賞樹種。

《月令》取木槿為季節性特徵植物，以木槿花盛開時節為夏至，正是常言所謂仲夏。

《詩經》注我

所謂情人眼裡的那個西施，是個什麼樣子？「顏如舜華」，舜華，即盛開的木槿花。木槿因為是朝開暮合花，朝露的滋潤，月色的撫摸，真是備極了寵愛，想想意識裡可以呼吸的膚色，感覺朝露中透出粉色的胭紅。

體態輕盈，幾預迎風翱翔，優美的體態映襯著玉佩晶瑩的色澤。因為美的激發，所以有閒雅的魅惑，因為同心而喜，所以有德音的惠美。

這同車的美女，將要成為一個人的愛人，同時，詩意的長遠，同時又在立下一個關於女子審美的標準，她的輕靈典雅的美是從自然的精華裡生出來的，同時，她的莊重還在教化的浸潤裡發著光彩。這樣的美女，天然帶著自性，教化引著賢德，眼波裡藏著敏慧。

一個男子人生的一個最大的夢想，便是能和一個如此深愛的女子，一路同車，望盡天涯路。

木槿，取「舜」的短暫，在朝開暮謝之間，包含著深深的顧愛和憐惜。如此的愛人，能不讓人珍惜。

木槿花，古老的《月令》命名它為仲夏夜之花，雖然朝開暮謝，卻並不為憂傷，迎著純淨的陽光，含有歡喜，嬌顏盛開，朝暮看似一瞬，卻又隱含著日日夜夜的迴圈。遇到木槿一般美好的女子相伴人生，該是怎樣的幸福。

蓮

「所見」芙蓉色，「不見」蓮子心

《鄭風・山有扶蘇》

山有扶蘇，隰有荷華。
不見子都，乃見狂且。
山有橋松，隰有游龍。
不見子充，乃見狡童。

※「隰」音同「席」

雜家題解

讀詩是為了什麼？這個疑問一經提出，一首詩的意義立刻便由一個平面折疊成為多面立體的空間。一首經典之詩，同時也就成了眾人之詩。每個摯情的讀者，都對應有一顆怦然跳動的心房，當他在詩中讀到自己，詩便在他心裡自然而然生成一幅生命的圖畫，勾勒出心中正要作出應對的悲喜。從心靈意義上，讀詩便是為了讀懂自己。但每一首詩都有它生成的歷史，有寫成它的作者，有時代風滿樓、雨驟歇的呼應。從歷史意義上，讀詩便能讀出一段消失在時間長河中的故事，這樣的可考據、根脈自生髮的詩，自然只有獨一無二的一首，是確定的人、確定的事，在確定的時間、確定的地點寫成的。

揣摩《山有扶蘇》的情緒，就像羅列一首詩的族譜。

如果詩的重心是女子渴望見到如「子都」、「子充」一樣的絕世美男子，整首詩的重音便落在「不見」二字上，整首詩的情緒便彌漫著一種憂傷，甚至含著一絲怨怒。《毛詩序》的歷史背景正好與此呼應。歷史記錄裡，公子忽正如「子都」、「子充」般俊美，而且頗有一種不凡的志向，齊僖公對公子忽（也就是後來的鄭昭公）很是欣賞，便向鄭國三次提親，想將二女兒文姜嫁給他，公子忽三次都拒絕了。文姜心中憂鬱，因此便有模仿文姜口氣的《山有扶蘇》在民間流傳。詩情、詩意、詩史都是能對得上的。《山有扶蘇》真如《毛詩序》所說「刺忽」，讀掀動鄭國歷史的這首風詩，便能讓人窺探到春秋亂世風雲的一角。

若詩的重心是「狂且」、「狡童」的嗔怨，整首詩的重音便在「乃見」二字上，詩的情緒就是歡愉，看似罵做蠢材，怪怨這個狡詐的壞蛋，實則在女子心裡，這個古靈精怪的男子正為她所珍愛，女子對男人的愛意早已變得私密，兩個靈肉結合的生命，正熱切期望著生命的相守。這樣的兩個人，打情罵俏正是熱戀的自然反應，詩意因這樣的打情罵俏更顯出動人的魅惑。

北宋以後，中國的思想正面臨思想的重建，傳統的經學就必然要經歷一種否定之否定的破局，《詩經》便要將《毛詩序》的枷鎖打碎，將詩本意的面目呈現出來。《山有扶蘇》精彩紛呈的地方，還是在天地的感應與情愫的比照，在於那種坦誠熱烈地直抒胸臆，在於愛的心意無拘無束。至於刺與諷的怨情結成的泥胎，早已碎成風沙。

「我」注《詩經》

1. **山有扶蘇，隰有荷華。不見子都，乃見狂且。**

扶蘇 毛傳：「扶蘇、扶胥，小木也。」扶蘇亦謂之扶疏。段玉裁《說文解字》注：「扶疏謂大木枝柯四布，疏通作胥，亦作蘇。」此處指樹木枝葉茂盛，為古代某種樹木的名稱。

隰有荷華 隰，低濕的窪地，正是荷花盛開的池塘。荷華，蓮，詳釋見「植物筆記」。

子都 孟子《告子》：「至於子都，天下莫不知其姣也。」子都是古代美男子的代稱。

狂且 《毛傳》：「狂，狂人也。」馬瑞辰《通釋》：「且當為伹字子之省借……狂且，謂狂行拙鈍之人。」

2. **山有橋松，隰有游龍。不見子充，乃見狡童。**

橋 為喬之假借。王肅云「高也」。高大的松樹。

游龍 游，《鄭箋》：「猶放縱也。」龍，《毛傳》：「紅草也。」陸璣《陸疏》：「游龍，一名馬蓼；葉粗大而赤白者，生水澤中，高丈餘。」此龍即紅蓼，蓼科蓼屬一年生草本。

子充 《毛傳》：「良人也。」代表好人。

狡童 馬瑞辰《通釋》：「昭公有壯狡之志。」說鄭昭公是一個胸懷大志又生性狡詐的人（也就是我們常說的志大才疏）。方玉潤《詩經原始》：「狡獪小兒也。」狡猾的壞小子。

3. 現代人解《山有扶蘇》：男人不壞，女人不愛。看著接地氣，實在俗陋不堪。鄭風在情事上的張揚和熱烈，透過《山有扶蘇》可窺一斑。

荷與蓮，在中國古籍裡時常混用，指的都是同一種植物，名稱是以植物的莖得名。《毛傳》：「荷華，扶蕖也，其華菡萏。」陸璣《陸疏》：「其莖為荷。其花未發為菡萏，已發為芙蕖。其實蓮，蓮之皮青裡白。其子菂，菂之殼青肉白。菂內青心二三分，為苦薏也。」《本草綱目》卷三十三蓮藕：「芙蕖，總名也，別名芙蓉，江東人呼為荷。……其莖茄（指葉柄、花梗），其葉蕸（指葉子），其本蔤（地下莖初生細瘦），其華菡萏，其實蓮，其根藕，其中菂，菂中薏。……菡萏，蓮花也。菂，蓮實也。薏，菂中青心也。郭璞注云：蔤乃莖下白蒻在泥中者。蓮乃房也。菂乃子也。薏乃中心苦薏也。江東人呼荷花為芙蓉，北人以藕為荷，亦以蓮為荷，蜀人以藕為茄，此皆習俗傳誤也。……其芽穿泥成白蒻，即蔤也。長者至丈余，五六月嫩時，沒水取之，可作蔬茹，俗稱藕絲菜。節生二莖：一為藕荷，其葉貼水，其下旁行生藕也；一為芰荷，其葉出水，其旁莖生花也。其葉清明後生。六七月開花，花有紅、白、粉紅三色。花心有黃鬚，蕊長寸餘，鬚內即蓮也。花褪連房成菂，菂在房，如蜂子在窠之狀。六七月採嫩者，生食脆美。至秋房枯子黑，其堅如石，謂之石蓮子。八九月收之，斫去黑殼，貨之四方，謂之蓮肉。」

荷花
山有扶蘇隰有荷華

《中國植物志》以蓮為中國學名，俗稱的通用名為荷花。蓮為睡蓮科蓮屬多年生水生宿根草本。中國南北廣為栽培，主要分布在長江、黃河和珠江三大流域和大小淡水湖泊的淺水區。有藕蓮、子蓮、花蓮三種栽培類型。蓮是被子植物中起源最早的植物之一，因此有植物裡的活化石之稱。在河南省鄭州市北部大河村發掘的「仰紹文化」房基遺址中，發現兩粒蓮子，可以佐證中國栽培蓮至少有五千年的歷史。蓮全身可入藥。蓮的葉、莖、子、根都和飲食緊密關聯。《周書》載「藪澤已竭，即蓮掘藕」。蓮還和審美、情操、心志有著深入的呼應。曹植《芙蓉賦》說：覽百卉之英茂，無斯華之獨靈。說荷是水中靈芝。周敦頤《愛蓮說》：出淤泥而不染，濯清漣而不妖。更是將蓮推到了君子的代言。蓮在佛教裡，是神聖、淨潔、吉祥的象徵。

《詩經》注我

理解遙遠的詩，最難，詩的誕生和詩的意義產生的巨大距離落差，猶如深淵。

感念心頭的詩，最容易，這種感念越強烈，證明詩的生命力越長存。

《山有扶蘇》的詩意充滿了如此的不確定，如果說是期盼而未得，便是一首哀怨之詩，如果是焦慮中的等待，便成不了一首約會詩。《山有扶蘇》始終被一種濃情蜜意所充滿，詩意畫面的朦朧，同時讓悲傷之河與幸福之海同時動盪著。《山有扶蘇》的好，正在於它給予讀者的是多重答案。

詩內含的感情，讓很多要說的話都停在嘴邊，想大聲喊出來的衝動湧滿心間，但說出來又有什麼意義？

衝出情絲小世界的困擾，將詩意放到人生的大世界裡。

山上山下的徘徊最顯人生的多艱，這種艱難不僅是雙腳的勞頓，更有社會階層上一道道難以穿越的柵欄，還有思想、情感上參差相異的磨損、對撞、心痛。

現代人脫離詩意歷史的羈絆，最容易在詩中看到追尋生命意義、尋找美好愛情路上的艱難與妥協。

每個人自身其實都是一個移動的生命座標，我們從生活的故鄉走出來，重新去認識鑄造人生的新天地。每個人的人生，都能夠在「山有扶蘇，隰有荷華」的徘徊演進中，知覺生命的味道原來如此多樣，如此豐饒。

心裡有過多少「不見子都」的傷悲，因為追求迷情的美好被特別激發，因為日影西斜時撲面而來的陰影不斷將人引入迷津。多少不見的失落充滿心間，有多少疲憊、茫然困住腳步，羈絆住人心。

正是人與世界衝突中引發的痛楚，引導我們思考世界原來如此艱難，引導一個人以新的面目抉擇人生。

一個人在世界裡的獲得，是由「不見」的時空所錘煉的，是無數「不見」給了一個人路燈的指引，讓人明白，生命的意義不僅有「心中所求」的那一條，還有生命平衡的無數條「所見」，可供你去選擇自己最適宜的一條。

「所見」的世界，正是一個人所得的世界，嬉笑怒　皆由心喜，一個人的生命便會逐漸安然下來。我們所見、所得的背面，所依託的，正是那些巨大的、高聳的「不見」的山巒。

《山有扶蘇》的現代性意義正在這裡，能夠讓人理解「不見」的挫折、「不見」的悲愁、「不見」裡預埋的無數次敗局。很明顯，「不見」也是生命重要的一層意義。

《詩經》裡很多這種正反對照的寫法，都是和《易經》裡陰陽互生的世界觀琴瑟相和的。「不見」的陰影裡，否定渴望價值的背面，正是「乃見」的光明世界。「不見」是悲，「乃見」是喜。功利的認識論，「不見」是敗退，「乃見」是功成。

我們自然期望穿過人生無數個日夜，終有所得的「所見」，讓我們的人生意義得到證明。

人生最得安慰的一份價值，便是得到了呼應心靈並使靈肉能到平衡的愛情。

不管《山有扶蘇》表達的是失落的憂傷還是得到的欣喜，《山有扶蘇》都有一種和光陰、心靈對照的平衡。它用最簡的文字，始終都在勾勒生命的全貌，表達著內心最深的感觸。

詩中的荷花，看似是個偶然的點綴，又似乎不是。

栗

情愛的果子，美味的果子

《鄭風．東門之墠》

東門之墠，茹藘在阪。
其室則邇，其人甚遠。
東門之栗，有踐家室。
豈不爾思？子不我即。

※「墠」音同「善」。

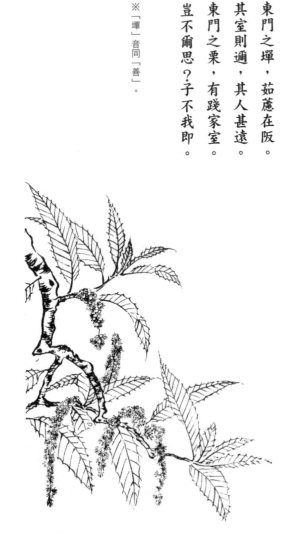

雜家題解

明朝孫鑛《批評詩經》說「其室則邇，其人甚遠」兩句：「兩語工絕，後世情語皆本此。」還有很多古今詩評家，將《東門之墠》評為中國相思情話的最早先聲。這種說法的根據，是因為從「其室則邇，其人甚遠」中化出了「室邇人遠」的成語，又從這個成語中化出傳播、影響更為深遠的另一個耳熟能詳的成語「咫尺天涯」。天地寸心，為你而念，便見相思。預說相思，沒有比「咫尺天涯」更痛切、更婉致、更深情、更簡明的詞了。《東門之墠》的「其室則邇，其人甚遠」的質樸與《秦風．蒹葭》「所謂伊人，在水一方」的幻境，兩者可等量齊觀，都算得上是中國文學裡關於相思情話最美的範本。

《論語．子罕》中記錄了一段和《東門之墠》近似的話：「唐棣之華，偏其反而。豈不爾思？室是遠而。子曰：未之思也，夫何遠之有？」大概意思是：唐棣的花朵翩然迎風開放。不是我不思念你，實在是我們離得太遠。孔子評說：「這並不是真的思念，真的思念一個人，還有什麼遙遠可言？」孔子在講授的課堂上，借詩所言極大，繾曲的深遠，他以《詩》的天地為發端，不僅說到兩情相悅時的真心假意，說到人心的真純與博雜，還說了追求大道不辭險遠的決心。

《毛詩序》說：「東門之墠，刺亂也。男女有不待禮而相奔者也。」按《周禮》的規定，青年男女從相識、相戀到婚配，每個環節都需按照禮法的安排來進行，男女婚戀之事，既受其保護，又被禮所制約。鄭地熱烈自由的風俗與《周禮》有很大的差異，讀到如此鮮辣辣的直抒愛意，儒學之士自然感覺禮法亂了。因此說「男女不按禮法安排，不時發生私奔的事」。《東門之墠》詩意飄忽，很難揣摩，這兩句話究竟是女子的單純傾訴，還是一男一女在隔空調情。程俊英《詩經注析》說：「詩共兩章，上章男唱，下章女唱，一唱一和是民間對歌的一種形式。」以男女對唱的形式理解詩，倒像在觀看一齣愛情的舞臺劇。兩章短短的情話裡，人世不管多少酸甜苦辣的愛情故事，似乎都能裝得下。

「我」注《詩經》

1\. 東門之墠，茹藘在阪。其室則邇，其人甚遠。

東門之墠

「東門」在《詩經》裡出現了五次，五首詩的內容都與愛情有關，可見城市東門（可能是新鄭都城的東門）是周朝談情說愛的一個指定地點。墠，據馬瑞辰《通釋》，古本作壇，指祭祀之地，古時以封土為壇。今定本做墠，為野土。《毛傳》：「墠，除地町町者。」指在東門外除草平地，墠，可解釋為平坦的廣場。

茹藘在阪

茹藘，《毛傳》：「茹藘，茅蒐之染女服也。」陸璣《陸疏》：「茹藘，茅蒐，蒨草也，一名地血；齊人謂之茜，徐州人謂之牛蔓；今圃人或作畦種蒔，故《貨殖傳》云『卮茜千石，亦比千乘之家』。」茹藘為茜草科茜草屬茜草，草質攀緣藤木。阪，土坡。

其室則邇，其人甚遠

你的家離我這麼近，你的人卻離我那麼遠。情人的怨憤之辭。

2. **東門之栗，有踐家室。豈不爾思？子不我即。**

栗 詳釋見「植物筆記」。

踐 《毛傳》：「淺也。」《鄭箋》：「栗而在淺家室之內，言易竊取。栗，人所啗食而甘耆，故女以自喻也。」馬瑞辰《通釋》：「踐與翦古通用，《爾雅》『翦，齊也』。」指栗齊齊整整地種在家門前。

豈不爾思 為倒裝句式，我怎麼會不想你。韓詩踐作靖，王先謙《集疏》：「靖，云善也。」指東門之外，栗樹之下，有善人可和他組成家室。

子不我即 即，《毛傳》：「就也。」往，接近。此句也為倒裝，你卻不接近我。

3. 說《東門之墠》為相思之情或單相思之意，都通。如此簡短的詩裡，有那麼深的相思，有那麼深的恨嫁，真是怪了。第一章言「室邇人遠」的「咫尺天涯」，相思不得見；第二章言知愛而不敢相牽的膽怯，相思又不敢見。兩章的心思，微妙幽曲，委婉而雋永。《東門之墠》所寫的愛情遊戲，雖然容止依然莊重，但內心止不住的騷動，倒讓人想到現代舞蹈裡風情蕩漾的探戈。

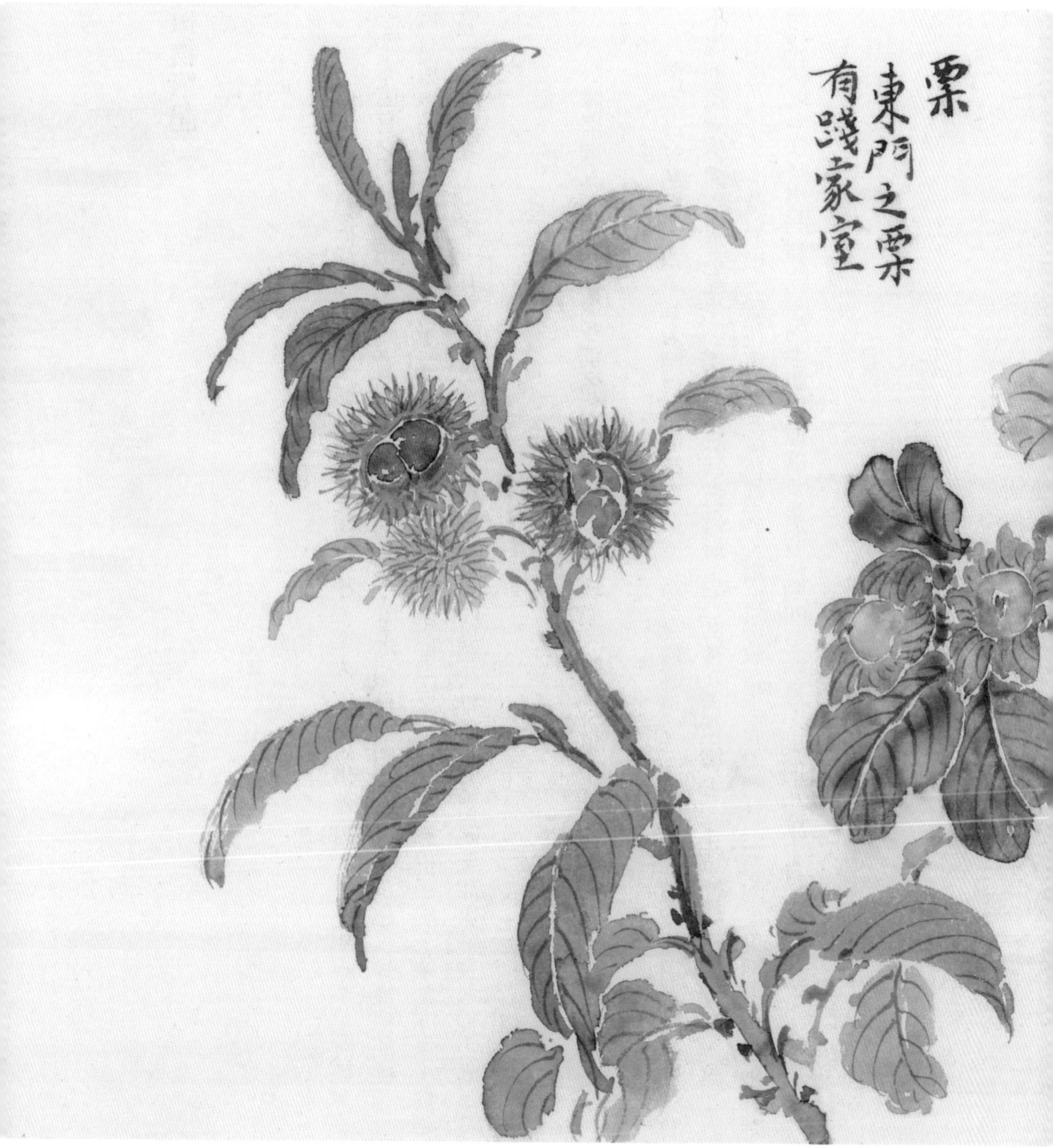
栗
東門之栗
有踐家室

栗，《詩集傳》：「榛、栗二木，其實榛小、栗大，皆可供籩實。」蘇頌《本草圖經》：「栗處處有之，而兗州、宣州者最勝。木高二三丈，葉極類櫟。四月開花青黃色，長條似胡桃花。實有房、蝟，大者如拳，中子三五，小者若桃李，中子惟一二。將熟則罅拆子出。栗類亦多，按陸璣《詩疏》云：『栗，五方皆有之，周、秦、吳、揚特饒。惟濮陽及范陽栗甜美味長，他方者不及也。』」

根據果實大小，栗分很多別名：板栗、栗子、瑰栗、魁栗、風栗、家栗、毛栗等。

栗的古今名稱一致，為殼鬥科栗屬落葉喬木。樹身最高可達二十公尺，樹皮褐色或暗灰色，有不規則縱深裂溝；單葉互生，葉子長圓狀披針形，背面被灰白色絨毛。花單性，雌雄同株，雄花直立柔荑花序，淡黃褐色，雌花序生於雄花基部，單獨或數朵生於殼鬥狀總苞內。果熟後，密生針刺的球狀或半球狀殼鬥裂開，內中栗果掉落。栗的花期四至六月，果期八至十月。

栗在古籍中最早見於《詩經》，說明中國栽培栗樹已經有兩千五百多年。其中板栗的品種就有四百多個。板栗的果實富含澱粉、蛋白質等營養成分，被譽為「乾果之王」。板栗生食、熟食都甘甜可口，自古都可做糧食作物的替代，又有「木本糧食」之稱。周代，栗樹栽培在宗廟之前，果實當做祭祀貢品，或女子送人的禮物。考古發現，古人還曾用栗木所製的炭薪冶煉金屬、燒製陶器。

栗樹的葉子，與桑葉的功能類似，都可做蠶的飼料。

《詩經》注我

作家李國濤寫過一篇關於栗子的文章，文字裡輕靈的歷史感和簡樸的家常味相互交揉。糖炒栗子的濃香在他的文字裡說到很多。而我的「栗子」是在《詩經》裡開始的。

《詩經》一首一首讀過來，發現表述情愛的果子最多。有些果子做了信物。自然用神奇之力結出精華，之後，由期盼之手送入愛戀男女的嘴裡，轉化成表達羞澀、歡喜、欲望的能量，外在的自然就將兩個原本獨立的男女黏合成一個想要結了盟約的整體。有些果子變成愛的隱喻。它的自然形態引導了愛戀生成的路徑，在嬌憨嗔怪的引逗裡，有著愛的岩漿的奔流，這些岩漿一路上，帶著欲張還弛的顫抖的火氣之情，最後凝結出一片生活的土台。《東門之墠》的栗子便可歸到表述情愛隱喻的果子裡。

蠻荒古代，獸遠遠多過人，中華先祖的一支——有巢氏，為躲避猛獸的傷害，「晝食橡栗，暮棲木上」。可以想像，腰躬曲背的祖先，在危機四伏的荒林裡，棲息於叢林枝幹之間，拿石頭砸開栗子帶刺的堅硬外殼，用牙撕開栗子毛茸茸的外皮，把鮮嫩多汁的栗子肉分給饑腸轆轆的孩子。《詩經》裡的栗子，顯然已經廣植庭院，在山坡野窪上廣泛栽培，栗子樹的影子灑落在村莊屋舍的周圍，在人們納涼閒談的廣場上，栗子樹的影子隨風飄蕩。

小時候，西北鄉下能吃到比板栗小得多的毛栗，毛栗的果實只有指頭肚般大小。剝開果皮，能見到一層薄薄的褐衣，揭了這層褐皮，就能看到一個蛋黃色澤的小物件，咀嚼起來，口齒間便有酥甜的味道。小時候，吃到父親買來的一小包毛栗，已經算是難得的美味。

上大學時，同宿舍有個安徽的同學，暑假結束，從家裡帶來比核桃還要大的板栗。「這麼大的毛栗！」無知被大家群嘲。說板栗能生吃，咀嚼的時候，有小時候背地裡偷吃過的生豌豆的味道。

到南方城市工作，吃板栗的機會逐漸多起來。記得剛到深圳，住在蛇口的紫竹園，加班到晚上八點下班是很平常的事情。下班後，拖著疲憊的身子，和同事到超市裡買兩瓶啤酒、一包鳳爪、一包糖炒栗子，坐在超市門口遮陽傘下麵的座位上，吃著小菜，就著小酒，諞著閒傳，啤酒花和栗子香打發著積在身體裡的蕪雜和渾濁，偶爾還會懷念那時的栗子香，懷念那個穿越人生迷霧的自己。後來二哥一家也到了深圳，常去看小姪女，便能吃上二嫂做的板栗燉雞，雞酥栗子香，這道家常菜也是自己喜歡的。

作為乾果之中的王者，栗子可以磨成栗子麵，做成栗子窩窩頭，栗子窩窩頭也是我的最愛，和小時候吃過的玉米麵窩窩頭相比，它顯然要更加酥軟甜潤。

茜草

遠古紅色的母親

《鄭風・出其東門》

出其東門，有女如雲。
雖則如雲，匪我思存。
縞衣綦巾，聊樂我員。
出其闉闍，有女如荼。
雖則如荼，匪我思且。
縞衣茹藘，聊可與娛。

雜家題解

《出其東門》鮮明的詩心，就是「匪我思存」和「匪我思且」的兩個「思」字。透過「思」的停頓，一個人從肉身之海開始向著形而上的神性回歸，強烈的情感衝動逐漸轉化成了現實的理性，道德失守的陣線一層層重新加固起來。面對情色的誘惑，內心深處騷動刮起的颸風，終於要在安慰了愛情的姿態中止歇。正是這個「思」字，身跨了欲海和道德兩道邊界，任性妄行與取捨有度在人心上攪動起觀念的焦灼。在這面「思」的鏡子裡，映現出昔日、現在和未來的影子，觸動一個男人去自證一份心中曾經堅守的價值，才讓人覺察到「忠貞」是多麼稀少的一種存在。《出其東門》是一首男子向妻子彰顯忠貞之情的詩，忠貞逞口舌之快易，用行動去擔當則難，在欲望的撕裂中，在艱難的取捨裡，表達勿忘初心的自守，《出其東門》的價值就在於一個男人並沒有自欺欺人。詩以情寫德，不僅寫出了「人性本善」，而且還寫出了用情專一。這樣的詩，正合了朱熹的本意，《朱子語類》中，他評價《出其東門》：「此詩卻是個識道理人作，鄭詩雖淫亂，此詩卻如此好。」

清朝陳繼揆在《讀風臆補》中對《出其東門》所做的擴展，倒更像是忠貞詩意在他內心的昇華。他說：「此詩包含甚廣。在君臣，則庶子春華不及家丞秋實也；在朋友，則樓閣五侯不及羊求三徑也。得素心一二人與共晨夕，覺世上悠悠碌碌，征逐聲氣，無足供吾盼睞矣。如此讀詩，絕妙，奇絕。」陳繼揆評詩中的兩個「聊」字，「寧靜淡泊，識得破，守得定」。「忠貞」的信念，並非只逞口舌之快，需要付出一生的堅守，才能證明其意義與價值。詩一開頭，毫無一絲拖泥帶水，「出其東門，有女如雲」，舉目可見華麗、喧囂與奢靡的浮世，這浮世正用心驚肉跳的誘惑，一把抓住男人脆弱的身心。好詩的張力，正是將矛盾的大網無邊無際罩下來。「聊樂我員」、「聊可與娛」的安撫，在這樣的誘惑面前，「識得破，守得定」的力道反倒顯出一種蒼白，貧賤之愛裡的純情和天下無一的選擇，一時變得生澀，那份清貧之愛，甚至顯得有氣無力。對於「忠貞」，世間的考驗本就是殘酷的，以火熱與冰冷的交替來考察其堅韌與純淨是否值得可信。《出其東門》的好，就是讓讀者在詩意的對照中，覺察到人性中隱伏著多變和自欺，生活裡處處有撲面而來猝不及防的岔道，考驗曾經自詡的忠貞，是不是經得起一份兩難的抉擇，是否能行過激流與險灘而不被撞得粉身碎骨，是不是會在心驚肉跳的誘惑面前失去原本的初心。

「我」注《詩經》

1.

出其東門，有女如雲。雖則如雲，匪我思存。縞衣綦巾，聊樂我員。

東門

王先謙《集疏》：「鄭城西南門為溱洧二水所經，故以東門為遊人所集。」另有解釋，東門為男女聚會相約的地方。

有女如雲

引出「美女如雲」的成語。此處「有女」並非泛指，而是特指青春妙齡的待嫁女子。如雲，不僅指女子眾多，同時也在形容女子的美態。「如雲」二字是中國文學裡形容女子之美最縹緲最神祕的說法之一。

雖則如雲，匪我思存

匪通非。雖然有這麼多遊蕩的美女，但我思念的人不在那裡。「匪我思存」為「我思匪存」的倒裝。思存，有著特別的深情厚意。

縞衣綦巾，聊樂我員

《毛傳》：「縞衣，白色，男服也。綦巾，蒼艾色，女服也。」《鄭箋》認為是白衣綠巾的妻子服裝。聊，姑且。樂，明朝陳組綬《詩經副墨》：「『思』字生起『樂』字。以『樂』字止思，妙理。」指快樂。我，指夫妻二人。員，《毛詩正義》：「員、雲古今字，助句詞也。」我著白衣，妻著綠衣，我們夫妻二人也有我們自己安貧樂守的快樂。依《鄭箋》之意，詩意變為，白衣綠巾的妻子，也是給我帶來快樂的人。將妻子與如雲之女比較，意義顯得狹窄單薄了。

2.

出其闉闍，有女如荼。雖則如荼，匪我思且。縞衣茹藘，聊可與娛。

闉闍

《毛傳》：「闉，曲城也。闍，城台也。」《說文》：「城曲重門也。」古代城池，城門是城牆最為薄弱的部分，為了保證城門在戰時從只能死守變為能攻能守，就在城門外另建一段半圓弧的城牆，再開一道城門，以保護內城，稱為闉。闉的結構是世界性的城防現象，城門闉的曲城，西方稱為甕城。「出其闉闍」指「一出城門」。

荼

《詩經》裡荼有兩種解釋，一種指苦菜，此處，馬瑞辰《通釋》：「茅秀。」即指蘆荻、白茅的花色。茅花開時一片潔白，此亦形容女子眾多，白衣飄飄，讓人眼花繚亂。且為徂的假借。《爾雅》：「徂、在，存也。」美女如茅花一般眾多，但我思念的人並不在那裡。

茹藘

詳釋見「植物筆記」。

娛

歡愉，快樂。我著白衣，妻著紅妝，我們自有我們的歡愉。「縞衣」、「綦巾」、「茹藘」，還隱含著詩人與妻子之間的貧賤生活，如雲美女的喧嘩，與貧賤生活的安靜，兩者的反差對照，更是凸顯出愛情裡的「忠貞」。

茜草

縞衣茹藘聊可與娛

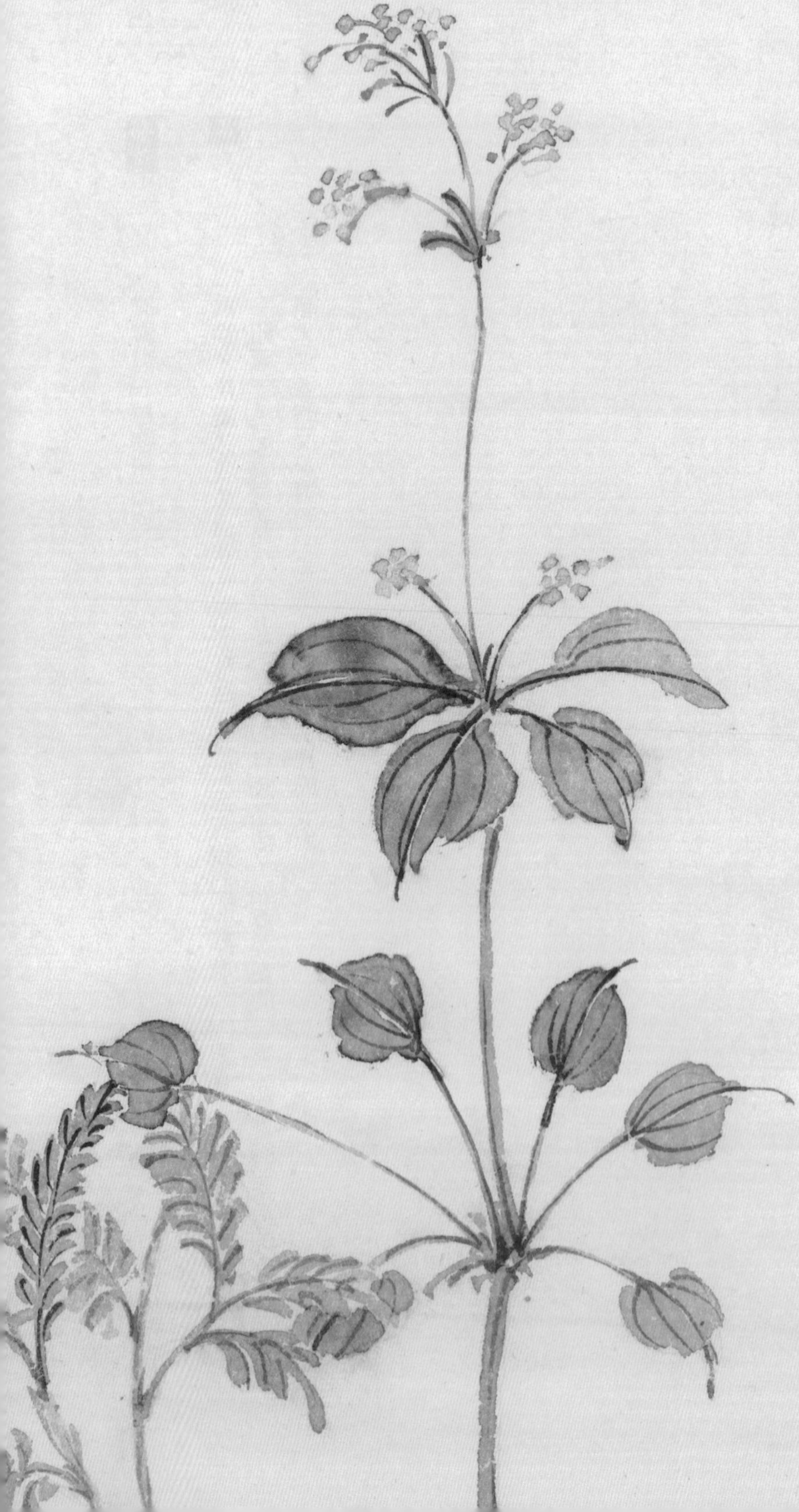

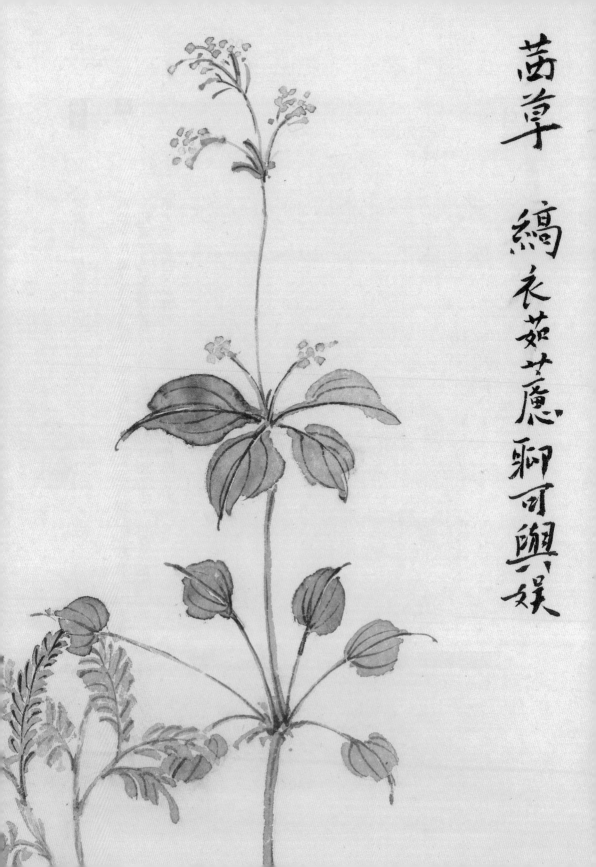

茹藘，《毛詩》：「茹藘，茅蒐之染女服也。」陸璣《陸疏》云：「茹藘，茅蒐，蒨草也。一名地血，齊人謂之茜，徐州人謂之牛蔓。」《毛詩正義》：「李巡曰：茅蒐，一名茜，可以染絳。」《說文》：「茜，茅蒐也。」《本草綱目》卷十八茜草：「茜草十二月生苗，蔓延數尺。方莖，中空有筋，外有細刺，數寸一節。每節五葉，葉如烏藥葉而糙澀，面青背綠。七八月開花，結實如小椒大，中有細子。」茜草的俗名有血見愁、風車草、過山龍、西天王草、四岳近陽草、鐵塔草等。

茜草紫赤色的根部含有茜紅素和茜草酸，自古是普遍使用的植物染紅劑，可以染植物纖維和動物皮革。《周禮》中「地官．司徒」的官員裡專門有人「掌染草，掌以春秋斂染草之物」，負責春秋兩季徵收染色植物。這裡的染色植物，指茜草、紫草一類。古人以為茜草為「人血所化」，故有地血之名。《史記．貨殖列傳》：「卮茜千石，亦比千乘之家。」說明在漢代，茜草已有大面積栽培，人們還以此致富。陳藏器在《本草補遺》中記載，古人用蘘荷和茜草可以去除蠱毒。茜草專門染色朝服，稱為「染絳」。

茜草，為茜草科茜草屬多年生攀緣藤木。根肉質圓錐狀，常數條至數十條叢生，外皮紫紅或橙黃色。莖蔓生，方形，四棱，沿棱具多數倒生皮刺。葉四片輪生，具長柄。葉子背面沿中脈至葉柄有小倒刺。聚傘花序，常排列成疏鬆的圓錐狀花叢，花小，米黃色。花期八至九，果期十至十一月。全中國大部分地區都有分布。根和莖入藥，有涼血、止血、活血化瘀的功效。

《詩經》注我

《紅樓夢》第七十回裡，「寶玉看了並不稱讚，卻滾下淚來」的詩，是黛玉做的《桃花行》。讀石頭本記，知道木石之緣，明白黛玉使的小性子，感念萬物的玻璃心，不言自傷的淚千行，那是一種還債，但依然還是禁不住，把個人的感受融入閱讀裡，讓人突然間一悲，心頭一時間陰暗。讀小說可以生成俯瞰時間命運的視角，但活著的我們，身處命運的內部，無法知道自己活過的一生裡，以愛作為交換的，我們會是誰的債權人，誰又是我們命裡的債主？

《桃花行》裡有一句：憑欄人向東風泣，茜裙偷傍桃花立。體諒如此飄零無依的黛玉的命運，才會讓寶玉潸然淚下吧。詩中的茜裙，嫣然一副醉人的紅妝，紅妝圍攏著的，不單是閨閣裡的佳女，還是一顆飄零無依憂傷悲苦的心，那份茜紅裡，分明有一股決絕的冷豔，讓人驚心。讀過紅樓一夢，有兩個字，是天下人共有的——歎息。在這樣的一聲歎息裡，《紅樓夢》裡千頭萬頭的線條，如同桑樹上的一個個蠶繭。當感同自身，時常會有自己成了大觀園裡一條蟲子的錯覺。

《出其東門》裡，那種感懷茜草紅妝的詩意，流露出來的，則是一種堅決明快地傾訴，在這樣的傾訴裡，白衣飄飄，烏髮紅巾，跳動的音符裡，永駐心頭的愛人呼之欲出，正要從時間深處的密林裡走出來。

《出其東門》既是深情的思慕，同時也是忠貞的情歌。所有膽怯的愛，都是失落的愛。站在東門的這個男子，應該是個勇敢的愛的訴說者。他說，世上弱水三千，你就是我唯一的一瓢。詩意淡淡然，把無盡誘惑說得如同浮雲散去。真讓人好奇，心頭紮根如此之深的愛情，究竟是怎樣形成的？

詩中的茹藘，是茜草科茜草屬的茜草。茜草四五月發新芽，之後，長綠葉，九十月間，在叢林坡地上，開不起眼的小黃花，子實之後，霜秋時節，在寒土凍地裡，挖出根須，淨土，晾乾，研磨成粉，發酵，古代紅色染料的祕密便如此製作完成了。之後，將巧婦織成的白色絲帛，浸入茜草的染缸，染成色彩當中最強悍最熱烈的顏色——紅色。《詩經》裡的另一種植物蓼藍，是遠古藍色染料的來源。藍色安靜、謙和、內斂，是一種讓人安守的母性色彩。紅色正好相反，它的激越、熱烈，狂放的秉性，讓人想到火焰、熱血和生死的瞬間。將這種不死的印記印在旌旗上、衣妝上的，既是茜草的精魂，也是人心流遍全身的熱血的脈動。

西漢張騫開通絲綢之路，將被譽為「真紅」的紅花染料自西域傳入中國之前，茜草是紅色染料最重要的來源（還有礦石染料朱砂）。這讓茜草裝扮世界的顏色裡有了它不可或缺的地位。

當我們眼望碧野，無法想到，在無盡綠海的深處，還有無數層神祕色彩隱含其中。當繁花開盡，萬顏凋零，我們或許不會想到，茜草這樣一種山草裡，還藏著人類不怕生不懼死的雄心壯志。

佩蘭、草芍藥

春水流殤花見情

《鄭風・溱洧》

溱與洧，方渙渙兮。
士與女，方秉蕑兮。
女曰：「觀乎？」
士曰：「既且。」
「且往觀乎！洧之外，洵訏且樂。」
維士與女，伊其相謔，贈之以勺藥。
溱與洧，瀏其清矣。士與女，殷其盈矣。
女曰：「觀乎？」
士曰：「既且。」
「且往觀乎！洧之外，洵訏且樂。」
維士與女，伊其相謔，贈之以勺藥。

雜家題解

《溱洧》是鮮明的愛情敘事詩，看似採用的是日常對話，卻又不是單純的日常對話那麼簡單。單純的日常對話自然成不了詩，需要後退一步，讓生活的面目顯出一點恍惚，再後退一步，閉眼可察靈魂的影子浮起，在敘事深處，感受到情感的波瀾，體會到心意的飄忽，敘事的外殼與節奏韻律合拍，讓愛恨情愁的面目鮮明如畫，這樣的對話才能夠作為詩的面目顯現出來。《溱洧》語言的古典形式，即使在《詩經》裡也是極少有的。它有一種脫離「賦比興」的詩學傳統的衝動，自成一種形式上自由輕快的書寫，它在極力尋求語言節奏和形式的多樣性。在看似自然無痕的對話體裡，《溱洧》包含有三字、四字、五字參差多變的長短句，這種詩言的自由句式，並沒有成為中國韻律詩傳統的一部分，即使在更為自由的詞的詠誦裡，也拒絕這種直接的日常的對話體。《溱洧》令人驚訝的地方，在於它已經是一種非常接近現代詩的表達。

作為踏青、遊春詩的範例，《溱洧》依託著一個古老又重要的習俗，《太平御覽》引韓詩章句：「當此盛流之時，士與女眾方執蘭，拂除邪惡。鄭國之俗，三月上巳之辰，於此兩水之上，招魂續魄，除拂不祥。」上巳是三月上旬的巳日。這一節日亦名「修禊」。王羲之《蘭亭集序》：

「永和九年，歲在癸丑，暮春之初，會於會稽山陰之蘭亭，修禊事也。」可見上巳節的風俗流傳很廣。《溱洧》依託這一習俗的舞臺，描寫了青年男女借著溱水洧水兩岸的爛漫春光，追趕著心上人的腳步，互表衷腸，至為美好的愛情之花在春草中間綻放。熱烈、純情、直白的情話，從心口溢出，這簡明的詩，神奇地兼具了抒情與對話的雙重功能，讓人想到甜美永恆的愛情，讓人想到古老上巳節曾有的盛況。

姚際恆《詩經通論》認為，鄭風的淫詩，唯《將仲子》和《溱洧》兩篇。確實，就詩風的靈動鮮活，也唯獨《將仲子》和《溱洧》將對話和詩言結合得最好。讀者既能在對話中感受到跨越時空的現場，又能感受到心中有一股未明的真情充斥在天地間。儒生老夫子看到《溱洧》中女子如此主動熱情，邀請中意的男子共賞人生美景，大感不適，禮樂教化的腐朽，顯出人性的畸變，斥責《溱洧》為淫詩，再正常不過。但在以個體的自由意志與人性之愛重塑現代性的當下，現代人讀《溱洧》，感應更深的是愛情裡心靈的相知，是對共同經歷人生的那份體驗的看重。《溱洧》的敘事裡，包容著平等意識之下更顯豁達的理性。

沐浴在愛河裡的兩個生命，心靈是如此純淨，視野是如此開闊，他們在愛情裡的模樣，幾千年來一直都是愛情最美好的樣子。

「我」注《詩經》

1.

溱與洧，方渙渙兮。士與女，方秉蕑兮。女曰：「觀乎？」士曰：「既且。」「且往觀乎！洧之外，洵訏且樂。」維士與女，伊其相謔，贈之以勺藥。

溱與洧 溱、洧，古水名。漢代地理學家桑欽《水經》有《溱水篇》：「溱水出鄭縣西北平地。東，過其縣北。又東南，過其縣東。又南，入於洧水……」

方渙渙兮 方，正是。引領詩意之詞。渙渙，《鄭箋》：「仲春冰釋，水則渙渙然。」春天河水解凍，水流奔騰之貌。

士與女 正當婚嫁適齡的男男女女。

方秉蕑兮 牛運震《詩志》評：「兩個『方』字，神色飛動。敘問答處輕脫婉轉。」秉，拿，也解釋佩戴。蕑，見「植物筆記」。

女曰：「觀乎？」士曰：「既且。」 女孩子問：「願意和我一起去看看嗎？」男子愣了一下神，說：「我已經去過了。」

「且往觀乎？洧之外，洵訏且樂。」 洵，恂的通假，確實。訏，通籲，廣大。從懇切的語氣，可以看出女子對男孩真是非常喜歡。姑且陪我去看一看嘛。你看洧水的對岸真是熱鬧，玩起來一定非常快樂。

維士與女，伊其相謔，贈之以芍藥 維，語氣助詞，並無實意，但那個男孩的心意，透過「維」字，能夠察覺那種暗暗的歡喜。很顯然，男孩開心地答應了女孩的邀請。兩個人一路上相互開著玩笑。芍藥，又名辛夷，指草芍藥，古名「江蘺」，離別相贈之花，蘊含下次再約的深意。具體見「植物筆記」。

2.

溱與洧，瀏其清矣。士與女，殷其盈矣。女曰：「觀乎？」士曰：「既且。」
「且往觀乎！洧之外，洵訏且樂。」維士與女，伊其相謔，贈之以勺藥。

瀏其清矣 瀏，《毛傳》：「深貌。」《說文》：「流清貌。」此句真是精彩，又深又清的水流，如玉一般明亮。前兩句既是敘事，又起興著情感的熱烈和純粹。

3. 殷其盈兮

殷，男男女女，人數眾多。盈，指人群把溱水、洧水兩岸都擠滿了。

《溱洧》，二十四句話，寫法上卻極為大膽，二十句全為重複，只有四句不同。但詩讀起來毫無重複拖沓的感覺，好像每一句話，都有特別的新意。我們不知道這上巳節裡究竟有多少男女找到了各自知心的伴侶，只看到澎湃清澈的水流，只看到暗香浮動的蘭草，只看到昭然盛開的芍藥，只看到一張張羞澀迷人的笑臉。上巳節雖是辟邪求福的節日，但它更是年輕男女追求知心愛人的節日。上巳節還是中國最早的情人節。

澤蘭

溱與洧方渙渙兮士與女方秉蕑兮

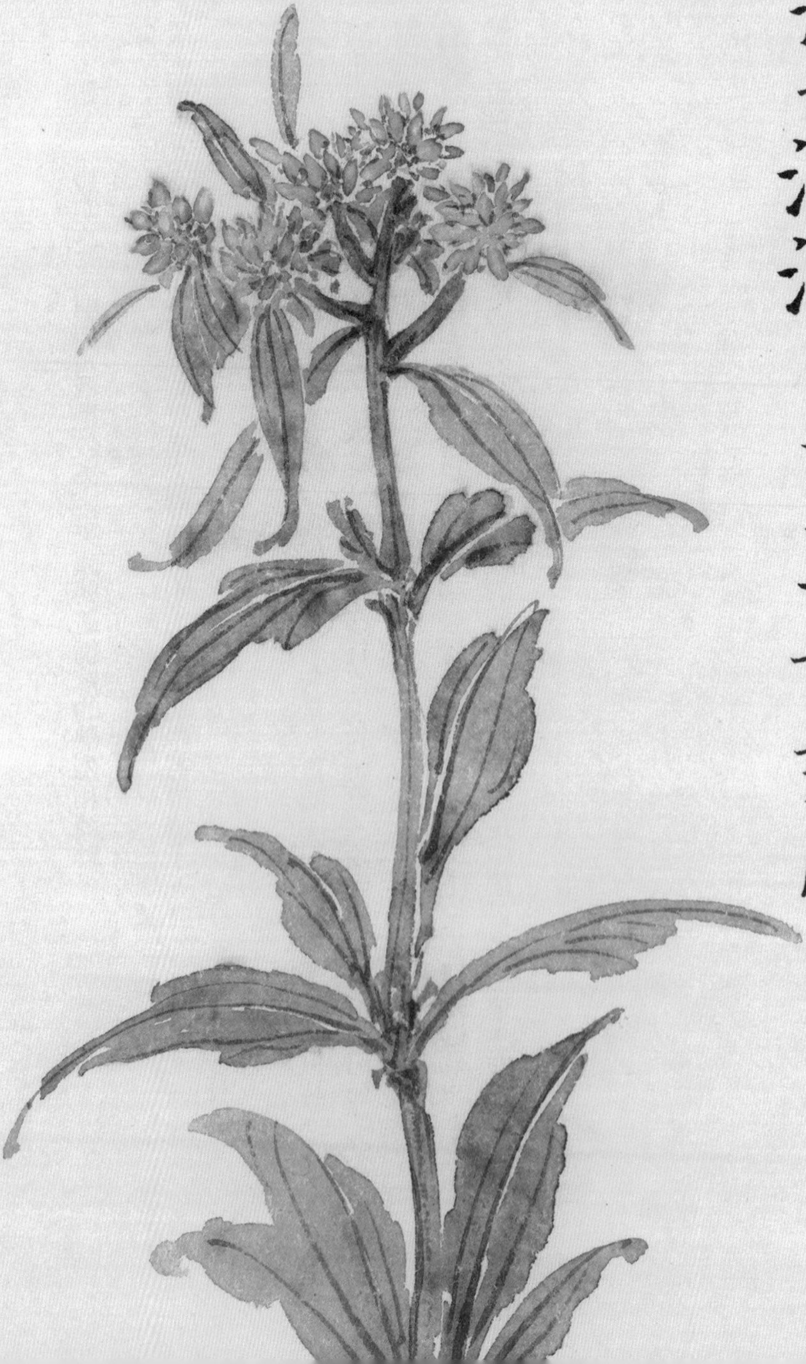

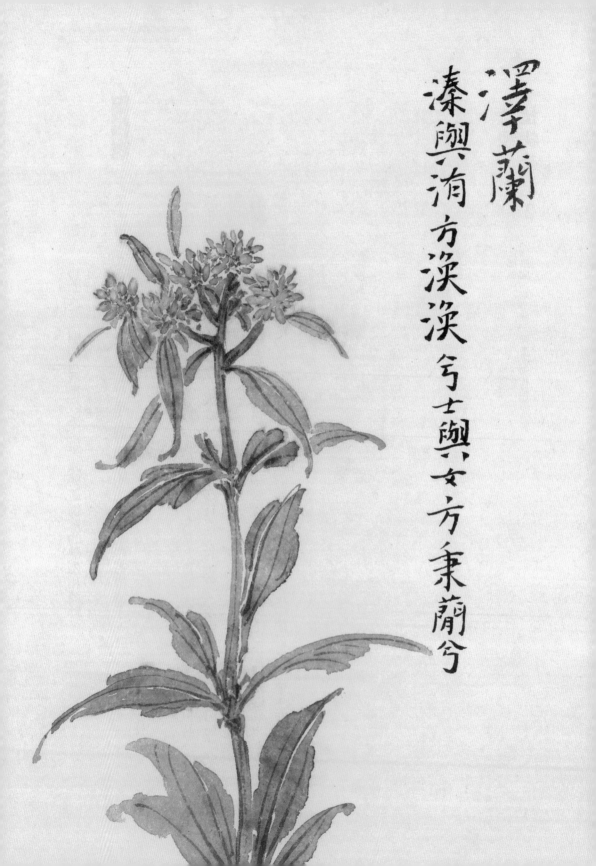

1.

蕳，《毛傳》：「蘭也。」陸璣《陸疏》：「蕳即蘭，香草也。《春秋》傳曰『刈蘭而卒』，《楚辭》云『紉秋蘭』，孔子曰『蘭當為王者香草』，皆是也。其莖葉似藥草澤蘭，廣而長節，節中赤，高四五尺；漢諸池苑及許昌宮中皆種之。可著粉中，藏衣著書中，辟白魚。鄭俗，三月男女秉蕳於水際，以自祓除。蓋蘭以闌之，蕳以閑之，其義一也。」《淮南子》：「『男子種蘭，美而不芳』，則蘭須女子種之，女蘭之名，或因乎此。其葉似菊，女子、小兒喜佩之，則女蘭、孩菊之名，又或以此也。」

唐代以前，古人所說的蘭草，指的都是菊科澤蘭屬植物，宋代以後的蘭花，才是現代的蘭科植物。澤蘭屬植物為古代著名香草，普遍所見的是大麻葉澤蘭。古人對澤蘭並不見特別的細分，但中國古老的蘭文化最初依託澤蘭的清香而發。聖人以蘭隱喻自己的情操，忠臣以蘭的德性自托，文人以蘭喻君子，美人以蘭顯自矜。上巳節佩戴的澤蘭，應該是澤蘭屬的佩蘭，以澤蘭植株煮湯沐浴，戴佩蘭辟邪祈福。湖南長沙西漢初年馬王堆古墓中曾發現有佩蘭保存完好的瘦果及碎葉殘片，足見佩蘭在古人生活裡重要的象徵。中藥上，佩蘭的全草，性平，味辛，利濕，健胃，清暑熱。

佩蘭，為菊科澤蘭屬多年生草本。高四十至一百公分，地下莖橫走，淡紅褐色，莖直立，綠色或紅褐色，疏被短柔毛，單葉對生。頭狀花序，頂生。總苞鐘狀。總苞片二至三層，紫紅色。花白色或帶微紅，全部管狀，兩性。喜溫暖濕潤氣候，生於灌叢、濕地。全株及花揉之有似薰衣草的香味。

2.

芍藥，《毛傳》：「芍藥，香草。」芍藥並無香氣。《鄭箋》以為相別贈芍藥，以結恩情。馬瑞辰《通釋》：「正與韓詩以芍藥為離草合，稽古篇引董氏謂芍藥為江蘺。」《本草綱目》卷十四芍藥：「將離、犁食、白木、余容、鋌。白者名金芍藥，赤者名木芍藥。」、「芍藥，猶婥約也。婥約，美好貌。」崔豹《古今注》：「芍藥有二種，有草芍藥、木芍藥。木者花大而色深，俗呼為牡丹，非矣。」古代，勺和約同聲，芍藥為雙聲詞，有情人臨別贈芍藥，以此表達愛意和締結良約的期盼。人工栽培的芍藥，自古即是重要的觀賞花卉，以花色雍容豔麗著稱，「牡丹稱花王，芍藥稱花相」，兩者均為花中貴族。《溱洧》中，上巳節男女約會的地點在河邊曠野之上，芍藥更大的可能性為成片野生狀態下的盛放。草芍藥更為確切。

草芍藥，毛莨科芍藥屬多年生草本。根粗壯，長圓柱形。莖高三十至七十公分，頂生小葉倒卵形或寬橢圓形，單花頂生，直徑七至十公分；花瓣六，顏色有白色、紅色、紫紅色，花期五至六月，果期九月。

《詩經》注我

什麼才是春天到來的徵兆？《溱洧》只用到「渙渙」兩個字，便做了完整的概括。冰雪消融的聲音在下沉，河流湧動的聲音在揚起，桃花在大地上點染著胭脂紅，風吹浪花將靈動的氣息滲透到萬物的身體裡，青春在大地上呼喚。「渙渙」二字解放了冬季禁錮的沉寂，四時、物候在徐徐拉開序幕。

《溱洧》寫愛情的初成，如此純粹熱烈，自然召來道德家的苛責。自由奔放的心靈，權力與秩序總有不好管束的隱憂。現代詩詞研究家郭沫若、聞一多、錢鍾書，從社會人類學的視角，在《溱洧》裡看到的是古代先民生殖崇拜對當時民情民風的影響。擺脫道德家們的苛責，單獨以詩的品質來說，文明的變遷和植物世界的酬答，衷心守護的動人愛情，流淌在《溱洧》裡，詩情不枯的重心正在春時、愛情對生命的意義。

《溱洧》裡男女相會的日子，是古代中國民間的傳統節日上巳節。農曆三月三一到，人們隨主神官，祭祀管理婚姻和生育的神靈——高禖（音同媒），同時焚香草，庇除災邪，乞求風調雨順，多子多福。上巳節，既是人們對婚姻生育之神膜拜的儀式，同時也是一年裡青年男女相會相識、追逐嬉戲、互訴衷腸的戀愛場所。到漢朝，上巳節的傳統每年依舊，但達官貴族開始將上巳節當成是炫耀富貴權勢的戲臺，上巳節在民間傳播的力度，也就日漸衰微了。

詩中的蕑，即今天植物學上菊科澤蘭屬的佩蘭。佩蘭在精神上對中國文化的影響力，還得益於孔子的自歎和屈原的蘭心。《猗蘭操》記載：「孔子自衛反魯，隱穀之中，見香蘭獨茂，喟然歎曰：『蘭當為王者香，今乃與眾草伍。』」蘭者，孔夫子自比，香者，蘭草之香乃王者之香，德也。王者之香，清、幽、淡、遠，這幾乎也成了文人士大夫追求的內在品質。屈原《離騷》裡「紉秋蘭以為佩」，則讓蘭草不僅僅只是遠觀自歎，它還成了一個人行世的格調和追求。到唐以後，蘭花逐漸進入家園花圃，我們時常所說的國色天香裡的「香」，指的已經不是詩經裡的蘭草，而是北宋黃庭堅在《書幽芳亭》中所說的「蘭蕙叢出」的蘭花了。我們時常說的蘭質慧心，是一個屬於蘭科植物裡關於蘭花的故事。

詩中另一種相贈的是芍藥。《本草綱目》說：「芍藥，猶婥約也。婥約，美好貌。此草華容婥約，故以為名。」崔豹《古今注》說，芍藥有兩種，一種草芍藥，一種木芍藥。詩中的情境是在水流荒野之間，我們可以想像，成片含苞待放的草芍藥，化為情侶離別時的語言，離別的感傷，讓千言萬語一下子湧上心頭，手上美麗的芍藥，此時倒成了安慰人心的寄託。「贈之以芍藥」，就像「盈盈一水間，脈脈不得語」的深情，詩意不是如靜水一般沉下去，反而像洶湧的波浪一般翻騰上來。

齊風

狗尾草

被戲弄的荒涼

地理位置

齊國是周武王封賜給周朝開國元勳姜尚（姜姓，呂氏，名尚，一名望，字子牙，或單呼牙，別號飛熊，文王封他為「太師」，又稱「太公望」，就是大家熟悉的姜太公，也是齊文化的創始人）的封地。後來，齊國兼併周圍小國，春秋時，成為當時的一等諸侯國，領土大致包括今天山東的青州、臨淄、濰坊、惠民、德州、泰安以及河北滄州地區的南部。「齊風」就是記錄這片區域風俗、民情和時事的詩。

齊國臨海，盛產魚、鹽，紡織、刺繡等手工業也很發達。自太公姜尚，曆十五世，至齊桓公時（西元前六八五年即位），稱霸天下。其後再傳十四世，國家權力旁落新貴田氏之手，齊國漸趨衰落。

《左傳・襄公二十九年》記載，西元前五四二年，吳國公子季劄至魯，聽《齊風》的曲調，讚美說：「美哉，泱泱乎大風也哉，表東海者，其太公乎？國未可量也。」從中可略知《齊風》曲調的壯美。

狗尾草

被戲弄的荒涼

《齊風・甫田》

無田甫田，維莠驕驕。
無思遠人，勞心忉忉。
無田甫田，維莠桀桀。
無思遠人，勞心怛怛。
婉兮孌兮，總角丱兮。
未幾見兮，突而弁兮。

※「忉」音同「刀」；「丱」音同「冠」。

雜家題解

不管是思念流亡的男人，還是思念遠役的丈夫，思念的物件對寫詩的人來說明白如畫，但寫詩的時候全無必要把它直說出來。《甫田》顯然是純粹的思念詩。一切思念都是一種病，《甫田》裡這個思念至極的人，都有些病入骨髓，甚至在意識裡產生了幻覺。獨撐家園的妻子，對於離家多年不歸的丈夫，本是滿滿的怨恨，但在內心深處，更加揪心的還是無限的思念。《甫田》的好，便正在這種「溫柔敦厚」的心意裡。詩的開頭兩章，寫相思中強忍的悲愁，「無田」二字看似克制，其實卻把心結挽得更緊。末尾一章，突然轉折，峰迴路轉，似乎有歡喜相逢的笑臉正要露出來。詩盡處，悲喜在心頭集結，又逐漸有失落與怨憤的情緒彌漫出來，讓詩意深處有了說不儘然的歎息。愁、喜、怨盡含於一首詩中，不疾不徐，每種情緒各自占住一個時空。表面上看不出心意波瀾，細想時，又有種種心神激蕩的潛流，從心坎的縫隙中間肆意奔湧。

清人陳震在《讀詩識小錄》中評《甫田》末章前兩句云：「換筆頓挫，與上二章形不接而神接。」後兩句云：「奇文妙義，與上四『無』字神回氣合。」這種陡然轉折的寫法，形成了奇特的時空折疊，讓平常敘事與意識奔流，在詩中並行交錯。現代人從遠古的《詩》的時代，已能看到敘事性和意識流交融而不著痕跡的萌芽。

《毛詩序》：「大夫刺襄公也，無禮義而求大功，不修德而求諸侯，志大心勞，所以求者非其道也。」至於圍繞哥哥齊襄公、妹妹文姜、侄子魯莊公之間的故事，糾結著道德、禮法、倫理的衝突，透過《甫田》，我們可以理解齊襄公因不倫戀愛上妹妹，但人並不是一個徹底的壞蛋，文姜也不全是放任的浪蕩女，魯莊公應該是個好國王。但剝離歷史的碎片，《毛詩序》的刺，已經與《甫田》本身的現代感召力沒有多少關係。

「我」注《詩經》

1. **無田甫田，維莠驕驕。無思遠人，勞心忉忉。**

無田甫田

前一田字，為畋的假借，耕種。甫田，《說文》：「甫，男子之美稱也。」段玉裁注：「凡男子皆得稱之，以男子始冠之稱，引申為始也，又引申為大也。」先秦，大田為貴族、領主所有。若從隱喻的角度理解，便是指諸侯、貴族的政事，若實指，則指為貴族種地的佃農。

維莠驕驕

維，句首發語詞，為詩意特別強調之處。莠，田地裡的野草、害草，為狗尾草，詳釋見「植物筆記」。驕驕，韓詩做喬喬，驕為喬的假借字。《爾雅》：「喬，高也。」陳奐《毛詩傳疏》：「《說文》『莠，禾粟下揚生莠也』。莠草挺出其上，非若禾粟向根下垂，故曰揚。驕驕者，揚之意。」

無思遠人

無思的怨憤，正因思念之深思念之難引發。

忉忉

憂心忡忡的樣子，焦慮、神傷。物像互映，口是心非，首章可見《詩經》中寫情深的常見寫法。無思，乃深思，無念，乃深念。所謂帶鉤的文字，勾住人心，便是如此。

2\.
無田甫田，維莠桀桀。無思遠人，勞心怛怛。

桀

為揭的假借字，揭為高舉。指狗尾草生長的狂野姿態。暗指思念的極致。

怛怛

《說文》：「怛，憯也。憯，痛也。」悲苦，傷心，思念至悲痛欲絕。情感比「忉忉」的憂心更進一層。首章和第二章寫出了內心琴弦繃緊程度的差異，也寫出了思念微妙遞進的變化。

3\.
婉兮孌兮，總角丱兮。未幾見兮，突而弁兮。

婉兮孌兮

婉、孌，《毛傳》：「少好貌。」婉，柔美；孌，姣好。

總角丱兮

總角，古代兒童髮飾。《毛傳》：「聚兩髦也。」聚在額頭兩邊的頭髮，狀如羊角，故曰總角。丱，《說文》：「𦍋，羊角也，象形。」𦍋字古省做卝，丱為卝的俗字。意為總角像羊角一般翹起。指兒童天真爛漫的姿態。此兩句寫出戀子之情。

未幾見兮

不久見到。此句反意而寫，不久，其實是很長的時間，顯示時間流逝之快，思念之情，恍惚間好像只是昨日分別。指男子思念家人內心之迫切。

突而弁兮

突，孔穎達《正義》：「《方言》云『凡卒相見謂之突』。」用現代漢語理解「突」，自然很簡單，突然。先秦語言裡，突還是單音字，突包含的意義，視情境的不同而有差異。這也為詩意的多層次闡釋提供了更多可能。弁，本意為帽子，做名詞；這裡指戴冠，為動詞。古代男子二十而冠，表示成年。

4.

《甫田》對思念的描寫，至少通過四個層次展開。田野的荒蕪，狗尾草狂野的瘋長，是為思念之情的一種自然象徵；以不要思念那個遠走的人，反寫心意的筆法，是為思念的浪花擊打在時空阻隔的岩石上，泛起更加澎湃的思念的深情；以剛剛分別時的憂心，到久別絕望至泣，表達思念之情在時空裡綿延不絕的惆悵；以恍惚見到思念之人走進家門的幻境，極喜又極悲，極致地寫出了思念動人的淒美。自然的敘事裡，交織著意識的流動，讓《甫田》之思念奔騰著豐沛飽滿幽微的衝力。

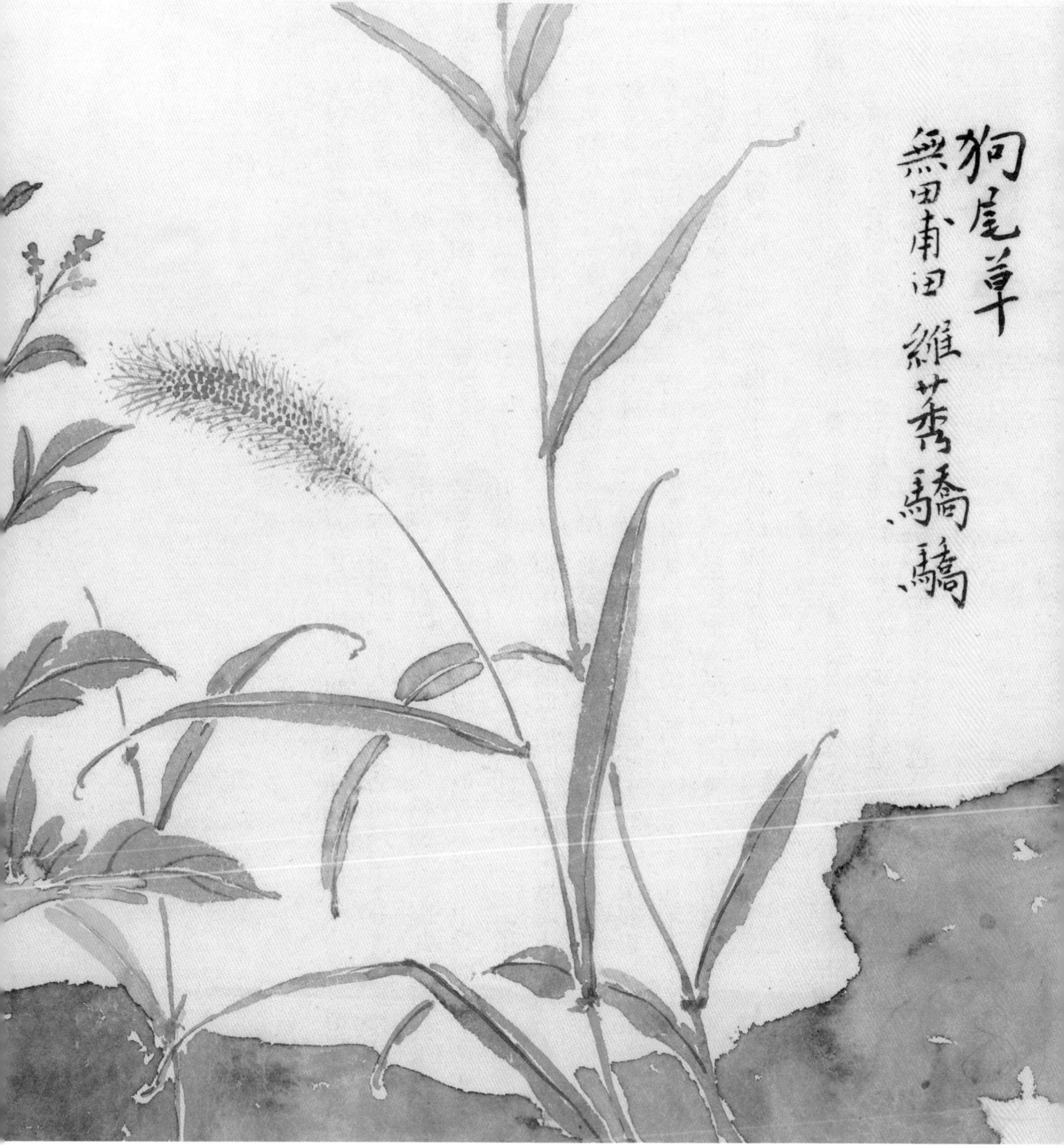
狗尾草
無田甫田 維莠驕驕

古人對莠實在是討厭至極，說莠時，還要在前面加一個惡字。孔子曰：「鄉愿，德之賊也。惡莠，恐其亂苗也，惡鄉愿，恐其亂德也。」農耕時代，人們的生活資料還十分匱乏，莠幼苗期長得像禾黍，花穗成熟時又像小米，混長在禾苗裡，實際上卻結不出一點糧食。因此才有孔子以惡莠比喻德賊的說法。羅願《爾雅翼》：「莠者，害稼之草。《說文》但云禾粟下生莠而已……先儒不適言何物。唯韋昭解《魯論》云：『莠草似稷，無實。』又韋曜《問答》云：《甫田》『維莠』今何草？答曰：今之狗尾也。然後此物方顯。今之狗尾草，誠似稷而不結實，無處不生。」《本草綱目》卷十六狗尾草：「莠，光明草，阿羅漢草。莠草秀而不實，故字從秀。穗形象狗尾，故俗名狗尾。」段玉裁《說文解字》注甚為確切：「禾粟下揚生莠也，禾粟下猶言禾粟間也。禾粟者，今之小米；莠，今之狗尾草，莖葉　皆似禾，故曰惡莠恐其亂苗。苗者、禾也。凡禾下垂，故《淮南》書謂之向根，《張衡賦》美其顧本。莠則　同而揚起不下垂，故《詩》刺其驕驕桀桀，此君子小人之別也。七月《傳》曰：揚，條揚也……古書多借為秀字。」

莠，即狗尾草，禾本科狗尾草屬一年生草本。高十至一百公分。稈常生有支持根，叢生，直立。葉片線狀披針形。圓錐花序，花密集成圓柱狀，直立或稍彎垂，形似狗尾。花果期五至十月。耐乾旱、貧瘠、鹽鹼，生存力極強。全中國廣布，是優良牧草，也是田間麥類、穀子、玉米、棉花等的害草。

《小雅・二月》說：「好言自口，莠言自口。」莠言就是說壞話。《大雅・大田》說：「不稂不莠。」這裡的莠，又指不成才，沒有出息。曾經欺騙過中國古人對自然的探索，因此古人將狗尾草批得一無是處。實際上狗尾草是牲畜的飼料，中醫入藥，狗尾草可治療癰瘀、面癬等疾病。在文學裡，作為讓思念的主題放出光彩的一面自然之鏡，狗尾草的時空裡，還有思念的狂野之哀湧動著。

《詩經》注我

粟，就是常說的穀子，舂掉皮，就是小米，米粒有碎白色，也有米黃色，熬的粥，出鍋前放豬油、鹽巴、蔥花，香噴噴的滋味順著鍋沿溢出來。小時候，外婆用白色和黃色小米熬成的「金裹銀」，就是這樣。

粟的祖先叫做「莠」，俗名又叫「狐尾草」，就是植物學上所說的狗尾草。從商代一直到秦漢時期，人們的主食，既不是今天主產北方的小麥，也不是主產南方的稻米，而是狗尾巴草的後代——粟。那時，國王祭天，要紮一束粟，放於香煙繚繞的供桌上，和三牲（豬牛羊的頭）擺在一起，祈求被世像所遮蔽、被高遠雲天所阻隔的神祉，來保佑蒼生，賜富百姓，在新的一年，牛羊肥美，粟米滿倉。

天地之間，狗尾草不擇地而生，不擇水而息，豐美沃土和苦寒山地，都能夠長得天地自在，我心悠然，正如《甫田》裡寫的，「維莠驕驕」，「維莠桀桀」。猜想狗尾草能夠有如此旺盛生命力，一定在它的基因序列裡，隱藏了遠超我們想像的大自然的洗禮，深寒和酷暑都沒能讓一個倔強的生命絕滅。我們現在看到的狗尾草，或許正是一個物種漫長沉默期裡的一種酣睡狀態。

記憶裡，不管狗尾草再怎麼鮮嫩，豬也不吃。長在田間地埂上的狗尾草，也很少有人理睬。上學路上，男孩子隨手摘上一把，藏到書包裡，上課的時候，趁著所有人不注意，用毛茸茸的狗尾巴草去瘙癢前排正專心聽課的女孩。幼時的這種惡作劇，曾經讓一個頑劣少年樂此不疲。

狗尾草在《詩經》裡佔據的一片狂野世界，如同惡之洪流，人心稍有懈怠，心靈的田野上就會被狗尾草的暗影侵佔了良善的領地。田原荒蕪，雲影昏暗，生機寥寥，狗尾草肆無忌憚生長的圖景，總會揪住人心。狗尾草的繁盛，意味著幸福生活的凋零。

《甫田》裡的那個人，從狗尾草瘋長的荒野裡直起腰，她默默安慰自己：無思遠人，勞心忉忉。越是這麼安慰，反而越是悲傷。時間流逝得真快，一眨眼，孩子已經從頑劣的兒童，長成了弱冠少年。那個離家多年的男人，見到已經成年的孩子，臉上該是怎樣驚訝的表情。

歲月荏苒，時光無情，多少思念，堵在心口上。這又是一個狗尾草瘋長的夏天。

魏風

酸模

酸溜溜的野菠菜

地理位置

西周初年分封的古魏國是一個姬姓小國（要區別於戰國時期，韓、趙、魏三家分晉，成為戰國七雄之一的另一個魏國），王應麟《詩地理考》載：魏地原本是虞舜、夏禹建都的地方，地點在今山西省芮城縣東北，包括今山西省東南部解縣、安邑、芮城、平陸、夏縣一帶及河南省西北部，土地乾枯，物產稀少，人民生活比其他地區更苦。魏國的國界與晉、秦兩個大國相接，常受這兩個國家侵擾，到周惠王十六年，即西元前六六一年，被晉獻公所滅。魏風共七首，都是魏滅亡之前春秋時代的作品。《毛詩序》中記載：「魏地狹隘，其民機巧趨利，其君儉嗇褊急，而無德以將之。」（注釋：魏地狹隘，民風不好，老百姓趨利取巧，魏君急躁吝嗇，心胸狹隘，沒有德行。）魏風裡多怒聲怨詞。同時，魏地靠近舜都蒲阪（今山西永濟），禹都平陽或安邑（今山西夏縣），受一帝一王之風教化，先王勤勞儉約的民風，在魏地猶存。

酸模

酸溜溜的野菠菜

《魏風・汾沮洳》

彼汾沮洳，言采其莫。
彼其之子，美無度。
美無度，殊異乎公路。
彼汾一方，言采其桑。
彼其之子，美如英。
美如英，殊異乎公行。
彼汾一曲，言采其藚。
彼其之子，美如玉。
美如玉，殊異乎公族。

※「丱」音同「冠」；「汾沮洳」音同「焚具入」；「藚」音同「續」。

雜家題解

《汾沮洳》是一首非比尋常的情歌，同時又不只是一首情詩，《離騷》詩魂源頭的一部分就像是在《汾沮洳》的詩意裡化成的。汾水邊上，一個採摘野菜的女子遇到了令她鍾情的男子，這個男子可不一般，他英氣逼人的容貌幾乎奪走了她的目光，他風度翩翩的談吐魅惑了她的心房，他的胸懷、他的眼界、他的志向更讓她深陷於難以名狀的愛慕裡。詩意處處顯示出「這樣一個男子值得去愛」的心意。詩意顯得頗不尋常的一個原因，還在於，詩不僅表達了一份真情，同時還表達出對如此優秀男子一份難得的理解，理解他同那些達官權貴的不同，理解如此有才德的一個人不見容於朝廷遭到放逐的憤怒，理解這個男人徘徊在山野當中的苦楚，理解他的生命不凡的價值終有一天會被賢德的君王接納和認同。《汾沮洳》的不同尋常，便在「殊異乎」（後世中國知識分子對於國家對於社會的一份責任，也在這三個字裡有了一個重要的存身之所）這三個字裡驚人的表達，雖然，在周朝，這還只是個體意識覺醒於社會的萌芽。

《韓詩外傳》評《汾沮洳》：「君子盛德而卑，虛己以受人，旁行不流，應物而不窮，雖在下位，民願戴之，雖欲無尊，得乎哉！」魏源《詩古微》：「據《外傳》之言，蓋歎沮澤之間有賢者隱居在下，采蔬自給。然其才德實出乎在位公行、公路之上。……蓋春秋時晉官皆貴遊子弟，無材世祿，賢者不得用，用者不必賢也。」只有陶淵明筆下《桃花源記》中的世外桃花源，才能做到，賢者不必用，用者不必賢，安居樂業，人人自足而樂。古魏國的處境顯然要艱難兇險得多。這也讓《汾沮洳》銳顯出鋒利的嘲諷。

詩中「美無度」、「美如英」、「美如玉」所言三美，像是在中國詩的深處立下一個標準，一個擁有如此美態的人，才是一個接近完美的人，一個擁有如此質地的國家，才能是一個由內而外湧動生機不斷強盛的國家。一個個性鮮明的人，一個包容多元的社會，本身就包含有詩中所說的「殊異」的特質，這份特質讓《汾沮洳》的詩意超出了時代的羈絆，超出君子小人在德性上的自清，讓《汾沮洳》成為一首「殊異」者唱出讚歌的傑作，中國的歷史上，每朝每代都不缺危難中見異而敢言的人，中國知識分子對於國家對於文化傳承的一份責任，也能在《汾沮洳》中看到獨特的倒影。

「我」注《詩經》

1.

彼汾沮洳，言采其莫。彼其之子，美無度。美無度，殊異乎公路。

彼汾沮洳

汾，汾水，在今山西省中部地區，源於山西省甯武縣管涔山麓，貫穿山西省南北，西南匯入黃河，為黃河第二大支流。沮洳，水邊低濕的地方。馬瑞辰《通釋》：「沮者，漸也。」《說文》：「洳，漸濕也。」沮和洳二字形容水邊低濕之地，有著單音節詞語獨特的動態之美。

言采其莫

古代採摘野菜，是女子的日常工作之一。由這個角度，理解詩是以女子視角寫成。言，句首語氣助詞。與「彼」字有著相互呼應的韻腳。莫，野菜酸模，詳釋見「植物筆記」。

彼其之子

彼，加重語氣的助詞。之子，鍾情男子的愛稱。之子具體指誰，爭論最多。

美無度 程俊英《詩經注析》：「陸德明《釋文》『度，丈尺也』。無度，猶不可衡量。」

殊異乎公路 《說文》：「殊，死也。」段玉裁注：「死罪者身首分離，故曰殊死。引申為殊異。」截然不同。殊異二字，有明志之意。公路，指魏國管理路車的官員。

2.

彼汾一方，言采其桑。彼其之子，美如英。美如英，殊異乎公行。

一方 指汾水邊上的某一個地方。

桑 詩中採桑的情景，可能是採桑葉，也可能是採桑葚。考古發現，漢代石刻上有不少古人採桑圖，採桑者都為女子之形。

英 俞樾《群經評議》：「英，讀如『顏如舜英』之英。」英，指生命力之盛，如盛放的花朵。指男子的英氣。

公行 指魏國管理兵車的官員。

3. 彼汾一曲，言采其藚。彼其之子，美如玉。美如玉，殊異乎公族。

一曲　指河流彎曲之處，河流彎折之處，水流變緩，故有很多水生植物。

藚　《陸疏》和《毛詩傳》均認為「藚」為澤瀉，在中國北方水澤中，澤瀉是常見的水生植物。澤瀉為澤瀉科澤瀉屬多年水生草本，基部有塊莖，生於淺澤中，葉叢生，有長柄，葉片橢圓形，花輪生呈傘狀，再集合成圓錐花序。花被二輪，外輪三片，退化為萼片狀，內輪三片遠大於外輪，花瓣狀，呈白色、粉色或淡紫。澤瀉為藥用植物，主治腎炎水腫、腎盂腎炎、腸炎泄瀉、小便不利等症。

美如玉　古人以玉代表地位與才德。此處特別強調德性才華之珍貴。

公族　指管理宗教事務的官員。

莫，《毛傳》：「莫，菜也。」陸璣《陸疏》：「莫，莖大如箸，赤節，節一葉，似柳葉，厚而長，有毛刺。今人繰以取繭緒。其味酢而滑，始生可以為羹，又可生食。《五方通》謂之酸迷，益州人謂之乾絳，河汾之間謂之莫。」

《本草拾遺》：「酸模，葉酸，美人亦折食其英。葉似羊蹄。」《本草綱目》卷十九酸模：「山羊蹄、山大黃、酸母、蓚、當藥。酸模又酸母之轉，皆以味而名。」《本草綱目》還說酸模「其根赤黃色，連根葉取汁煉霜，可製雄、汞」。

蓼科酸模屬的酸模，多年生草本，根為鬚根，莖直立，高四十至一百公分，莖具深溝槽，基生葉和莖下部葉箭形，葉子全緣或微波狀，葉柄二至十公分，花序狹圓錐狀，頂生，雌雄異株。酸模廣布於水流低濕的荒野。酸模含有豐富的維生素A、維生素C和草酸，草酸使酸模有酸滑的口感。

北方酸模又叫遏藍菜、酸溜溜、野菠菜、羊蹄菜。酸模的幼苗最適合採食，可做羹，是古代常見的野菜之一。酸模還有藥用價值，可外敷治療疥癬、汗斑等皮膚病，內服有解熱、利尿、涼血、解毒的功效。《詩經》時代，採摘酸模，既可能當做蔬菜，又可能製作藥材。

酸模
彼汾沮洳言采
其莫

《詩經》注我

酸模，我的家鄉西北鄉下叫做酸溜溜。北方深冬時節，寒氣浮游於天地間，是吃羊肉泡饃的好時節。羊肉泡饃的館子外邊，風聲呼嘯，繁雪迎門，館子裡，人聲熙攘，熱氣騰騰。頭戴白布帽團著一張笑臉的老師傅，將一碗熱氣騰騰的羊雜湯端到我面前。老師傅也是能諞傳（西北方言，閒聊）的人，他不說羊雜湯多麼好，卻說碗裡滾在油花中間綠閃閃的菠菜真是個好東西，老祖先用的還是山上的酸溜溜代替呢！我的腦筋轉過幾個急轉彎，想像酸溜溜的可口的羊湯，怎樣恣意盎然地沖進人的胃腑裡。

《詩經》裡讀到《汾沮洳》，讀到汾水邊上融進當時生活洪流的「莫」，才覺察我與酸模，我與《詩經》的距離貼的原來是如此近。「言采其莫」的「莫」，古人也叫野菠菜。想一想古人的生活，農耕初開，真是艱苦。人們勤勞、樸實、不向艱難時世妥協的本性，正是在這樣艱苦的環境裡鍛煉出來的。

《詩經》裡一首詩的解釋層次總是多元的。道德家批判其性情之野，陳述的對象是廟堂法度的嚴謹；詩人挖掘其性情，文字的鏡子裡照出的是脫了繩索的個性；歌者看中的是它的音韻，這些音節的節拍，一一化成了中國文學韻律的源頭；好物趣者，如我，在《詩經》的廣闊海洋裡，看到其中夾雜物象的妙趣，所謂讀詩觸動「思無邪」的一點自性，因詩的感發，同時也把如書簽一樣輕微的自己夾入到詩行裡。每一種山野植物在眼前出現，都會帶動想像臺階的延伸，把我帶入充滿性靈的自然世界。

《汾沮洳》就寫作的物件和陳述的語氣，包含著濃濃的母性。詩的背景深處，一個被愛情迷醉的女子，在山野上，在綠水河畔，在道路拐彎的地方，那命定的奇緣，總能讓她與一個光彩照人特立獨行的男子相遇。漸漸的，她的眼睛被吸引了，她的心房打開了，雖然只有片言隻語的交流，但她幾乎理解了這個徘徊在天地間男人的心，因為這份理解，讓她更愛上這個人。

水邊茂盛瘋長的「莫」，即蓼科酸模屬的酸模，俗稱野菠菜。酸模，隨著農業技術的發達，栽培技術的普遍，蔬菜的供應已經既安全又充足。不像古人，所吃的蔬菜主要從野外採摘。現代人已經極少將酸模當做蔬菜，也很少將它當做野菜來吃。我小時候在野外摘著吃過酸溜溜，入口酸滋滋滑溜溜的。夏日，太陽在頭頂火辣辣地照著，摘下路邊的酸模，放入嘴裡，口舌生津，也算是解了一點渴吧。陸璣《陸疏》說，酸模可入湯，可做菜羹。

西方的占卜術裡，酸模的存在要有意思得多，酸模的古名為「Rumex」，有吸吮的意思。古時候，西方人在旅途中以吸吮它的葉子作為解渴的一種來源，因此占卜術給酸模一種人性的意義：體貼。在西方神祕的藥理學裡，酸模還是花仙子下屬的一個精靈，受到酸模花兒祝福而生的人，如果是女性，一定充滿母愛，溫柔又善解人意。當然，一旦戀愛，就會無悔地付出，讓對方感受到濃濃情意。

想像在一個火苗動盪的密室，一個祈福巫師正把野菠菜的莖葉和花朵一點一點投入到咕咚咕咚冒著氣泡的溶了硫磺、水銀、石灰、硝石的溶液裡，一個裹黑袍的巫女，伏在地上，讓自然精靈的味道隨呼吸進入身體。

很奇怪，東方意識裡，有資格祝福他人的，不是賢者聖師就是宗室高官，卻極少被山野上踩在農夫腳下的雜草祝福。中國神話裡，千年草和萬年石的陪伴，到靈性初開，會來一段人間的木石之緣，以一生的淚水來回報孤獨相守的恩惠。《紅樓夢》也是在萬物有靈的神話裡誕生的。

西方故事裡，融進魔法世界的酸模彰顯著大自然的神祕。東方神話裡，招引還魂的酸模則將中國的世界觀顯現出來。

唐風

刺榆、白榆

故鄉的託辭

烏蘞莓

至情的背景

稻

悲號餘音的底色

花椒

多子多福之誤

地理位置

唐風所寫其實是晉國的事情。周代以前本有唐國，傳說是唐堯的後代。周武王死後，周成王即位，唐國發生叛亂，周公便滅了唐國，將它納入周朝的版圖。之後，周成王將唐地封給弟弟叔虞，叔虞稱為唐侯。唐國的疆土原本在山西太原、晉陽一帶，這裡是堯最初居住的地方，又遷到河東平陽。後來叔虞的兒子燮將國都遷到晉水邊，改國名為晉。人們有尚古傳統，晉地文化上追唐堯，百姓勤儉，民風質樸，憂思深遠，詩風有唐堯簡樸合禮的遺風，因此詩風依舊稱為唐風，但唐風說的實際上是晉國的事。

唐堯，上古五帝之一，相傳為帝嚳次妃陳鋒氏女慶都所生，姓伊祁，名放勳，號陶唐，謚曰堯，因曾為陶唐氏首領，故史稱唐堯。

刺榆、白榆

故鄉的託辭

《唐風・山有樞》

山有樞，隰有榆。子有衣裳，弗曳弗婁。
子有車馬，弗馳弗驅。宛其死矣，他人是愉。
山有栲，隰有杻。子有廷內，弗洒弗埽。
子有鐘鼓，弗鼓弗考。宛其死矣，他人是保。
山有漆，隰有栗。子有酒食，何不日鼓瑟？
且以喜樂，且以永日。宛其死矣，他人入室。

※「樞」音同「書」；「隰」音同「席」；「杻」音同「扭」。

雜家題解

讀《山有樞》曠達者，淺；懂《山有樞》悲切者，深。

首先，詩歌語言的節奏是由情緒引領（這情緒最初是作者的情緒，隨時光流逝，作者的有無逐漸變得無足輕重，詩的世界彰顯著自身，但凡偉大的詩人，總能做到讓自己像空氣一樣在詩中消失，每一個讀者的情緒反而會各自生成一首詩的情緒）。其次，情緒的漩渦裡，悵然也罷，欣悅也罷，生命的意志必須探出頭來，詩本身的意志和作者的意志會融為一體。最終，讀者正是透過詩中意志之眼的瞳孔，察覺到靈魂微火的光焰在跳動閃爍，才知覺到，生命的存在是如此驚心，如此神祕，如此魅惑。一首不朽之詩的熔爐裡，靈魂的微火永遠都在點亮著孤寂的暗夜，做著探索未知時空的一盞明燈。

《山有樞》表面上看，似乎是在勸人及時行樂，程俊英《詩經注析》說《山有樞》：「放浪形骸的外殼裡，卻蘊藏著很深的悵惘與空虛的心聲。」他還引了明代文學家鐘惺《評點詩經》裡的話，說：「行樂之詞，乃以斥（澀）苦之音出之，開後來詩人許多憂生惜日之感。末語促節，便可當一部挽歌。」看似有些調侃語調的《山有樞》，被評為末世的挽歌，「挽歌」一詞的至深評價，實在驚豔。或許，正是鐘惺讀出了詩意的悲涼，讀出了一切都難以挽回卻依然試圖挽回的那點絕望中冰冷的空虛，才驚覺到了《山有樞》作為挽歌的特質，是詩魂不滅的微火，點亮了《山有樞》平實淡然的暗夜。人活著，人事總是不得不盡（讓人歡，讓人笑，願你光鮮，願你幸福），但顛覆的世像已經失去了天命的依託。讀到詩意深處的無奈，定然讓鐘惺一驚，那種突然而至的悲從中來，凸顯出《山有樞》挽歌的本質。

中華民族能作為世界農耕民族中的佼佼者，歷時兩千多年的紛變，依然將一個國家的強盛一次次推向高潮，其中至關重要的一點，便是勤儉之德。繼承於先王之風的勤儉節約，不僅符合公眾認同的德，而且還暗含著順應天命的道，中華民族亦因勤儉之風而自豪，「厚德載物，獨立自強」是永不失文明長存根本的一份堅守。

節儉原是美德，過猶不及，對財產、物質過分看重，就成了吝嗇。作為消極人格的一種標誌，吝嗇對個人是塌陷和封閉的徵兆，對國家，則是衰竭和崩塌的開端。

《山有樞》的詩言用對話的體裁寫成，卻只有單方面的回音，晉昭公對這樣的良言在詩中並無任何反應。詩意的規勸，彰顯著《詩經》「溫柔敦厚」的情意。國人將晉昭公的一舉一動看在眼裡，作《山有樞》諷刺這個吝嗇鬼。當時，晉國六卿強勢，王室衰落，晉昭公雖有君王的自尊，但這自尊總是如驚弓之鳥一般。《山有樞》的語調，也能覺察，老百姓對這個吝嗇的君王並無惡感，甚至還有一份憐惜和撫慰，希望他能開心，希望他能及時行樂。但是，一首說不盡的哀歌，已經喚不醒一個走向滅亡的國度。《山有樞》試圖喚醒一份希望，卻又陷入更深的絕望裡。所謂挽歌或者哀歌的寫法，莫不如此。

「我」注《詩經》

1. **山有樞，隰有榆。子有衣裳，弗曳弗婁。子有車馬，弗馳弗驅。宛其死矣，他人是愉。**

山有樞 山，山地高處。樞，刺榆，詳釋見「植物筆記」。

隰有榆 隰，低濕之地。榆，通用名榆樹，又稱榆、白榆、家榆、錢榆等。詳釋見「植物筆記」。

弗曳弗婁 有好衣裳而不穿。曳，拖；婁，摟的借字，牽拉。古時裳為下身裙裝，長及拖地，古人走路便有提裙的動作。

弗馳弗驅 馳、驅，古時二字有區別，走馬（讓馬快跑）謂之馳，策馬（用鞭子驅馬）謂之驅。這兩句以點帶面，以動作帶行為，是精彩的曲筆直寫。《詩經》裡文字的曲筆，正是鮮明的詩的特徵。你有衣裳，卻疊放起來，不穿在身上。你有車馬，卻只是讓它們停歇在馬廄、車房裡。

宛 苑的假借字，枯萎。《淮南子》：「形苑而神狀。」

愉 享受；一說偷，取。等你老病而死，別人享用你留下的東西，可就開心了。

2.

山有栲，隰有杻。子有廷內，弗洒弗埽。子有鐘鼓，弗鼓弗考。宛其死矣，他人是保。

栲 殼斗科錐屬有栲樹。但《毛傳》：「山樗。」《爾雅注》：「栲似樗，色小白，生山中，因名云。亦類漆樹。」從形態看類似臭椿或漆樹。潘富俊《詩經植物圖鑑》認為可能是毛臭椿。

杻 陸璣《陸疏》：「檍也。葉似杏而尖，白色，皮正赤，為木多曲少直，枝葉茂好，二月中，葉疏，華如楝而細，蕊正白；蓋樹今官園種之，正名曰萬歲，既取名於億萬。其葉又好，故種共汲山下，人或謂之牛筋。或謂之檍，材可為弓弩幹也。」《山海經》提到「英山，其上多杻橿」（英山在今陝西華縣）。潘富俊認為杻為椵樹。

子有廷內 廷，通庭，指庭院。內，廳堂和內室。廷內，借指家室。

弗灑弗掃 灑掃廳堂，本是日常功課，卻讓家中蒙塵，不聞不問。

鐘鼓 此處借指政事。晨鐘暮鼓，鐘為撞擊，鼓為敲打。廳堂上的鐘鼓，安靜無聲，成了擺設。

保 《詩集傳》：「居有也。」等到你一死，都會被別人佔據。

3\. **山有漆，隰有栗。子有酒食，何不日鼓瑟？且以喜樂，且以永日。宛其死矣，他人入室。**

漆 許慎《說文》：「漆本作桼，木汁可以 物，其字像水滴而下之形也。」漆樹為漆樹科漆屬落葉喬木。木材可做建築材料，樹幹韌皮部可割生漆，葉子可提取栲膠，果皮可提取蠟，種子油製油墨、肥皂等。

栗 古今名同一，詳解見「植物筆記」。

子有酒食，何不日鼓瑟 此處與第一章和第二章的質問相比又有遞進。第一章言，你物質不缺。第二章言，你也不缺家事，不缺天下。你有酒有肉，為什麼從來不見你舉辦鐘鳴鼓瑟的宴會，你究竟為何事不快樂？這個疑問，在詩中掀起波瀾。突然讓人覺察，寫詩的人，唱歌的人，原來和晉昭公的關係是如此密切，這詩歌定然是鍾愛晉國的子民懷著滿腔的真情寫出來的。

且以喜樂，且以永日

很多人將這兩句解讀為「及時行樂」。「及時行樂」更增加了《山有樞》挽歌的調子，讓整首詩彌漫著無望的期盼。晉昭公衣食無憂，卻又為何不願分享，不願行動，不願有所作為？答案就在「宛其死矣」這句點明預兆的句子裡，當一個君王失去了權力，就像人活著失去了靈魂。一個失去靈魂苟活在世上的人，喜樂的意義何在？他已經失去了家室和天下，他除了在宮室的幕幔後面心驚膽戰地等死，他對活著已經不再有興趣。

1.

樞，《毛傳》：「荎葉喬木。《本草綱目》卷三十五榆：「按王安石《字說》云：榆也。」陸璣《陸疏》：「樞，其針刺如柘，其葉如榆，瀹為茹，美滑於白榆也。榆之類有十種，葉皆相似，皮及理異爾。」《爾雅．釋木》：「藲，荎。」郭璞《爾雅注》：「今之刺榆。」《齊民要術》提及刺榆「木甚牢肕（通韌），可以為犢車材」。樞，即今之刺榆。

刺榆是獨特的單種單屬植物，榆科刺榆屬植物全世界只有一種，即刺榆本種。據《中國植物志》，江浙一帶別稱釘枝榆，連雲港又叫刺榆針子。落葉小喬木，或呈灌木狀，小枝通常具粗而硬的棘刺，刺長二至十公分，小枝被灰白色短柔毛。葉長橢圓形，長四至七公分，先端銳尖，葉緣有粗鋸齒，葉形如榆，因此得名刺榆。刺榆的花和葉同時開放。花單生或二至四簇生。堅果黃綠色、扁平，長〇．五至〇．七公分。花期四至五月，果期九至十月。

古人以刺榆嫩葉水煮當蔬菜，因此有「美滑於白榆」的說法。由《齊民要術》記錄可知，刺榆在古代還是重要的經濟樹種。刺榆枝條有刺，大概在《詩經》時代，刺榆常用做籬笆、屏障木。

2.

榆即榆樹，是中國北方最為常見的樹種之一。與作為灌木的刺榆不同，榆樹是高大喬木，樹可長到二十五公尺。榆，又名枌，落葉喬木。《本草綱目》卷三十五榆：「按王安石《字說》云：榆瀋（沈的古字）俞柔，故謂之榆。其枌則有分之之道，故謂之枌。其莢飄零，故曰零榆。」嵇康說「榆令人瞑」，說明多吃榆錢，令人多睡。蘇頌《本草圖經》：「榆處處有之。三月生莢，古人採仁以為糜羹，今無複食者，惟用陳老實做醬耳。按《爾雅疏》云：榆類有數十種，葉皆相似，但皮及木理有異耳。刺榆有針刺如柘，其葉如榆，瀹為蔬羹，滑於白榆，即《爾雅》所謂『樞，荎』，《詩經》所謂『山有樞』是也。白榆先生葉，卻著莢，皮白色，二月剝皮，刮去粗皵（皴裂），中極滑白，即《爾雅》所謂『榆白枌』是也。荒歲農人取皮為粉，食之當糧，不損人。四月采實。」

榆樹為榆科榆屬落葉喬木，別名有榆、白榆、家榆、錢榆。樹可長到二十五公尺，胸徑一公尺。樹皮暗灰色，不規則深縱裂，粗糙。小枝淡黃灰色、暗褐灰色或灰色。葉互生，橢圓狀披針形，葉緣多為單鋸齒或不規則重鋸齒，花簇生於葉腋，無花瓣。翅果近圓形或倒卵狀，稱為榆錢。花果期三至六月。

榆樹自古是重要的經濟樹種，是建築、農具、車輛和傢俱的重要用材。古時祭祀土地神的地方，種榆樹以做標識，榆之諧音也是老百姓期望「年年有餘」的美好期盼。

刺榆
山有樞隰
有榆

《詩經》注我

寒風冷硬淒涼的氣息沒有褪盡，種子還在凍土下面沉睡著，早春灑向大地的雨絲，迎著冷風，毫無保留地將點點溫潤融入冰冷的世界。這個時節，榆莢雨從榆樹的瘦枝上紛紛落下，就像一個青春初現的女子，惶惶然給自己新生一季的年輪許一個有花有果的福願。

刺榆見得少，榆樹卻是北方再熟悉不過的喬木。兒童少年時，噌噌爬上歪脖子榆樹，兩條瘦腿騎在枝椏間，從身邊細枝上捋下一把把榆錢，塞到嘴裡，吃得好不快活。和春天裡的榆莢雨一樣，歲月的年輪裡，童真少年時，是每個人歲月的春天。這種情形，像極了剪紙、舊信箚、乾去的殘花、腐朽的黃葉這些無足輕重卻又不捨丟棄的細小物件，它們保留並封存著記憶瓦罐裡永不重現的兒時細節。借「山有樞，隰有榆」的古樸歌謠，來勾勒榆樹在時間裡既虛又實的輪廓，說到底，它在喧嘩世界裡被匆匆路人的眼光漠視，冬夏不息地契合著天時地氣，它種在骨子裡的固執性情，不正是在西北黃土高原上成長起來的自己的一份面對生活的秉性嗎？

在北方的院牆邊（鄉村，榆樹多種在家門口或村頭前），在野地山坡上，榆樹風雨無遮地生長。看似默默無聞的榆樹，也像每一個活過一世的人一樣，不管地位多麼卑微，生命怎樣沉默，在生命力深處，總有屬於自己的一把生命之刃，來劈開屬於他的生命時空。

《漢書．郊祀志上》裡，有「高祖禱豐枌榆社」，枌榆者，漢高祖劉邦的故鄉，榆樹似乎借了皇天后土的影響力，「枌榆」便成了故鄉的一個代稱，供騷人墨客藉以言說如水如霧的鄉愁。

「溫馨、淒涼的榆味……」，一個異國遊子，寫給淒心所念卻又人世永隔的母親的文章開頭這樣寫道。當時並不知道榆味的所指，現在卻是明白了，那點心頭的鄉愁，念之深的，是感激，思之深的，是刺痛，永遠觸摸不到的，是家的滋味，是母親的手，想念榆樹枝條拂過心坎的榆味，便是鄉愁深處的一絲安慰。

《山有樞》裡，兩千五百年前唱「山有樞，隰有榆」的那個人呢，表面上，他在譏笑一個像巴爾札克筆下葛朗臺一樣的人物，如果這樣的詩歌寫在西元十九世紀，倒是有些勸誡封建貴族的腐朽糜爛和畸形的金融資本結合的產物高布賽克和葛朗臺，只知榨取的人生，會是多麼無趣和淒涼。對於西元前四世紀的人來說，這樣的譏諷，其實是指斥那些有高頭大馬、雕樑畫棟、錦繡華服的人，不要忘記治下面色饑黃、寒門破屋、衣不蔽體的子民的吶喊。

想像這樣一個節日集會的場合，官民同樂，寒苦百姓和廟堂高官一起欣賞雜戲、鬼舞和民歌。一個慢慢走上舞臺的樂官，隨絲竹琴瑟，在迂迴樸拙的曲調裡唱起《山有樞》，嫋嫋餘音的歌調唱起。什麼樣的官員聽到的只是奢靡？什麼樣的官員聽到的更是警醒？

花椒

多子多福之誤

《唐風・椒聊》

椒聊之實，蕃衍盈升。
彼其之子，碩大無朋。
椒聊且！遠條且！
椒聊之實，蕃衍盈匊。
彼其之子，碩大且篤。
椒聊且！遠條且！

※「匊」音同「菊」。

雜家題解

中國關於花椒最早的文獻記錄，便是這首《椒聊》。《詩經》裡的每一首詩，其實都意有所指，《椒聊》自然也不例外。《毛詩》和齊、魯、韓三家詩都認為，《椒聊》是為曲沃桓叔子孫繁盛所唱的一首讚歌，花椒多子多福的隱喻，也自《椒聊》始。當時的晉國人，用「碩大無朋」來形容曲沃桓叔及其子孫的功業，實在是正常不過的事。

曲沃桓叔，姬姓，名成師，諡號桓，排行為叔。晉穆侯之子，晉文侯的弟弟。西元前七四五年，受封曲沃（今山西省曲沃縣），時年五十八歲。《史記．晉世家》評曲沃桓叔：「好德，晉國之眾皆附焉。」西元前七三九年，晉大臣潘父弒殺晉昭侯，迎立曲沃桓叔為君。桓叔入晉都翼城，晉國人認為桓叔名不正，言不順，沒有資格做晉國的國君，便攻打驅趕桓叔，桓叔只好退回曲沃。晉國人重新立晉昭侯的兒子為君王，是為晉孝侯。西元前七三一年，桓叔去世，終年七十二歲。桓叔死後，兒子莊伯、孫子晉武西曆經數十年努力，最終消滅了苟延殘喘的晉國公室，由小宗桓叔一族取代了大宗晉文侯一族，重新統一了晉國。《椒聊》可能作在晉武公統一晉國之後。

朱子《詩集傳》認為《椒聊》如果是誇讚曲沃桓叔一族取代晉朝宗室的事，以下代上，有失德之嫌，詩風的教化之意並不在此，故說《椒聊》的詩意，「此不知其所指」，「此詩未見其必為沃而作也」。詩的妙處正在於沒有一字點明時事，但世人都知此事為何事。《詩經》普遍類似《椒聊》的模糊寫法，也常被賦予「溫柔敦厚」的意義。

《椒聊》同時可以看成是一首純粹的名物詩，它以簡明誇張的筆法，寫出了花椒驚人的生命力，中國自然文學的絕好範本同樣能在《椒聊》中找到參照。

程俊英《詩經注析》點出《椒聊》一詩寫作技法上的獨特之處：「詩二章，每章六句，上二句與末二句都是興，只有中間二句是寫人。《詩經》興句多在章首，章末亦起興者極少。詩章末又以椒香遠長起興，非但前後呼應，而且含蘊雋永，有餘音嫋嫋之感。」《椒聊》的寫法就像一座筆架之山的形狀，物之興烘托著人之興，物象的生命力映照著子孫繁衍的生命力，人與物共生一體，感應著時世輪盤的轉動和命運的神祕變遷。中國自然文學的基本寫法，必然要感應到這樣一個多層次的世界才算圓滿。與《詩經》裡古人體現出來的世界觀相比，現代人的世界觀博雜混亂，雖然從理性的層次看，一點不弱，但以簡妙深闊的呈現，可以說是單薄。

「我」注《詩經》

1. **椒聊之實，蕃衍盈升。彼其之子，碩大無朋。椒聊且！遠條且！**

椒聊 椒，花椒，詳釋見「植物筆記」。聊，馬瑞辰《通釋》：「椒聊，椒莍也。」聊同「莍」，亦作「朻」、「梂」，指花椒果實的形狀。莍，現代解釋為「果實外皮密生疣狀突起的腺體」。聞一多《風詩類鈔》：「草木實聚生成叢，古語叫做聊，今語叫做嘟嚕。」

蕃衍盈升 蕃衍，蔓延。古代引詩有「蔓延盈升」的句子。詩中沒有點明寫出數量詞。一條枝上花椒的果實（聞一多稱其為一嘟嚕），蔓延採摘能夠有滿滿一升的數量。

彼其之子，碩大無朋 這一句，既是實寫花椒的果實，又是虛寫對曲沃桓叔一族女人的讚美，讚美他們生養了桓叔、莊伯、晉武公這樣優秀的人物。碩大無朋，真是氣象不凡，它從「巨大無比」的表像，潛入內在，顯示出來一種頂天立地的氣質，極好地概括了「大」這個字的深意。「碩大無朋」在民間流傳開來，終於成了口頭上不言自明的成語。

遠條且

條，古同修字，修，長也。且，雖然為句尾助詞，看似並無實際意義，正是遠超常態的「碩大無朋」的花椒之子，引發內心的驚歎，才有了獨特驚人的歎謂，好像在說，世上怎麼會有這樣果實飽滿巨大的花椒，這花椒的香氣傳得怎麼會這麼遙遠！

2. **椒聊之實，蕃衍盈匊。彼其之子，碩大且篤。椒聊且！遠條且！**

匊

「掬」的古字，兩手合捧為一掬。《周禮．考工記．陶人》疏引《爾雅》云：「匊，二升。」亦通。小雅《采綠》有「不盈一匊」，匊，亦指兩手合，為一掬。

篤

厚重，指花椒果實的飽滿，也形容婦女肌體豐滿高大。

3. 《椒聊》兼具虛實相間的寫法。在藝術創作中，以興作前後的呼應，不只是《詩經》，就是整個詩學的創作，都是一個獨特鮮明的少有案例。

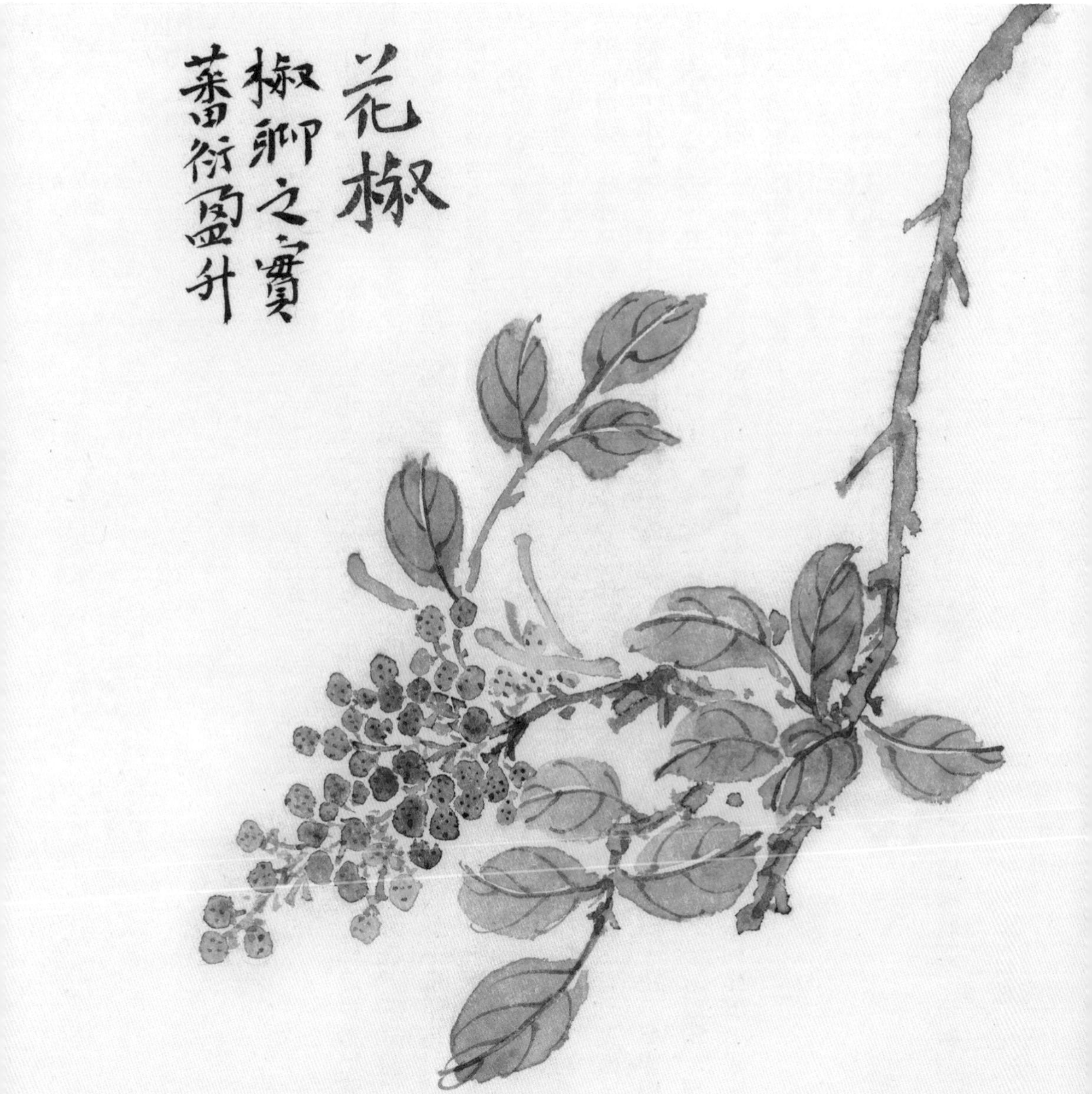
花椒
椒聊之實
蕃衍盈升

椒，《毛傳》：「椒聊，椒也。」《鄭箋》：「椒之性芳香而少實，今一梂之實蕃衍滿升，非其常也。」《陳風．東門之枌》所說「貽我握椒」，此處椒，指的是花椒的芳香，《詩經》時代，花椒還是男女定親時的定親之物。花椒在先秦春秋時代，在祭祀和敬神的活動中常作為引導降神的香料，是溝通人與神之間的橋樑。先秦時期，花椒就有溫暖、芳香、多子的深意，花椒亦為後妃的代指。《漢書．車千秋傳》：「江充先治甘泉宮人，轉至未央椒房。」顏師古注：「椒房，殿名，皇后所居也。」陸璣《陸疏》是花椒作為飲食調味料的最早記錄：「椒樹似茱萸，有針刺。莖葉堅而滑澤，味亦辛香。蜀人作茶，吳人作茗，皆以其葉合煮為香。今成皋諸山有竹葉椒，其木亦如蜀椒，小毒熱，不中合藥也，可入飲食中蒸雞、豚用。東海諸島上亦有椒樹，枝、葉皆相似。子長而不圓，甚香，其味似橘皮，島上獐、鹿食此其葉，其肉自然作椒、橘香。」《爾雅．釋木》：「椴，大椒。」《本草綱目》釋名秦椒為大椒、椴、花椒。《范子計然》云：「蜀椒出武都，赤色者善。秦椒出隴西天水，粒細者善。」

《詩經》是已知記錄花椒最早的文獻。

花椒為芸香科花椒屬落葉小喬木，高三至七公尺之間，樹皮具木栓質瘤狀刺，奇數羽狀複葉，互生。葉子邊緣有細鋸齒，齒縫間有明顯的油點。蓇葖果球形，成熟時紅色或紫紅色，果皮上有粗大油點。花期四至五月。七至八月採摘的花椒，稱為「伏椒」，九至十月採摘的花椒，稱為「秋椒」。一般伏椒的品質要優於秋椒。

花椒的木材為典型的淡黃色，露於空氣中顏色稍變深黃，心邊材區別不明顯，木質部結構密緻，均勻，縱切面有絹質光澤，大材有美術工藝價值。

花椒用作中藥，有溫中行氣、逐寒、止痛、殺蟲等功效。治胃腹冷痛、嘔吐、泄瀉、血吸蟲、蛔蟲等症。又作表皮麻醉劑。

花椒多子多福只是古人從巫祝祭祀中祈禱的一種期盼，花椒本身並沒有多子多孫的效果。

據《中國植物志》，花椒屬植物在中國有三十九種十四個變種，果葉均有芳香特質。《詩經》中的花椒也可能是野花椒、刺花椒等其他花椒屬植物。

《詩經》注我

花椒多子多福意義的源頭起於《椒聊》，猜想，當時男女新婚時，由主持祈福的神漢巫婆，對著一張新人的大床，邊散著椒籽（花椒古名之一又叫椒籽）、核桃、大棗之類的引靈之物，一邊大聲唱這首《椒聊》，以便讓掌管生育的神靈，祝福這對男女，多子多福。這首詩的另外一種解釋說，這是一個女子大膽的示愛詩，女子向她喜歡的男子暗示她不僅豐滿漂亮，而且還能像山椒一樣有旺盛的生育能力。農耕時代，同時滿足這樣兩個條件的女子，對一個男人來說，應該具有超凡的誘惑力。

花椒長成時，身披絳紫的紅袍，內含烏金的玉珠，飄逸四時的馨香，這種特質給它一種雍容的氣質，後世皇后的後宮又被稱為「椒屋」，也是暗喻了來自花椒的祝福。《詩經》裡還有一首說到椒的詩《東門之枌》，詩裡說「視爾如荍，貽我握椒」，這個句子裡藏著一對男女情意綿綿的微笑，還有執手相握、共走一生的感激和欣慰。

「不讀《詩經》，不知萬物有靈」，關注詩經裡的植物，很自然會從心頭跳出這樣的話。我們俗常所認識的花椒，多是它的味覺變換出來開啟味覺的神祕，這種味覺上的神祕，在人的內在精神空間裡形成的力量，是難以預知的。

麻椒，西北叫秦椒。酷夏的清晨，山野上飄起一絲清涼，和父母在山間散步，隨之字形山道彎彎折折走向山梁高處，路旁可以看到黑火一樣竄出地表的麻椒樹，一叢叢在三伏天裡長得枝繁葉茂，硬如堅鐵的尖刺蔭蔽著紅彤彤的椒果，父親說，這種椒，叫「伏來椒」。在另外的幾處花椒地裡，又看到果實依然青嫩的麻椒，問父親，他說，這是秋椒，立秋前後才能成熟。小時候，野地裡瘋瘋癲癲跑過，山野植物裡藏著什麼故事，一無所知，現在重新慎視收藏自己童年的黃土地，才發現有多少當初未曾發現的精靈在山風裡飛舞。

花椒的原產地是重慶江津，蜀地的招牌況味麻辣，這其中的麻，多來自蜀椒。麻辣是我味覺的最愛之一，有時候拼著腸胃的痙攣，也要過一把口舌上的癮，麻辣之味總是有致命般的吸引力。曾在夜半時，和朋友在街邊吃麻辣串串香，在冰凍乾啤的澆灌之下，一串接一串的麻辣滋味，彷彿讓長夜顯得明亮起來。曾在江津的四面山吃過燒烤的山雞，那是幾個餓得心慌慌的人，在山風薄霧裡裹了衣服，拿了塑膠小板凳，看著燒烤師傅就著木炭的星火，把辣椒油、味精、鹽巴、花椒粉一點一點喂入鐵架子上撐開的柴雞身上，眼巴巴地期盼焦黃流油的柴雞趕快和牙齒舌頭發生親密接觸。

花椒身體裡潛藏的麻香，在味覺上引起熱燥舒暢的快感，像平靜日常下面突然冒出來的激情，也像極了寫作中外在情緒的營造和引導所形成的內在張力生成的效果。總覺得，麻辣味的宴席是歡快飲食的戰場，麻內縮，辣擴張，而食者的味覺所勾起的欲望，正好處在兩者角力無所適從地投入當中。所謂快意的境界，這該是麻味難以言表的神祕之處。

稻

悲號餘音的底色

《唐風．鴇羽》

肅肅鴇羽，集于苞栩。
王事靡盬，不能蓺稷黍。
父母何怙？悠悠蒼天，曷其有所！
肅肅鴇翼，集于苞棘。
王事靡盬，不能蓺黍稷。
父母何食？悠悠蒼天，曷其有極！
肅肅鴇行，集于苞桑。
王事靡盬，不能蓺稻粱。
父母何嘗？悠悠蒼天，曷其有常！

※「蓺」音同「藝」。

雜家題解

政治倫理詩裡有一類專門發民生之疾苦的詩，展現政局之裂痕和倫理之朽壞。就像《鴇羽》這樣疾苦呼告的怨詩，詩中三呼父母的愴然，長歌可以當哭，人民的反抗之音，雖然如張芝洲《葩經一得》評「怨而不怒」，但預摧折朽木的風雨，已經動盪於山林。凡主政者，不管官職大小，都應該讀一讀《鴇羽》以自警。

《鴇羽》的韻律如何？戴君恩《讀風臆評》說，詩的開頭「亦平平敷敘耳，中間縮『父母何怙』一句，詠『悠悠蒼天』二句，而音響節奏俱妙矣。故知詩文全在吞吐伸縮中得趣」。由父母，到蒼天，越質問，越悲切，令人肝腸寸斷。

作為政治怨憤詩，對於春秋亂世所做的《鴇羽》，從《毛詩序》到《詩集傳》的看法都是一致的。承接《鴇羽》之情，解讀《鴇羽》之音最真切的還在太史公，《屈原列傳》中，他說：「夫天者，人之始也；父母者，人之本也；人窮則反本。故勞苦倦極，未嘗不呼天也；疾痛慘怛，未嘗不呼父母也。」呼天地，震動靈魂之變和意志之堅，呼父母，牽動惻隱之心和救贖之怒。中國歷史幾千年來，朝代多更替，文化不斷絕，能念生一處的，便在天地一方、父母一心的未曾裂變處。

「我」注《詩經》

1.

肅肅鴇羽，集于苞栩。王事靡盬，不能蓺稷黍。父母何怙？悠悠蒼天，曷其有所！

肅肅鴇羽

肅肅，鳥振翅聲。鴇，指鴇科鴇屬的大鴇，似雁而大，腿長，善跑，不善飛，群居水草地區，因腳無後趾，不能棲息在樹上，多棲息在平原或湖泊邊。陸璣《陸疏》：「鴇連蹄，性不樹止。」鴇羽，指鴇伸展翅膀，試圖高飛之貌。從造字法推演，匕與十為雌雄生殖器的符號，鴇與喜淫有關，明朝朱權《丹丘先生論曲》：「妓女之老者曰鴇。」因此有「鴇為眾鳥所淫」的誤傳。鴇實為農田的益鳥。

集於苞栩

集，《說文》：「集，群鳥在木上也。」苞栩，叢密的樹木。苞，草木叢生之貌。栩，櫟樹，櫟屬植物木質堅硬，是古時製作器具的優良器材，麻櫟是中國最為常見的櫟樹，果實稱為橡子，葉子類桑，可以用來飼養蠶。周時分布在華北一帶的櫟屬植物，都可能是「栩」。

王事靡盬

王事，為官方出勞力、出物力、出財力的事，都稱為王事，比如戰役、征役、勞役、徭役、僕役等。靡，無，沒有。盬，休止，停息。馬瑞辰《通釋》：「《爾雅》釋詁：『棲、憩、休、苦，息也。』苦即盬之假借。」

不能蓺稷黍

蓺，古同藝，種植。稷，高粱。黍，黄米。

怙

依靠，憑恃，依賴。《說文》：「怙，恃也。恃，賴也。」

曷其有所

曷，何。所，住所。

開頭兩句，寫不能飛的鳥兒站在了樹枝高處，指小人專權。繁重的徭役壓得老百姓透不過氣來，上繳國家的糧食都無法種植。年邁的父母又能靠什麼生活下去？老天爺啊，我什麼時候才能回到家裡。

2\. **肅肅鴇翼，集于苞棘。王事靡盬，不能蓺黍稷。父母何食？悠悠蒼天，曷其有極！**

第一章，鴇羽高飛到櫟樹上，指小人在朝廷裡專權，第二章，鴇翼飛落荊棘叢，指酷吏在地方上胡作非為。保證日常生活的糧食都沒法種植，父母平常在吃些什麼？

極 《鄭箋》：「極，已也。」盡頭。徭役不斷，遍地饑荒，父母無食，這樣的痛苦什麼時候是個盡頭。

3\. **肅肅鴇行，集于苞桑。王事靡盬，不能蓺稻粱。父母何嘗？悠悠蒼天，曷其有常！**

行 馬瑞辰《通釋》：「鴇行，猶雁行也。雁之飛有行列，而鴇似之。」另一種說法，鴇行，指鴇腿。第三章，大鴇從原本棲息的河灘草叢中，集群奔跑在桑田行陌的農田裡。指民風之壞，人心之惡，民不聊生。

稻粱 喻指百姓口糧，為稻粱之謀，是老百姓最基本的生活所需。杜甫所言「君看隨陽雁，各有稻粱謀」，出處亦是從《鴇羽》中來。徭役之重，百姓連基本的口糧都無法種植。稻，詳釋見「植物筆記」。粱，元劉瑾《詩經通釋》：「《本草綱目》注曰

常

『凡云粱米，皆是粟類。青粱，殼穗有毛，粒青，米亦微青，而細於黃、白粱。黃粱，穗大，毛長，穀、米俱粗於白粱』。」

《詩集傳》：「常，複其常也。」正常的生活。再也回不到正常的生活。結尾降調，但更顯絕望之情。

稻
王事靡盬
不能蓺稻粱

詩經植物筆記2

唐風
稻・悲號餘音的底色

稻，《說文》：「稌也。」《禮·曲禮》：「凡祭宗廟之禮，稻曰嘉蔬。」《詩集傳》：「稻，即今南方所食稻米。水生而色白者也。」《夢溪筆談》卷二十六：「稻有七月熟者，有八九月熟者。有十月熟者，謂之晚稻。一物同一畦之間，自有早晚，此性之不同也。」《本草綱目》卷二十二稻：「稌糯。稻稌者，粳糯之通稱……《爾雅》云：稌，稻也。秔者不粘之稱，一曰秈。」羅願《爾雅翼》：「稻，米粒如霜，性尤宜水……一名稌。然有黏有不黏者。今人以黏為糯，不黏為秔（粳）……又有一種曰秈，比於秔小而尤不黏，其種甚早。今人號秈為早稻，秔為晚稻。」

稻，是禾本科稻屬一年生水生草本植物。須根系，不定根發達。稈直立，中空，有節，具棱紋，分　，高三十至一百公分。葉鞘鬆弛，無毛，葉二列互生。圓錐花序，大型，排列疏鬆，長三十至五十公分，成熟時向下彎垂，成拱形；自花授粉並結子，成為稻穗。果實為穎果，米粒白色。性喜溫濕。

稻原產亞洲熱帶，栽培廣泛，是世界主要糧食作物之一，《中國植物志》載有兩個亞種，秈稻和粳稻，兩個亞種下麵栽培的品種極多。中國稻的栽培有七千年的歷史，古代是五穀之一，還能製澱粉、釀酒、製醋。碾米的副產品米糠還可做飼料或製糖、榨油。稻殼可做燃料、肥料、拋光劑。

稻稈是優良的飼料、造紙原料，還可編製席墊、掃帚、蓑衣。芒刺、穀芽、糠皮和稻根還可以入藥。南方為中國主要產稻區，產量占全國糧食的一半以上。周朝，北方氣候相對濕潤，稻子的種植要比現代廣泛。

《詩經》注我

確定《鴇羽》裡文字的深意，想要打通時間的阻隔，寫下心中所念，但想了很久又確定不下來一個題目。有一個疑問總令我困惑，凡說到黍粟，談及稻粱，在植物世界的背景裡，定會說到天下，說到社稷，同時又總有「悠悠蒼天」的悲號，為什麼會這樣？（比如《黍離》）王權更迭的歷史裡，百姓永遠都像蟲蟻一樣渺小，為稻粱而謀的艱苦生活裡，時時都會遇到無法把握的危機。而所謂社稷，五穀堆起的高臺，不是要給一個國家的民眾強大的守護和富足的生活嗎？

一個社會裡「悠悠蒼天」的呼號，等同於一個社會將要腐朽傾覆的前聲。「悠悠蒼天」並不是幻想與表演，而是一股燒遍野草、灌木、喬木的地火。閱讀歷史的典籍殘本，總能看到「稻粱」燒毀祭台的事情，渺小百姓集合起來的憤怒，誰蔑視這股力量，這股力量最終就會燒毀誰。

「稻粱謀」看起來是百姓生活毫不起眼的人生，但在幾千年的歷史裡，撒在黃河、長江兩邊的土地上的稻米、高粱、小麥，既細微，又沉默，卻支撐了一代又一代百姓所需要的最基本的熱力。為「稻粱」而謀，是一個人生活下去最基本的物質需求，同時也是精神上家國一體至高的需要。動搖了一個生命生存所需的根本，動搖了一個國家穩固的根基，戰禍必將發生。

稻在中國的傳播方向，由南向北擴展，西周時期，北方地界上，稻米已經進入到人們的日常飲食。只不過隨氣候變化，黃河地區氣候轉旱，雨水減少，湖泊河流乾枯，稻米的種植面積縮小，小麥才逐漸在北方成為了人們的主食。但在南方，盛唐時期，稻米發達起來。唐宋時，關於稻米點心的花樣記載已經十分繁多，蘇州的點心，有記載的做法就有上千種之多。

在西北，聽父母說，二十世紀五六十年代曾試種過稻子，大面積推廣並沒有獲得成功。南方學習工作了十多年，曾在廣西的黃姚古鎮旅行時，見烈日下插秧的婦女，臉龐曬得焦黑。我自己也踩著軟泥下田收割過稻子。在麵食和米飯的飲食上，我的選擇已經變得平衡。

烏蘞苺

至情的背景

《唐風・葛生》

葛生蒙楚，蘞蔓于野。予美亡此，誰與？獨處。
葛生蒙棘，蘞蔓于域。予美亡此，誰與？獨息。
角枕粲兮，錦衾爛兮。予美亡此，誰與？獨旦。
夏之日，冬之夜。百歲之後，歸于其居。
冬之夜，夏之日。百歲之後，歸于其室。

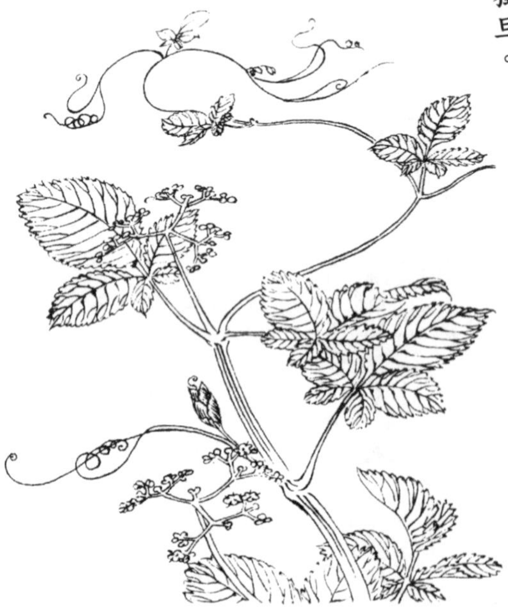

雜家題解

《毛詩序》云：「刺晉獻公也。好攻戰，則國人多喪矣。」這樣的歷史背景，對《葛生》詩意的昇華反倒影響不大。《葛生》影響之重，全在後世中國文學史「死生同一」為核心的愛戀主題的體驗裡，這個主題架設的橋樑其實與世界文學各個地域的史詩傑作都能連通共鳴，能讓人見到，生命最終的求索，究竟是變得複雜還是歸於簡潔。

《葛生》被認為是中國悼亡詩之祖，詩言說「百歲之後」，表達的正是「海枯石爛，必無轉移」的心志，詩中充滿著「念君亡此，與君同歸」的悲愴。天地愴然，草木同悲。愛的忠貞深處埋藏著孤苦無依的絕念。清朝嶺南大儒陳澧《讀詩日錄》：「此詩甚悲，讀之使人淚下。」陳澧所言的淚下，其實是千古讀《葛生》之人的共有心聲。《葛生》全詩不見一個情字，正如歐陽修《六一詩話》所說：「含不盡之意，見於言外。」《葛生》便是一首如劉勰《文心雕龍》所言「情在詞外曰隱」的偉大的情隱之詩。《葛生》的詩言以及隱於言外的心聲，少有的純淨，詩對自然主題和時間主題的掌控，真是絕好，想像的驚心詭奇，超然冷靜專一的與亡靈的對話，帶著一股強烈招魂的氣息，同時又將古人順從大道、歸於自然的世界觀毫無保留地展露出來。

如此悲愴的《葛生》，底子不是哀婉，反倒有一股激揚和欣悅的情緒湧動心間。這種「我愛雖失，我心未失」帶起了一種「似乎失去，又似擁有」的盈滿感覺，令人訝然。《葛生》的愛戀在文字裡寫得非常顯明，只要用心去讀，任誰人都能讀得明白。朗讀《葛生》才是真正最難的事情，那種將生死絕戀的故事推向極致的體驗，構成了《葛生》獨一無二的藝術特色。

「我」注《詩經》

1\. 葛生蒙楚，蘞蔓于野。予美亡此，誰與？獨處。

葛生蒙楚

葛，俗名葛藤，豆科葛屬多年生藤本植物，莖皮纖維可織葛布，塊根可食，花可解酒毒。蒙，覆蓋。楚，為馬鞭草科牡荊屬的牡荊，灌木或小喬木。

蘞蔓於野

蘞，詳釋見「植物筆記」。蔓，蔓延。馬瑞辰《通釋》：「葛與蘞皆蔓草，延於松柏則得其所，猶婦人隨夫榮貴。今詩言『蒙楚』、『蒙棘』、『蔓野』、『蔓域』，蓋以喻婦人失其所依。」也可看做，開頭兩句寫的是郊外墓園的實景，可見，《葛生》開頭包含了即興即賦，是一個多層次世界的開啟，而不是單一世界的開端。

予美亡此

予美，我的愛人。語調深情。這兩個字將曾經有過的愛情時空召喚出來。《鄭箋》：「我所美之人。」朱熹《詩集傳》：「婦人指其夫也。」亡此，死於此處，指死後埋在那裡。

誰與？獨處　一種說法是，此句寫婦人想到了在家的獨居。這種想法削弱了詩意。整首詩，婦人沒有一處想到自己。這正是《葛生》最絕妙的所在。誰能陪伴他，和他相守於地下！

2. **葛生蒙棘，蘞蔓于域。予美亡此，誰與？獨息。**

第一章能感覺到，所寫的情景，就像婦人走在去往丈夫墓園的山道上。第二章「葛生蒙棘，蘞蔓於域」，就是婦人走到墓園看到的情景。

棘　酸棗樹。酸棗樹的尖刺也可見婦人心上的刺痛。

域　《毛傳》：「塋域也」。馬瑞辰《毛詩傳箋通釋》：「營域，或作塋域，古為葬地之稱。《說文》『塋，墓地也』，是也。」誰能陪伴他，和他長眠於地下。

3. **角枕粲兮，錦衾爛兮。予美亡此，誰與？獨旦。**

角枕粲兮

角枕，獸角做的枕頭。據《周禮．王府》，角枕用於枕屍首。粲，同「燦」，鮮麗華美。

錦衾爛兮

錦衾，錦繡做的被子和褥子。聞一多《風詩類鈔》：「角枕、錦衾，皆斂死者所用。」爛，燦爛。由此兩句猜測，婦人新寡，丈夫死去不久。此兩句是丈夫剛剛入殮進墳墓時，留在婦人腦海裡的樣子。

誰與？獨旦

旦，天明。誰能陪伴他，一直到天明。生離死別之苦，幾乎寫盡。像後人寫「豈曰無重纊，誰與同歲寒」都超不出《葛生》。

4.

夏之日，冬之夜。百歲之後，歸于其居。

夏之日，冬之夜

表面上只是對一年時間變遷的描述，看似最簡單兩句，卻是中國文學裡最絕妙的兩句，這兩句裡有對時間概念高妙的把握。生死別離無限長的相思，被這兩句折疊為瞬息。同時也是對愛的感應的高度凝練。這兩句正與「百歲之後」有著獨特的連結，一年與百年，正好是一個人生與死的迴圈。這個迴圈形成了永不止息的相思。愛便在忠誠摯情的婦人內心，變為了她所追念的永恆世界。

5.

冬之夜，夏之日。百歲之後，歸于其室。

其室（與上一章的「其居」）指亡夫的墓穴，也指兩個人愛情最終的歸宿。這個美妙的書寫，與梁山伯祝英台同穴的化蝶，有著異曲同工之妙，同時又不落痕跡，不見雕刻。

蘞，陸璣《陸疏》：「蘞似栝樓，葉盛而細。其子正黑如燕薁（野葡萄），不可食也。幽州人謂之烏服，其莖煮以哺牛，除熱。」《本草綱目》卷十八烏斂莓：「……赤葛，五爪龍，赤潑藤。五葉如白蘞，故曰烏斂，俗名五爪龍。」

烏蘞莓，葡萄科烏蘞莓屬草質藤本，小枝圓柱形，有縱棱紋，無毛或微被疏柔毛。葉為鳥足狀五小葉，中央小葉長橢圓形或橢圓被針形。花序腋生，複二歧聚傘花序，開黃綠色小花，漿果球形，直徑一公分，成熟時黑色。花期三至八月，果期八至十一月。烏蘞莓生山谷林中或山坡灌叢，華東、華中、華南都有分布。

烏蘞莓的全草可以入藥，有涼血解毒、利尿消腫等療效。烏蘞莓分布甚廣，類似三小葉的尖葉烏蘞莓和葉背有疏柔毛的毛烏蘞莓，都可能是詩中所指。

《詩經》注我

在《深圳商報》上讀到一篇文章，是教現代都市女性婚姻經濟學的，經濟學的基本原則之一是利益最大化，婚姻經濟學依葫蘆畫瓢，把婚姻本身看成是一個前景廣闊的待開發市場，愛、幸福和各人自帶的物質形態都被當做投資的資本。文章教導大眾，如何在進入婚姻前，評估雙方無形資本和有形資本的價值量，並且盡可能在屬於自己的婚姻市場上，在利益分配平衡的前提下，讓自己成為最大受益者。

毫無疑問這是一篇好文章，能夠這麼做的女子，也必然在婚姻的圍城裡入城出城時，身上盡可能少地不要留下傷口。但寫這篇文章的人對生命世界的理解過於理性，對生命的理解也就顯得僵化。這篇文章分析的是婚姻，解構的其實是我們所熟知的傳統道德。用科學視角來解讀人文世界裡琢磨不定的道德因素，是現代社會的一種時尚方式。讀這種四平八穩的文章，讓人覺得人生這麼過總覺得失去了什麼。

《葛生》是悼亡詩裡的一首傑作，詩意的悲愴和對愛人的體諒，幾乎寫盡了我們心中對於愛的期盼。永恆的愛情，其實和生死無關。我們在一份愛情裡是否看盡了我們期望的一切？這總是很難很難。每個人都只是人生的一部分，大部分人只能在活著、生活、活得有價值之中選擇一個，而難以做到超越。這種生活裡悲哀的取捨，才讓男人和女子在愛的幸福與傷痛之間變得理性。

活著的愛人覺得自己已經死去，死去的愛人卻又在這種喃喃自語之中復活過來，《葛生》裡拆除生死界限的愛情界限，與兩個人在相愛過程中獲得生命感知的圓滿緊密有關。詩的深情，影響了後世許多詩人寫悼亡詩的表達。詩意原本蕭殺陰冷，讀的時候，卻又覺得暖意融融。那一定是燃燒過自我的身心，才能獲得的純粹愛意。

枝蔓覆蓋了土墓的葛藤和蘞，《毛詩品物圖考》說，作為草本植物的蘞，有赤蘞、白蘞、烏蘞諸種，《葛生》所寫最可能是烏蘞（也就是黑蘞）。烏蘞莓是山間容易見到的野藤，它五葉爪、母豬藤的俗名，說明它和日常生活有著緊密的關聯，《葛生》能寫得如此之好，說明寫《葛生》的人，與愛和生活，都是有根的。

我倒很是羨慕這荒野上蔓生的爬藤，它們被人心鍾情的執念之火點得如此明亮，一時彷彿成了守護墓園的墓靈，正是愛的執念經久不散，才讓一枯一榮裡生成的草木時光，伴隨著一份愛的永恆，人類文明的價值，正因為有這樣愛的羈絆，才更具有一份沉甸甸的分量。

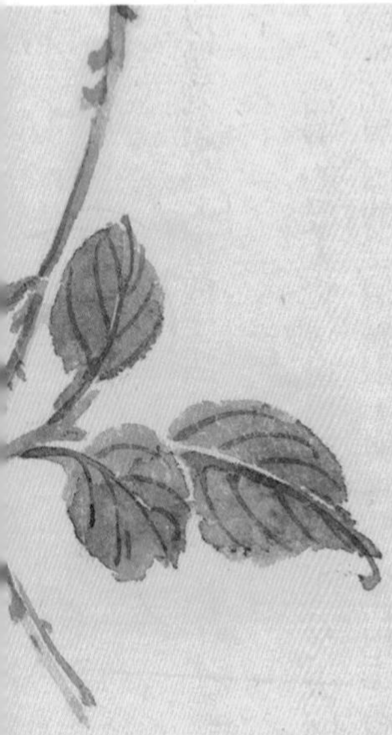

烏蘞莓

葛生蒙楚蘞蔓于野

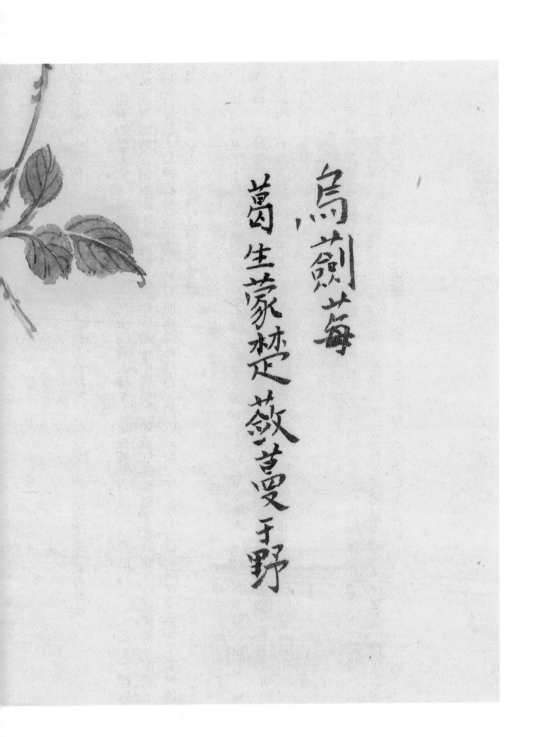

秦風

蘆葦

鏡花水月覓傑作

地理位置

王應麟《詩地理考》載：秦者，隴西穀名（《括地志》載：秦州有清水縣，本名秦。十三州志云：秦亭，秦谷），於禹貢近雍州鳥鼠之山（今甘肅渭源西），堯時有伯翳（又叫伯益，傳說中訓鳥術、馴獸術、治水術的創始人）者，實皋陶之子，佐禹治水，水土既平，舜命作虞官，掌上下草木鳥獸，賜姓曰嬴。曆夏、商興衰亦世有人焉。周孝王使其末孫非子養馬於汧（今陝西隴縣的汧城）、渭之間，孝王為伯翳能知禽獸之言，子孫不絕，故封非子為附庸，邑之於秦穀。至曾孫秦仲，宣王又命作大夫，始有車馬禮樂侍禦之好，國人美之，秦之變風始作。秦仲之孫襄公，平王之初，興兵討西戎以救周，平王東遷王城，乃以岐豐之地賜之，始列為諸侯。遂橫有周西都宗周畿內八百里之地，其封域東至迆山，在荊、岐、終南、惇物之野。（從這時起，秦國便想和其他諸侯爭雄，直至西元前二二一年，嬴政統一六國，開中華新紀元之始——金性堯語）……秦人之俗，大抵尚氣概，先勇力，忘生輕死，故其見於詩如此。《漢書．地理志》載：（秦地）皆迫近戎狄，修習戰備，高上（崇尚）力氣，以射獵為先。所以，秦風中有一種別的詩裡少見的尚武精神和悲壯慷慨的情調。

季箚（為孔子老師）見歌秦，曰：此之謂夏聲。

秦地包括今天從甘肅東南部到陝西中部的廣大地區。

蘆葦

鏡花水月覓傑作

《秦風・蒹葭》

蒹葭蒼蒼，白露為霜。所謂伊人，在水一方。
溯洄從之，道阻且長。溯游從之，宛在水中央。
蒹葭淒淒，白露未晞。所謂伊人，在水之湄。
溯洄從之，道阻且躋。溯游從之，宛在水中坻。
蒹葭采采，白露未已。所謂伊人，在水之涘。
溯洄從之，道阻且右。溯游從之，宛在水中沚。

※「坻」音同「池」。

雜家題解

曹植作《洛神賦》，李商隱作《錦瑟》，就像是對《蒹葭》一詩所引領的中國詩學傳統中縹緲又恍惚迷離的一脈（所謂幻詩）作出的至高回應。「翩若驚鴻，婉若游龍」和「滄海月明珠有淚，藍田日暖玉生煙」引領的詩境，下筆猶如神助，好像將變化奧祕的結晶看透了一般。但那種天才筆力驚人的華彩，落在《蒹葭》一詩洗盡鉛華的背景裡，立刻就變得平和安靜下來。

《蒹葭》依水而寫，幾乎寫盡了水性之變。水即情的代言，水的流動牽引著情的追慕，這情字很自然便是愛情的一面鏡子。這情絲的涓流，彙聚的水勢，如此充沛，不管霜露如何動變，不管河道如何悠長，都無法泯滅生命對美與愛的追尋。情字代表的含義當然不止愛情一種，它還包含人對理想的追求。當詩情從愛情感性的柔媚一變為理性的雄壯，《蒹葭》的色調也從明麗變得灰暗起來。欲從詩本義重新釋《詩》的朱熹，一定從《蒹葭》的多層次，進逼那個恍若隔世的空間時，一時迷糊，在《詩集傳》裡，他說：「言秋水方盛之時，所謂彼人者，乃在水之一方，上下求之而皆不可得。然不知其何所指也。」《蒹葭》柔情似水的另一面，是它的「古奧雄深」（清朝女訓詁家王照圓《詩問》語），詩意的深闊與純真，正是生命之水蔚藍的色澤，就像蔚藍地球所形成的開放世界。《蒹葭》驚動了生命，打開了執念，連通了不確定性和自我價值認定的橋樑。那種「可見而不可求，可望而不可即」的感受，將幻的曲折晦澀與真的簡明純一同時呈現在文學所關照的廣博世界裡，同時也為每一位讀者打通了一條連同真與幻的通途。

順心而寫，詩意自然極簡明，《蒹葭》寫的就是如「孔雀東南飛，五裡一徘徊」那樣追慕的事，但它寫作的驚人之處，就在於，每一個句子同時驚動和刺激著所有感官的參與，每一種參與，如王國維所言，都有那種「風人深致」的姿態，比如「蒹葭蒼蒼，白露為霜」的驚心，「所謂伊人，在水一方」的心神搖曳，「溯洄從之，道阻且長。溯游從之，宛在水中央」的出神欲飛。追慕而不得的餘味，構成了水天一色的混融。方玉潤《詩經原始》忍不住說：「以好戰樂鬥之邦，忽遇高超遠舉之作，可謂鶴立雞群。……其實首章已成絕唱。」

《漢書．地理志》說，秦地的邊疆與遊牧的戎狄交接，為保護家園，秦人常年修習戰備，崇尚武技和射獵，所以，秦風中有一種別的詩風裡少見的尚武精神和悲壯慷慨的情調。這種尚武之風，讓秦人顯出了性格中耿直粗獷的一面，從《蒹葭》，突然察覺到秦人性格裡善柔多情的一面，如此飄逸雋永，總令人有些猝不及防。

《蒹葭》以虛寫實的寫法，對後世中國文學和情感的表達影響深遠，《蒹葭》詩情內含的空泛與虛蕩，如同心靈巨大的峽谷，在這樣的峽谷裡，人們細密敏感的情感總能傳來獨特動人千折百應的回聲。

「我」注《詩經》

1.

蒹葭蒼蒼，白露為霜。所謂伊人，在水一方。溯洄從之，道阻且長。溯游從之，宛在水中央。

蒹葭蒼蒼

蒹葭，蒹，指蘆葦，詳釋見「植物筆記」。蒼蒼，深秋蘆葦葉上凝聚霜露，呈現蒼灰色。蒼蒼為疊韻，喚醒人對時間和空間更深入的感知。陳奐《詩毛氏傳疏》：「白露為霜，乃在九月以後。」

所謂伊人

所謂，筆鋒突然一點的由虛寫實。伊，指示代詞，那個。「所謂伊人，在水一方」之所以會成為中國詩學的絕唱，是因為，它用最簡妙的語言，一下子就將藝術探索的波瀾推向了極致，將人情感的體驗推到最為險峻雄奇的地方，它將人的心靈一下子分割成了兩個世界，古往今來，古今中外，一切人類探索的可能性和不可能性，都能夠通過這句話得到推動和表達。從某種意義上，人類的意志也可以通過這句話得到體現。

溯洄 逆流而上。從後面的詩意可知，詩人是沿著岸邊的陸路在尋找伊人。

道阻且長 阻，險阻，重重障礙。長，指路途漫漫。

溯遊 順流而下。

宛 姚際恆《詩經通論》贊「遂覺點睛欲飛，入神之筆」，程俊英說「一個『宛』字，又將實在的處所一筆拎空」。正是這個「宛」字，將讀者從上下求索的動態，一下子帶入了求之不得的惆悵情境中，那種悲喜交集的靜態，那種似實又虛的衝擊，全將薄霧中的縹緲之影攏在一片虛空裡。

2.

蒹葭淒淒，白露未晞。所謂伊人，在水之湄。溯洄從之，道阻且躋。溯游從之，宛在水中坻。

淒淒 同萋萋，《說文解字》：「雲雨起也。」早晨，霜露漸漸融化，沾濕的蘆葉冷冷淒淒，更添晨露的寒冷。

白露未晞 描述的是霜露漸融的狀態。晞，乾。

湄　《爾雅》：「水草交，為湄。」河流中間水草相交的地方。

躋　《毛傳》：「躋，升也。」登到高處。

坻　《毛傳》：「坻，小渚也。」指水中高地。

3.　**蒹葭采采，白露未已。所謂伊人，在水之涘。溯洄從之，道阻且右。溯游從之，宛在水中沚。**

采采　言蘆葦葉子茂盛，眾多。

白露未已　指陽光普照，晨露未收。已，止，乾透。涘《說文》：「水　也。」水岸相交，即岸邊。

右　道路迂迴曲折。

沚　水中小塊陸地，水中沙灘。比坻大一些。

4.

方玉潤說：「三章只一意，特換韻耳。其實首章已成絕唱。古人作詩，多一意化為三疊，所謂一唱三歎，佳者多有餘音。」《流沙河講詩經》言，《蒹葭》為「詩人之詩」，是專業詩人寫的，和民間流傳的「風人之詩」自有不同。《蒹葭》裡可見中國文學自覺創作的覺醒痕跡。

蒹葭，古代很多同物異名。蒹，嚴粲《詩集》云：「蒹，一名蘼，又名荻。」現代認為是沒長穗的蘆葦。葭，《本草綱目》中，初生蘆葦稱為「葭」，開花之前稱為「蘆」，開花結實稱作「葦」，因此，蒹、葭、蘆、葦、蒹葭都可代稱蘆葦。蘆荻形貌相似，容易混淆，吳其濬在《植物名實圖考》中描述了蘆葦和荻的區別：「強脆而心實者為荻，矛纖而中虛者為葦。」古代，蘆葦的柔軟細莖可編成「葭簾」，莖粗壯柔韌的部分可編成「葦席」。《淮南子・覽冥》記載：「於是女媧煉五彩石以補蒼天……積蘆灰以止滔水。」《孝子傳》中，寒冬臘月，閔子騫的後母讓親生兒子穿棉花的棉襖，而讓閔子騫穿不能保暖的蘆花棉襖，因此「蘆花衣」用來比喻後母虐待非親生子女的代用語。戰國時，齊國的田單以火牛陣大破敵軍，牛尾所系的便是蘆葦。蘆葦還是西北河岸邊夯築城牆、固堤的先鋒環保植物。

蘆葦，禾本科蘆葦屬多年生高大草本，稈可高達三公尺，莖中空，根莖地下橫走，四處延伸。葉片狹長披針形，寬兩公分，邊緣粗糙尖端尖銳。大型圓錐花序。小穗通常呈三小花，第一小花常為雄花，其他兩小花為雌花。花後結實，有絲狀白毛，以助種子飛散。北半球廣布，蘆葦在中國分

蘆葦

蒹葭蒼蒼
白露為霜

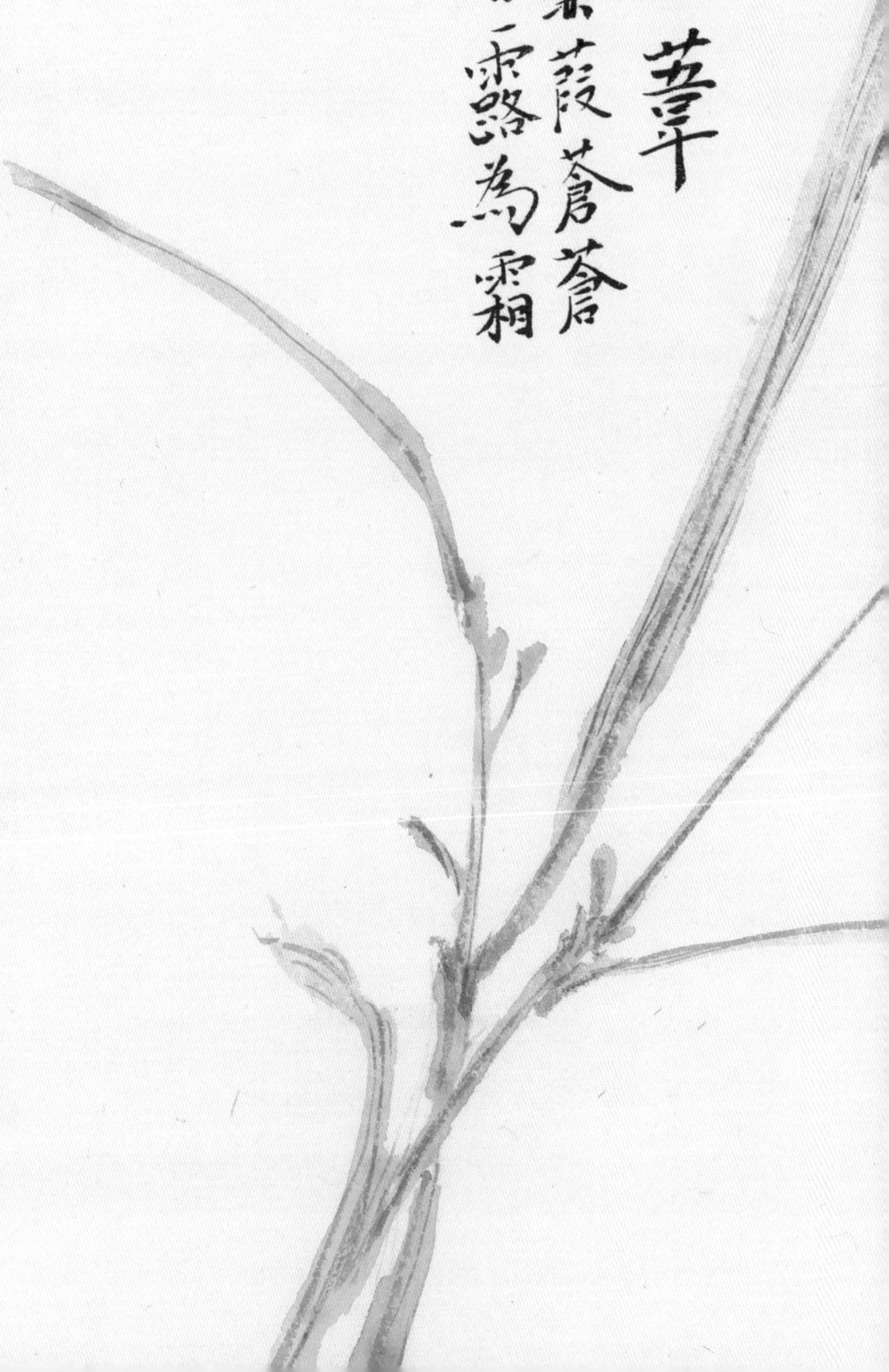

布很廣，《中國植物志》載，因為分布環境的變化，像沙漠地帶、沼澤地帶、高原地帶、咸水地帶，會有不同的變異蘆葦群。

《詩經》注我

再大的詩人，在這首詩面前都覺得自己短了，缺了。這首詩裡，讓人感覺虛到無垠，真到盡頭，心性所追慕的朦朧幻境裡一定會出現一個透明的地方。即使不善讀詩的人，讀到這樣的文字，也一樣會心裡一抖，抖的心亂了，生命卻清了。

我讀的時候，心裡也是這麼一抖，下面這首詩，連同那些彷彿追隨幻境的文字，便是在這樣一抖的激情裡自然而然生成的：

在東門，我初見你，
你夾雜在人群裡，像飄絮，如鳥鳴，是春風；
在溪邊的黃昏，我又見你，
在汲水的女孩子們中間，你如倒影，似水聲，若煙霞；
三月三的上巳節，在眾人注目的舞臺上，我看著你，你像烈火，如妖魅，是飛霜。
你——是我的驚雷。

風起時，你要走了，你登車入了幔帳，霧被吹得散亂，塵土迷了我的雙眼，殘葉敲著世界呼呼響。你伸出幔外輕拂幔帳的手指，我快攆著步伐，追著它。那一刻，那只手就是我的靜夜，是我的太陽，是千丈冰下剛剛融化的水滴。我追它不上，追你不著，唯有怔怔站在路中央，看你消失在蘆花的盡頭。感覺自己彷彿一瞬間死去，殘骨酥解，魂靈飄散，它們沖入大地，化成了一路上跳進你眼裡的柔柳風楊。

夢裡，見你站立在蘆羽如雪的地方。醒來，月影交織著殘夜，把雪地上長長的身影披到我身上。

五月，浮水東邊，月亮薄得如磨了千百遍的鏡子，太陽厚得像燒不盡的山火。真羨慕它們，在每個薄涼的清晨，能像是約好了一般，在不期而遇中淡淡分別。這個時候，百鳥歡鳴，蟲兒歌唱。風來了，拂動蘆葦葉上的露珠，暗露的濕痕未乾，你的影子不在。我心裡惶惶然，看煙波浸不透的水波，問水邊忙碌的漁女：「能不能告訴我，所謂伊人，可是在水一方？」

七月，濺著浪花嬉戲的孩童，把骨刺插著的黃魚摔到岸邊，滑下垂柳的小孩把碎葉撒在我身上。我尋著存了你腳印的水流的聲息，在這個煙波蕩漾的水邊，可以看到蘆花初開，蘆葦小穗上針一樣的碎花，像極了你眼睫毛上寒星一樣的水珠，那是三月三令我心醉的舞場。在風搖蘆花蕭疏淡蕩的節奏裡，那個霧裡不在的你，像風，像雨，又像雪，落在盛開在水鏡裡飄飄渺渺的花上。我呆呆看著水色流淌，忘了正捉弄我的孩子們的笑聲。在岸邊的岩石後面，孩子們搶著架子上烤熟了的黃魚，我心裡惴惴的，想要從他們的嘴裡探問：「所謂伊人，可是見過在水一方？」

十一月，奔馬濺碎枯黃的草屑，寒鴉震落瘦枝上的凝霜，冰河地，殘葉黃，蘆羽如雪似弓張。夢裡，見到你正在雪中央。

我問路翁：「春露起，秋分時，冬至日，能不能告訴我，所謂伊人，在水一方？」

他看著我，長歎一聲，指著水波浩渺的地方：「孩子，順水去找，不要停下你的腳步，等到春暖花開時，她就會出現在河流盡頭的水中央。」

櫟樹

可以卑微，可以宏闊

《秦風・晨風》

鴥彼晨風，鬱彼北林。
未見君子，憂心欽欽。
如何如何？忘我實多！
山有苞櫟，隰有六駮。
未見君子，憂心靡樂。
如何如何？忘我實多！
山有苞棣，隰有樹檖。
未見君子，憂心如醉。
如何如何？忘我實多！

※「鴥」音同「育」。

雜家題解

情詩中的怨詩最是難寫，幽怨之情不僅雷同，心頭鬱積之念寫成詩也最多，怨詩要寫出新意最難。《晨風》可算怨情詩裡的一顆明珠，詩中的那股幽怨之情，滲透著苦澀與惶恐，心意的波瀾一浪趕著一浪，浪濤掀動越深，反而越見出沉在愛河裡情意的真純。《晨風》和《蒹葭》同為秦風中難得的兩首至情至性之作，詩意都體現的是秦人對心念的固執，這與秦人熱烈強悍的秉性在底色上是統一的。

從某種意義上，剝離歷史的碎片和道德的教化，詩本義同時也體現著《詩經》超越時代的現代性。一首詩的歷史面目，是誕生一首詩的根脈，失了根脈的支撐，一首詩的至情至性就會變為無源之水，生命力也就逐漸枯竭。但當一首詩在時間的考驗中被歷史所接納，一首詩在長成自己的過程中又會擁有自己獨立的根脈。

《毛詩序》：「刺康公也。忘穆公之業，始棄其賢臣焉。」古人常以怨婦之言替代賢臣抒發自己心中對君王的幽怨之情。在《晨風》的歷史背景裡，蒙蔽中的昏昏沉沉的秦康公正需被人喚醒。

方玉潤《詩經原始》解《晨風》最妙：「男女情與君臣義原本相通，詩既不露其旨，人固難以意測。」

詩情詩意都由讀詩的人自己感應，好詩的價值正是如此，它打通了感覺的通道，讓幽怨的愛人連通了愛情的通途，讓諷喻的力量抵達了君臣的內心。

「我」注《詩經》

1. **鴥彼晨風，鬱彼北林。未見君子，憂心欽欽。如何如何？忘我實多！**

鴥彼晨風 鴥，亦作「鷸」，鳥疾飛貌。晨風，一作「鷐風」，鳥名。即鸇，鷙鳥類。一說晨風亦名田雞，雉類。後一說從者較少，但說到見雉聞雉而思配偶，在《詩經》中例子卻較多，如《邶風．雄雉》和《邶風．匏有苦葉》中都有。

鬱彼北林 鬱，樹林繁盛茂密，為鬱。北林，樹林名。疾飛的鳥兒，試圖落到鬱鬱蒼蒼的北林裡。反襯丈夫不思歸家，人不如鳥。

君子 古時妻子對丈夫的尊稱。此處也可以是實指賢臣。

欽欽 憂心而歎，歎息的狀態。

如何如何？忘我實多　忘，猶「棄。」多，猶「甚」。袒露出心中的無可奈何之情，這無可奈何中，有一絲埋怨，又含著一絲愛戀，這種如怨如訴之情，桐城派《詩經》評點這個結尾為心靈的「蘊藉」。

2.

山有苞櫟，隰有六駮。未見君子，憂心靡樂。如何如何？忘我實多！

苞櫟　成叢的櫟樹。或作「枹櫟」，詳釋見「植物筆記」。

隰有六駮　隰，低窪地。六駮，「駮」亦作「駁」，《爾雅》：「駮，如馬，倨牙，食虎豹。」但詩中顯然對應的是植物。孔穎達《正義》：「其樹皮青白駮犖，遙視似駮馬。」《古今注．草木》：「六駮，山中有木，葉似豫章，皮多癬駮。」類似榆科榆屬的脫皮榆。六，指多數。

樂　讀為「療」，即療。靡療言不可治療。

3. **山有苞棣，隰有樹檖。未見君子，憂心如醉。如何如何？忘我實多！**

棣

即唐棣，陸璣《陸疏》：「唐棣，奧李也，一名雀梅，亦曰車下李，所在山皆有之，其華或白或赤，六月中熟，大如李子，可食。」《本草綱目》載，郁李又名常棣。常棣即唐棣。

樹檖

樹，直立貌，豎立。檖，陸璣《陸疏》：「檖，一名赤蘿，一名山梨也，今人謂之楊檖。」檖即薔薇科梨屬的豆梨。

醉

此字最見真摯。猶醉如狂之情，詩意更見文學的描摹。

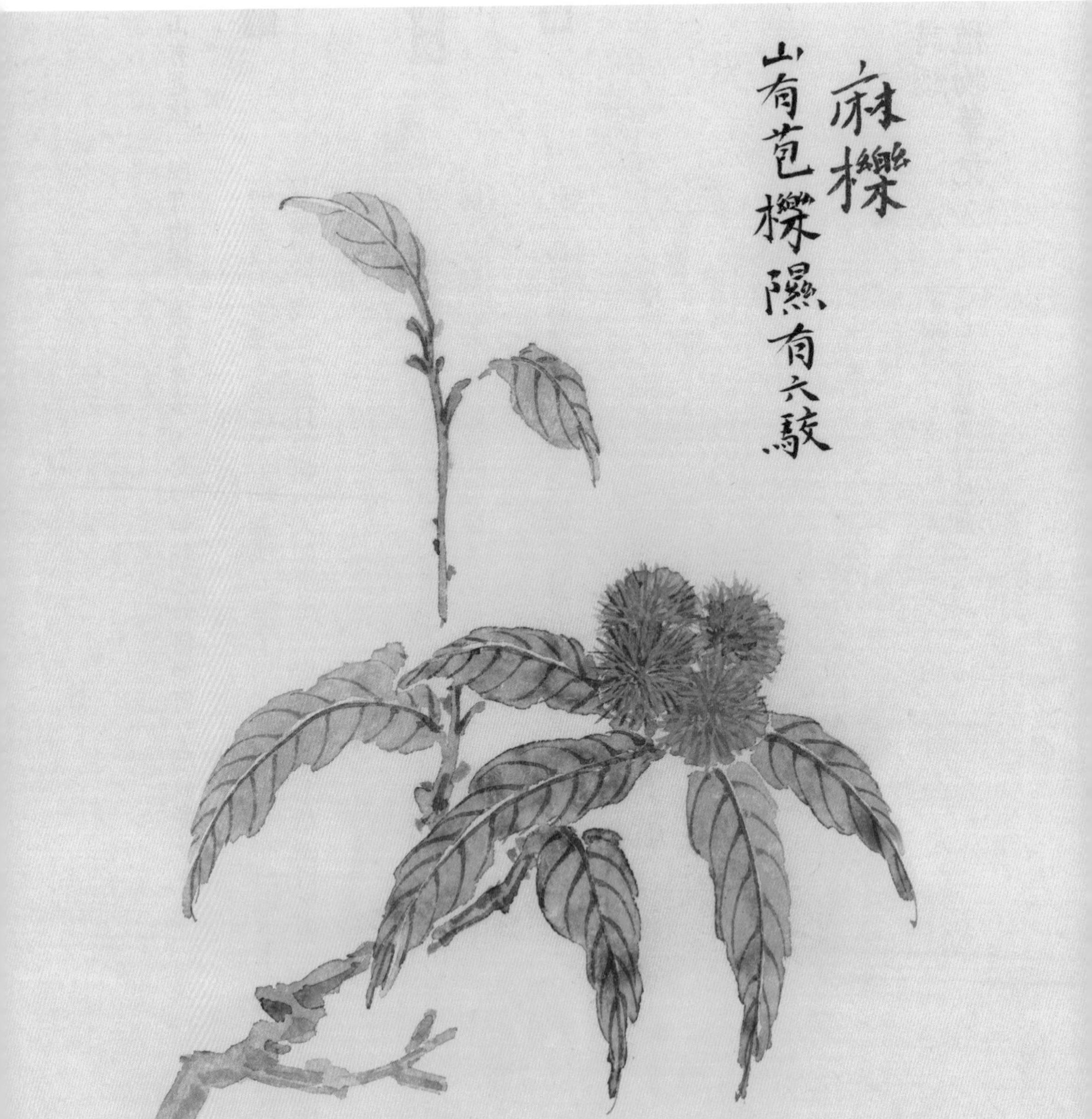
麻櫟
山有苞櫟 隰有六駁

櫟，陸璣《陸疏》：「秦人謂柞櫟為櫟，河內人謂木蓼為櫟，椒 之屬也。其子房生為梂，木蓼子亦房生，故說者或曰柞櫟，或曰木蓼。璣以為此秦詩也，宜從方土之言，柞櫟是也。」《爾雅》：「栩，杼也。」《本草圖經》中說：「柞櫟」、「杼」、「栩」都是橡櫟類樹木的通名。《詩經》時代，分布於華北一帶的櫟屬植物，都可能是「栩」，即柞櫟。近代陸文鬱《詩草木今釋》，結合河北習見草木圖，認為是麻櫟、橡碗子樹。

櫟屬植物種類多樣，木質堅硬，是製作器具的優良材料。北方常見的麻櫟，為殼斗科櫟屬落葉喬木，可以放養柞蠶，因材質堅硬，古人常用來製作車轂（久磨不出火）。麻櫟為落葉高大喬木，樹皮深灰褐色，葉子長橢圓狀披針形，羽狀脈，葉子頂端漸尖，葉緣有刺芒狀鋸齒。雄花序為下垂的葇荑花序。殼斗杯形，包圍堅果二分之一，殼斗外鱗片線形，堅果為卵形或橢圓形，直徑一・五至二公分。花期三至四月，果期翌年九至十月。

《詩經》注我

因為這首《晨風》，讓人想到風中悚動搖曳的櫟樹。

櫟樹，有稱柞樹，均可稱為橡樹。舒婷的《致橡樹》，說的可能是高大聳立的麻櫟。詩意所顯示的人格獨立的骨性，彰顯著天地間懂得生命之得失的一種自信。

海拔兩千兩百公尺以下，是櫟樹生長的範圍，人類與櫟樹親近，是因為櫟樹全身百用而無一廢，《本草綱目》卷三十載：「其仁如老蓮肉，山人儉歲采以為飯，多搗浸取粉食，豐年可以肥豬。北人亦種之，其木高二三丈，堅實而重，有斑文點點。大者可作柱棟，小者可為薪炭。」北方林子裡多的是櫟樹，麻櫟樹幹發黑，順風生長，樹幹是好柴火，也可在木桿上鑽孔點種菌絲，做成菌木，發酵培育出珍貴的木耳。

西周時期，長在村族部落附近的櫟樹，與人們的生活緊密相依，樹木的身上，自然而然也會寄託人們的悲喜哀樂。《晨風》寫到的那個女子，她心神不安，眼神憂鬱，眼望西山成叢的櫟樹，亂髮一樣的樹影引她憂傷，心裡思念的男人，自從分別之後，傳來的消息越來越少。他是不是和自己一樣，在寄託著遙遠的相思？也可能，他已經遇到別的女人，把自己忘到了腦後。

《詩經》的一詠三歎，是周朝民歌一種和與音律的表達形式，那種詠歎中的一波三折，正是掀起人心意波瀾的方式。

《晨風》的悲歌，是一首一詠三歎的典範之作。戰亂年月，獨守家園的女子，在山林深處，在林緣邊角，每日為生活忙碌，但心頭的牽掛從來都沒有放下。她心情陰鬱，便只能借著詩歌的吟唱，來抒發內心的相思。關於《晨風》，一種猜測，認為詩的作者，不是專業采歌人，而是家境向好的貴族女子。另一種說法，從刺史中來，魏晉以前，《詩經》博士們從這些歌詞裡解讀出對當政者破壞禮法的嘲諷，政事荒唐，小人當道，君子難於登堂入室，無人以振朝綱，百姓的苦歎和無望也藏在這些詩歌的隱喻裡。按這種理解，詩的作者可能是隱於孤村商市裡的賢人。

從文學角度，《晨風》作為一首聰穎敏慧女子的不平之作，顯得幽怨動人。從經學道德家的角度，曲寫遁世的隱居者，憂世又謹小慎微，體現出民風的敦厚。

詩裡有兩個好聽的名字：晨風、北林。曾在南京的街面上見過一家「晨風書屋」，在北京一個巷子裡見過一家「北林書店」。讀到《詩經》的世界，才猜測，店主應該也是個被《詩經》招過魂的書癡。

小巢菜或紫雲英

怪像與妖孽

陳風

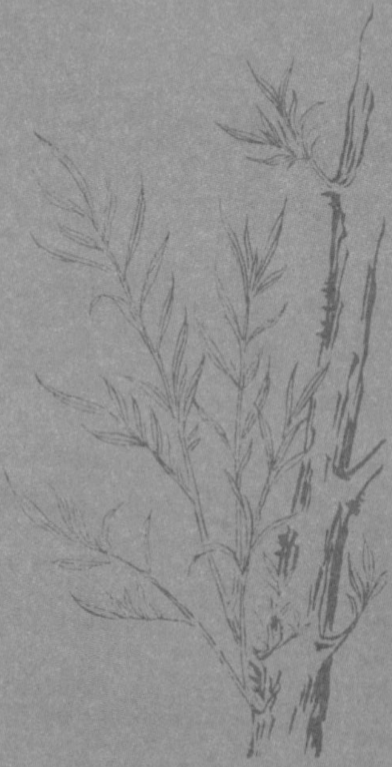

青楊

星空下的約會

地理位置

虞舜帝後裔中，有一個叫虞閼父的，做了周武王的陶正，掌管陶器的製作。周朝新立，給上古三王的後代封以王孫的名號，以示敬意。周武王還將大女兒太姬（又叫大姬）嫁給閼父的兒子媯滿，並封他為陳地的諸侯，始建陳國。

陳國最初建都株野（今河南柘城一帶），媯滿稱為陳胡公（為陳姓和胡姓的起源）。後遷都宛丘，即今河南淮陽一帶，轄地最大時有十四邑，大致為現在河南東部和安徽西北的亳州。陳國的位置據説是太皞伏羲氏的都城，因此又叫「太皞之墟」。陳境地處黃河以南，潁水中游，淮水之北，北方與夏的後裔杞國和商的後裔宋國相鄰，西南有楚國，東有徐國，西北方又有從西方遷來的鄭（國都在今河南新鄭）。陳國雖是一個小國，但地處中原，為東西南北互通的交通要道，陳地的人受商業貿易的影響，擅長經商，生活富庶，文化發達。從媯滿建國到楚國滅陳，陳國共經歷二十五世，前後約五百年。

《陳風》在《詩經》中排在第十二位，收集有陳地民歌十篇，詩歌產生的年代大概在陳幽公到陳靈公之間。陳國初建，太姬無子，為祈禱鬼神保佑自己能生育，好巫覡（指男巫），因此在陳國民俗中多鬼神歌舞之樂，這些風俗也影響到陳詩中。陳風的文學風格既受到荊楚文化、吳越文化影響，又受齊魯宋衛文化影響，既有「陰柔」之美，又含「陽剛」之氣。

青楊

星空下的約會

《陳風・東門之楊》

東門之楊，其葉牂牂。
昏以為期，明星煌煌。
東門之楊，其葉肺肺。
昏以為期，明星晢晢。

※「牂」音同「髒」。

雜家題解

《毛詩序》：「東門之楊，刺時也。昏姻失時，男女多違。親迎，女猶有不至者也。」朱熹《詩集傳》：「此亦男女期會而有負約不至者，故因其所見以起興也。」辨析《東門之楊》的注析歷史，對一首詩認識上的巨大差異，總能讓人見識到認識視野裡時空觀、世界觀、人生觀裡有趣獨特的裂變。

歷經幾千年不衰的流傳，《詩經》裡的每一首詩，同時為四個世界同構和共鳴。這四個世界，最先是生成為「詩三百」的世界，詩風觀世事之盛衰與生成詩的強烈的時代性，讓一首詩的社會性和思想性佔據了詩意的主流；《詩》最終成為《詩經》盡王事修道德的古典經學文本，得益於《毛詩故訓傳》（即常說的《毛傳》）和鄭玄的《毛詩傳箋》（即常說的《鄭箋》），中國語言學、訓詁學的源流盡開於此；到朱熹注《詩集傳》，立詩本義，已經具有了將《詩經》看做純詩的視野，《詩》❷擺脫了歷史、社會、道德、倫理的束縛，看重和張揚詩的情感內涵，《詩經》的情感世界，自宋以後，成為了一條顛簸不斷波瀾壯闊的主脈；《詩》的時代性說的便是詩的時代價值（詩正面臨著重新深入解讀其現代性的課題），進入現代之後，在物質化、娛樂化不斷解構傳統道德和家庭倫理的挑戰下，在重塑審美、激發創造、激蕩活力方面，《詩經》的意義正顯出它獨一無二的重要性。

我們可由《毛詩序》的「東門之楊，刺時也」，推及《周禮．士昏禮》中對男女婚姻時序的看重，東門楊樹之立的廣場，人民立社（先秦祭祀結社的地方）集會，觀測星象之變，詩意深處有一雙俯瞰人倫禮法的眼睛，「詩三百」的時代，《東門之楊》的重心便落在「昏以為期」一句裡，意在喚醒人們對生命秩序的遵從，這種婚姻守時的立法，強調的是天地和自然的變化之理，滲透著來自《易經》的樸素的自然哲學觀。《毛詩序》所說的刺時，鮮明地強調著社會倫理秩序的重要性，清鄧翔《詩經繹參》評：「民失昏期，皆國亂民貧之故，治國觀風者皆當求其原委而平其缺憾也。」、「明星煌煌」和「明星晢晢」的星光之變是命運輪盤刻度的映照，星辰背後，同時還有權力督察的目光，詩的內化之功與權力的外化之力並行運作，《詩經》學至關重要的經學傳統由此形成並不斷加強。《詩集傳》特別強調《東門之楊》為男女約會之詩，雖然在張揚情的同時又壓制性（訴諸男女親昵的詩，多被斥為淫詩），但從《詩經》宏觀的社會和道德屬性一下子轉到詩意的內在個體感受，其實已經進入到了詩的現代性和文學性的世界裡，只不過約束的法則依然是來自封建等級秩序的倫理，並且試圖將這種情感再進一步約束。現代人用「純詩」的眼光來感受《東門之楊》，已經完全是帶著人性解放、生命自由、審美重建的獨立意志，理解著一首詩的時空在自己的精神空間和意識流變的世界裡投下如何影響自身的影子。《東門之楊》的自然環境、天文地理、婚姻時序，其名物，其聲響，其督察，既有人們秉性裡對時序的理解（自然之道），更深處還在喚醒被時代巨變的洪流不斷剝蝕消解的自我之痛（關於利益的切膚思考），為得到生命的再出發，做一種情感審美上有力而曠遠的觀照。

❷ 書中《詩經》的稱呼，按歷史變化的沿革，凡專指漢代之前的《詩經》都以《詩》稱，漢之後稱為《詩經》。

「我」注《詩經》

1.

東門之楊，其葉牂牂。昏以為期，明星煌煌。

楊 「楊」即「揚」，古字通用。此處更多指青楊，也可能是小葉楊，白楊。詳釋見「植物筆記」。

牂牂 多義，此處為枝葉茂盛。也暗指樹葉背面泛白色。《廣雅・釋獸》：「吴羊。」三歲白色的母羊稱牂。《毛詩傳》：「牂牂然，盛貌。」《齊詩》作「將將」，古文中，「牂」與「將」聲同形近相通。《爾雅》、《方言》云：「將，大也。」牛運震評「牂牂」，寫楊葉有神。「牂牂」和「肺肺」，既包含繁盛的意義，又有音韻的表達。

昏以為期 昏，黃昏。金星黃昏時所見，又稱昏星。期，《毛詩傳》：「期而不至也。」

明星煌煌 明星，馬瑞辰《毛詩傳箋通釋》：「明星謂啟明之星，非泛言大星也。」《小雅・大東》：「東有啟明，西有長庚。」《毛傳》：「日旦出，謂明星為啟明；日既入，謂明星為長庚。」《史記．天官書》：「太白出東方，庳（矮小）近日，曰明星。」可見古代啟明星有稱明星的說法。啟明星和長庚星指的都是太陽系九大行星之一的金星。煌煌，馬瑞辰《毛詩傳箋通釋》：「天且明而不至也。」張衡《東京賦》：「煌火馳而星流。」可見煌煌星光的閃耀。《光韻》：「煌，火狀。」描述等待的人心急如焚之狀。火劇烈為煌，光炙熱為煌。

2. **東門之楊，其葉肺肺。昏以為期，明星晢晢。**

肺肺

《毛詩傳》：「猶牂牂也。」指枝繁葉茂。

晢晢

《說文》：「晢，昭晢，明也。」晢明，指天剛亮的時刻。此時天光通透、光冷冽。「晢」與「哲」相通。《尚書．洪範》：「明作晢，聰作謀。」

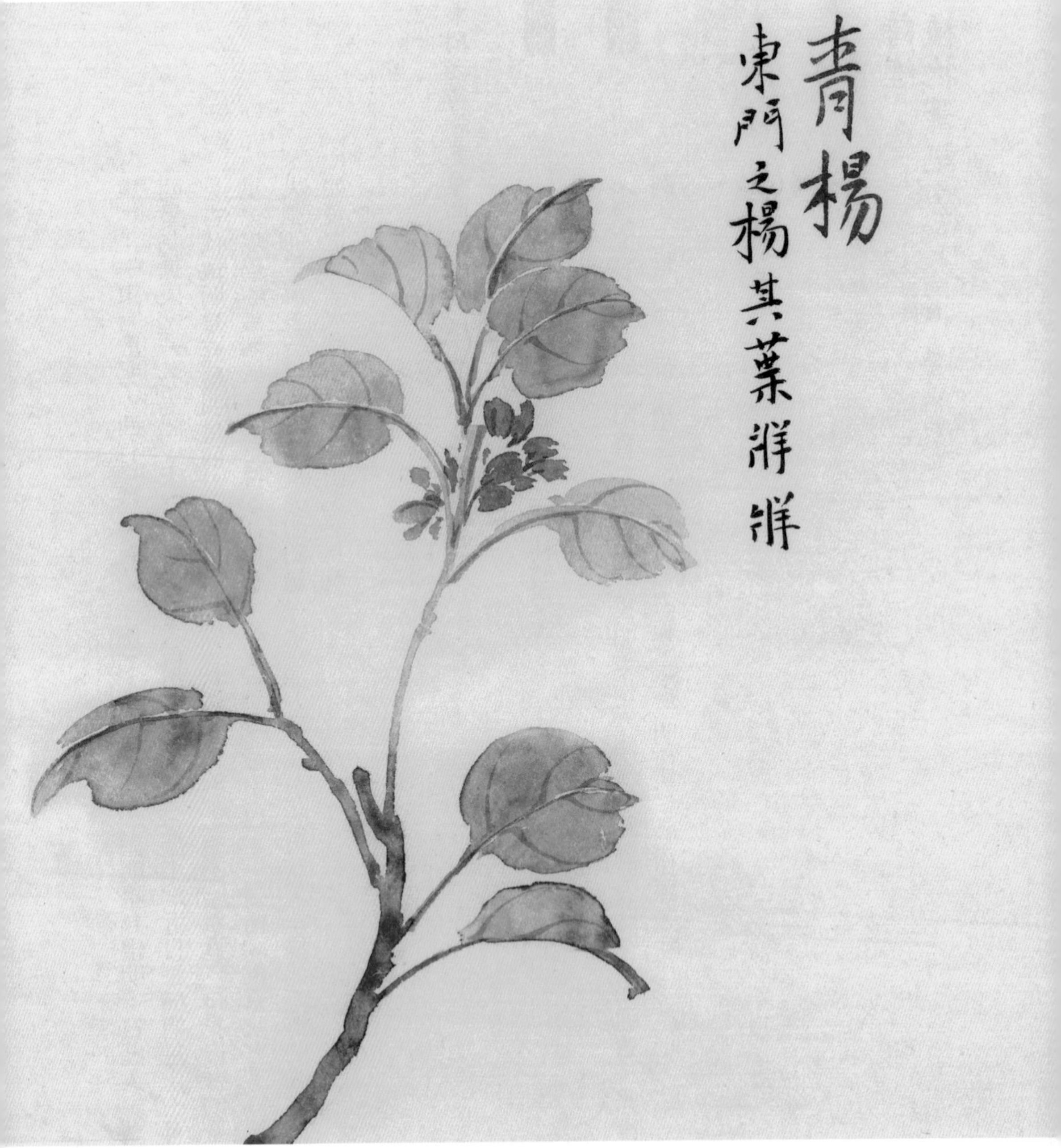
青楊
東門之楊其葉牂牂

植物筆記

《詩經》中的楊有多種解釋，一種楊指柳，如「楊柳依依，雨雪霏霏」；一種指蒲柳（中文學名紅皮柳），如「折柳樊圃，狂夫瞿瞿」；一種指高大的楊樹，如「東門之楊」（青楊）；一種是能製作舟船的楊樹，如「汎汎揚舟，載沉載浮」（白楊）。

古人對楊的認識，比較混雜。《爾雅》注：楊，蒲柳。《春秋左傳》為蒲楊（或稱旱柳、江柳、河柳）。清徐鼎《毛詩名物圖說》認為古人指枝揚起為楊，枝葉下垂為柳。「東門之楊」，在眾人彙聚的東門廣場上，此楊樹不會是當做藩籬、隔成圍牆的蒲柳，應為遍散陰涼的高大喬木。窄葉下垂的柳葉，常做柔美的比喻，不會作為繁密茂盛的象徵，因此，不會是垂柳。高大楊樹，像小葉楊、白楊、青楊等種類多樣，在低濕和乾旱的環境裡都能生長。《詩經》的《小雅・菁菁者莪》和《小雅・采菽》中說到「楊舟」，極可能是白楊木（古人造舟的常用樹材）剖製而成。蘇頌在《本草圖經》中說白楊：「今處處有之，北土尤多。株甚高大，葉圓如梨葉，皮白色，木似楊，采無時。」廣布華北、西北地方的青楊，為中國特有的一種楊樹，潘富俊《詩經植物圖鑑》認為，此處楊樹以青楊為宜。

青楊，楊柳科楊屬落葉喬木，高可達三十公尺，樹冠寬卵形。樹皮幼時灰綠色，平滑，老時暗灰色，溝裂。葉二型，短枝的葉卵形至狹卵形，上面亮綠色，下面綠白色。長枝上的葉較大，卵狀長圓形（葉子與小葉楊極相近，但也有區別，青楊葉最寬處在中下部，小葉楊最寬處在中上部）。葇荑花序，雌雄異株。蒴果常三裂。種子小，有棉毛。花期三至五月，果期 五至七月。分布廣泛，東北、西北、西南和華北都廣為分布，常長在溪邊、河灘和山腳。

《詩經》注我

黃昏時分，滿心歡喜去東門的楊樹下，樹下影子婆娑，陽光在一片靜謐中緩緩流逝。靜夜中的等待，充滿了甜蜜，原本清晰的世界，因視線的內縮，光線的隱藏，逐漸變得迷離。等待的時刻，心裡雖有失落，但更多是惴惴不安的歡喜。風動，樹動，順應著自然的節奏，心也在跳動，彷彿愛的脈搏和天地處在同一個頻率裡。

鬱鬱蒼蒼的青楊，夜色裡像一簇簇不著痕跡的黑火，樹下循著黑火而動的人，正追逐著失落熒火的精魂，將眼睛投到深深思念的地方。

經歷月明星瀚的長夜，天邊啟明星的光芒劃破了拂曉的天際。啟明星眨著眼，一個新的世界降臨人間，閃閃的星空深處，等待的那個人，卻不見一點蹤跡。

《東門之楊》寫的星空下的這場約會，同世上無數沉浸在愛河裡的男女約會一樣平常，卻又顯得那麼驚心動魄，獨一無二。《東門之楊》的節奏超然穩定，永恆之愛，被星星點綴在天幕上，無數個美好願景都在時間的大湖裡跌落，那種愛而不得的亙古悲傷，因為草木和星海的見證，反而更加透亮，更為耀眼。

現代人讀《東門之楊》，會有一個情感感應上的反差。這種反差是由時代生活節奏的差異所對照的。兩千多年前一對情人星空下的約會，從日暮黃昏中，風吹楊樹開始，到啟明星眨著眼睛看透晨光，相約不得的失落結束。訴諸永恆的緩慢節奏，與《詩經》溫柔敦厚的本意同步而行。純淨真摯的情感之河裡，流淌著悠然迷人的韻致。星空下的情感投影裡，是愛的圓滿的憧憬。星空下的那個孤單背影，既惹人憐，又令人愛。這樣的情感激發，便成了詩意對讀者亙古長存的一種心靈上的陪伴。詩的力量的出口，就在星光見證下的那份失落裡曠古的餘音，嫋嫋餘音正留下無數可能的回想，讓愛的腳步，行走在時間的荒原上。

楊樹的影子，纖柔嫵媚，影像婆娑。樹下陰影裡印滿了腳印，青楊迎風而動，在詩意蕩漾的時刻，成了一份連接心靈的書頁，成了記錄人心變化永難分割的一部分。

我的童年、少年時代，在西北黃土高原上度過，響葉楊、鑽天楊的樹影在連綿的丘陵中間刺向一種蒼涼和寂寥，北風吹動，楊樹葉子嘩嘩直響，我的生命的腳步和四季冷暖的感覺，也因此被攪動起來，生發了很多的奇想和感觸。我寫作中所思所想的世界原來有如此深邃悠遠的美感，這份美感的啟蒙大多是由黃土高原上聳立的草木給我的。我不記得楊樹頂上無垠的星空是怎樣將一個童稚的靈魂拉得悠遠，我的心靈的易感是如何變為文字的感應，讓我開始默念或者呼喚一個個日後在寫作中顯現的名字。

天地草木的懷抱裡，一個生命的幸福感，悠悠而惆悵，心動而纏綿。這是我在日後的寫作中、旅行中深切感受到的。

小巢菜或紫雲英

怪像與妖孽

《陳風・防有鵲巢》

防有鵲巢，邛有旨苕。
誰侜予美？心焉忉忉。
中唐有甓，邛有旨鷊。
誰侜予美？心焉惕惕。

※「邛」音同「瓊」；「苕」音同「條」；「侜」音同「舟」；「甓」音同「僻」；「鷊」音同「意」。

雜家題解

《防有鵲巢》細察物象的失諧，怨憤挑撥離間的可怕，將「愛之深，憂之切」的憂慮心理，以最簡練的形式，淋漓盡致地表達成了樸實自然的詩境。按《毛詩序》，說《防有鵲巢》為忠信臣子擔心陳宣公聽信讒言遠離賢臣而寫，也好；按《詩集傳》，說《防有鵲巢》為戀愛情侶擔心所愛的人聽信一面之詞破壞美好姻緣而寫成的失愛之詩，也對。

《防有鵲巢》的詩意簡練純真質樸，詩中有一面物象倒置的圓鏡，鏡中光影一直照向屈原《離騷》絢麗熱烈雄闊的辭章。《防有鵲巢》裡物象倒置的焦點，剛在詩中聚焦凸顯為可觀可察的圖畫，便見詩意波瀾撞在心靈涯岸邊浪花泛起。詩意正是起於「侜」（欺誑，挑撥）之一字的針尖刺向心房時的一時之念。心念頓起，坦然成詩。讀到「心焉忉忉」、「心焉惕惕」（我的心啊，都要碎了！我的心啊，是如此懼怕！），可以察覺，一顆心的真摯愛意達到怎樣的深度，才會生成《防有鵲巢》這樣的一首詩。

《詩經》裡的心理學，以簡潔的方式搭建起曲折多變的迴廊，可以說是文學藝術上多層次變化的迷宮心理學。它本質上是高度凝練的純詩，詩意的抽象全無實指，詩的基點看似是情感或心靈起伏的微瀾，詩的壓抑或歡暢全由一顆心靈獨自體會，詩的情意全在真心付出，重心並不謀求世人的理解。體會《防有鵲巢》的情緒，能感受到猜疑、嫉妒、焦慮和思念密布成網，在心中交疊。但詩意正像《竹竿》一詩中所寫「駕言出遊，以寫我憂」的姿態，正是敏思的豐饒、真情的純潔、德性的險遠深闊，才對得上「忉忉」、「惕惕」心意的非比尋常。

中國文明的長河裡，那些能為摯愛心懷「忉忉」、「惕惕」的人，大多也是能為民之煎熬、國之危難身赴一死的人。

「我」注《詩經》

1\. 防有鵲巢，邛有旨苕。誰侜予美？心焉忉忉。

防有鵲巢

防，水壩，堤岸。流沙河認為是城牆。喜鵲常在大樹頂端穩固的樹杈中間築巢，絕無在城牆上築巢的習性。據馬瑞辰《毛詩傳箋通釋》，《史記・陳世家》載，陳宣公有寵姬，生一子，寵姬想立自己的兒子為太子，欲殺太子。陳宣公聽信讒言的事，唯獨見《防有鵲巢》。《召南》以鵲巢喻人君之有國家，《防有鵲巢》則暗指太子之應得國。城牆上本不應有鵲巢，而現在有了，不應有而以為有的言辭，即讒言。

邛有旨苕

邛，《毛傳》：「丘也。」旨，作會意字，從甲骨文字形，以勺入口，作形容詞，表示味道鮮美。苕，豆科植物黃耆屬紫雲英，嫩葉可食。詳釋見「植物筆記」。紫雲英不會長在乾燥的山丘上，只會在低濕的田間生長。不會發生的事以為發生，便是謊言。

誰侜予美 侜，欺誑，挑撥。美，美好的人，所愛的人。

忉忉 憂慮。流沙河先生解釋很妙，忉，本為形容詞，憂愁的樣子。他從音取意，為搗搗，拿東西去捶。從中可見這憂愁不是簡單的憂愁，而是憂愁到心都要碎了的程度。

2.

中唐有甓，邛有旨鷊。誰侜予美？心焉惕惕。

中唐有甓 唐，是朝堂前和宗廟門內的大路，中唐，泛指庭院中的主要道路。甓，本指磚，此處亦可指瓦。但就詩意，中庭道路上鋪磚，是正常事情。而詩中說的是反義。流沙河認為此甓可能為「鸊」的假借，鸊，即鸊鷉，似鴨子而小的一種游禽。庭院中怎麼會有野鴨子。這便與詩意的諷刺能夠合拍。

鷊 為「虉」的假借，為蘭科綬草屬綬草，一般生長在陰濕處。此處亦指挑撥離間的謊言。

惕惕 《爾雅》：「惕惕，愛也。」此處指深愛的人的心理狀況，可以說是生靈活現，對愛生疑，總會提心吊膽，憂懼不安。也指陳國發生欲殺太子的事件，王權震盪，陳國人心不安。

苕，《毛傳》：「苕，草也。」陸璣《詩疏》：「苕，苕饒也，幽州人謂之翹饒。蔓生，莖如勞豆而細，葉似蒺藜而青，其莖葉綠色可生食，如小豆藿也。」翹搖，《爾雅》：「柱夫，搖車。」郭璞《爾雅》注：「蔓生，細葉紫華，可食，今俗呼曰翹搖車。」東坡欲置其子於黃（黃岡），第一次見到翹搖時，做詩曰：豆莢圓且小，槐芽細而豐。又曰：此物獨嫵媚。《野菜譜》有板蕎蕎，亦當做翹翹。《本草綱目》釋名翹搖：搖車、野蠶豆、小巢菜。陸遊《詩序》云：「蜀蔬有兩巢：大巢即豌豆之不實者；小巢生稻田中，吳地亦多，一名漂搖草，一名野蠶豆。以油炸之，綴以米糝，名草花，食之佳，作羹尤美。」《流沙河講詩經》說蜀中現在依然有苕菜，食之甘美。《中國植物志》以苕指小巢菜。《詩草木今釋》：《芥子園畫傳》謂「苕」為紫雲英。潘富俊《詩經植物圖鑑》以為紫雲英。

小巢菜，豆科野豌豆屬一年生草本，高十五至一百二十公分，攀緣或蔓生。莖細柔有棱，近無毛。

紫雲英

防有鵲巢

邛有旨苕

偶數羽狀複葉，末端卷鬚分支；托葉線形，小葉五至八對，線形或狹長圓形，總狀花序明顯短於葉；花萼鐘形，花甚小，僅長〇．三至〇．五公分；花冠白色、淡藍青色或紫白色，莢果長圓菱形，花果期二至七月。

紫雲英，豆科黃耆屬二年生草本，具直立莖及匍匐莖。奇數羽狀複葉，小葉七至十三，倒卵形至闊橢圓形，長一至一．五公分；總狀花序排成頭狀，有長梗；花冠紫紅色或橙黃色。莢果線狀長圓形，微彎，籽栗褐色。嫩葉可食，亦是優良綠肥、動物飼料和蜜源植物。種子入藥稱沙苑子，含紫雲英苷、刀豆酸、刀豆氨酸等，中醫上用來治療視力衰退、淋病、疥癬等疾病。原產中國，從東北到雲南、貴州都有分布。

《詩經》注我

鵲巢築在堤壩上，有水鳥落在庭院中間，紫雲英、綬草這些低濕環境裡生長的植物長在水枯山寒的土丘上。這些有悖常理的事情，平常日子不應該出現，卻以為這樣的事情會在世上有。唯有一個人的心裡被貪婪和私欲占滿，才會做出自欺欺人的事情，當這樣的念頭和行為侵害到國家政事，就要攪亂天下的世理了。

愛情這個主題，《詩經》裡幾乎有全方位的透視。棄婦哀怨的情傷，鶬鶊一樣咕咕叫的野地裡的歡愛，女子愛慕美男子的自喜，星空下柔情難解的約會，愛到海枯石爛的深情，「弱水三千，只取一瓢」的自得……

以愛情為中心，《防有鵲巢》則取了一個愛到失去自我的多疑者的視角，將《防有鵲巢》做成了一個多幕的舞臺劇，每一個句子都會各自形成一幕場景：一個行走山野上的人，神情焦慮，面色蒼白，心神動盪，顯然是個被愛情攪得心醉神迷的人。他憂鬱的目光遠望山野溪流，愛你不能說出口，愛你又怕你飛走，各種猜疑糾葛在心，心靈的琴弦不斷迸出一驚一乍的音律。心中的猜疑，正如自然的亂象。

《詩經》裡關於愛的主題，可都不是小把戲，愛情就好像和天地萬物在共呼吸，讓愛和陽光雨露青草霜木共律動，愛的語言以此方式在詩歌裡孕育，生成了一種澎湃雄壯又不失柔情的語言，這語言的質樸真誠，通透了天地之變，連接了人心的詭祕，獲得了抗衡時間的力量。《防有鵲巢》的心驚，用自然世界的物動之變的內在紋理來理解，就會顯出一種綺麗與神祕。

詩中的苕，一說為小巢菜，一說為紫雲英，在河南和安徽的邊界上，同樣可為野菜，究竟是小巢菜多一點，還是紫雲英多一點，很難說得清楚。南方的人容易在詩中見到紫雲英，北方的人容易在詩中見到小巢菜。我雖然是西北人，但在南方讀書、工作多年，腦海裡對紫雲英的印象更為深刻。

紫雲英名字的由來，可能是《本草拾遺》中「紅花菜」這個名字更進一步的詩化。作為周時荒野裡的一種野菜，它的花兒也會開放在人心裡，這種親切的紫花，花瓣粉紫淡白，與田間地頭擦拭額頭汗珠的農婦的憂愁喜樂一同跌宕。我尤其喜歡「紫雲英」這個名字裡紫色雲霞中包含的那股倔強的英氣，就好像我喜歡的姑娘也該是這樣一種類型。

春末夏初，紫雲英的花像夜晚的星星一樣盛開，一朵細微的花是平凡的，百朵、千朵、萬朵的花，彙聚成一片，就不只是燦爛，還會寄存人心裡心海的波瀾。林下灌木叢並不是紫雲英適宜生長的地方，它的種子是在新翻過的田地裡，任風吹散，隨風撒播，秋後，綠枝莖葉翻入泥土，化為滋潤土地的營養。它的花像極了縮小版的蓮花，風吹動池塘的精魂，飄蕩在荒野上，紫雲英與蓮花，花兒與花兒之間會不會傳遞一種互換魂魄的遊戲？紫雲英盛開的季節，走在紫雲英的花海裡，腳下是鬆軟的土地，鼻息裡是花兒的清香，淺紫向淡白變化的流螢飛舞在視野裡。

在寫作中，我心裡同樣有過紫雲英鋪滿的野地，連同《詩經》裡心緒倒懸惴惴不安的荒野一起，這些野地將遠古的時空和我行走的自然天地連接成一個心靈跋涉的莽野。正是在這樣的立體感覺裡，我寫作的心靈之旅才日臻圓滿。

檜風

地理位置❸

檜，《左傳》、《國語》記作「鄶」，《地理志》記作「會」，其祖先來自妘氏一族。妘氏為上古大祭司、火正祝融的直系後裔，是祝融八姓（八個後代分支：己、董、彭、禿、妘、曹、斟、芊）之一，妘一族只有檜姓一脈一直生活在祝融氏祖先的發祥地。

檜國立國很早，在傳說中「祝融氏南入苗蠻」後獨立發展，夏朝早期已經在古豫州（豫州，中國古代行政區劃名，漢史籍《禹貢》描述的九州之一。因位於九州之中，故別稱中州。河南省大部分屬豫州，故簡稱為「豫」）一帶建立了勢力範圍。殷商替夏，冊封妘的後裔於「祝融之墟」，有了「會國」之名。

武王滅商，再度承認了祝融後裔妘氏對家族傳統勢力的統治權，封家族首領為「會侯」。

先秦之前文字動盪變遷，記錄各諸侯國，往往為懷念舊地，在國名上加邑偏旁，所以「會國」又記錄為「鄶國」，就像「奠國」記錄為「鄭（鄭）國」一樣。古時「檜」和「鄶」通用，《詩經》中記錄為「檜風」。

檜國大致包括今天河南密縣、新鄭和滎陽的部分地方，基本地域在嵩山以東、滎陽以南的雙洎河中上游一帶。

檜國在周初算東方比較大的諸侯國，土地肥沃，交通便利，族人數量也多，沒有遭受過大的戰亂，所以在西周屬於平安富庶的地區。

西周末期，鄭桓公謀劃為子孫尋找一塊安全有發展前景的地方，經太史伯指點，盯上了古老檜國的地盤。西元前七七〇年，鄭武公護送周平王東遷洛邑（今河南洛陽），為東周之始。西元前七六七年，鄭武公攻佔檜國都城，檜國亡。

《詩經》裡，《檜風》格調陰鬱，有亡國悲憤哀號的調子。四篇詩歌產生的年代，創作於檜國滅亡前的可能性大些，也可能是亡國後的遺民寫下的故國回憶（比如《隰有萇楚》）。

古老文獻記載鄭氏譜系時，常先說檜事，後記錄鄭譜，有研究者將《檜風》併入《鄭風》。

❸依據宋代王應麟著作集成《詩考 詩地理考》整理，王京州，江合友點校，中華書局出版。

獼猴桃

悲歌的絕唱

《檜風．隰有萇楚》

隰有萇楚，猗儺其枝。夭之沃沃，樂子之無知。
隰有萇楚，猗儺其華。夭之沃沃，樂子之無家。
隰有萇楚，猗儺其實。夭之沃沃，樂子之無室。

※「萇」音同「常」。

雜家題解

檜國之弱小，讓《檜風》在《詩經》中歷來不大受重視。春秋後期，吳公子季箚出訪魯國，「觀於周樂」，聆聽諸國的詩歌後，縱論聽後的感覺，說到《檜風》時，卻說：「自檜以下無譏焉！」（《左傳》襄公二十九年）聽《檜風》不做置評，因為檜國太小，觀檜風對吳國外交並無多大影響，《檜風》自然就不受重視了。程俊英《詩經注析》：「從現存的四首詩中，看不出《檜風》有什麼特點，《隰有萇楚》表現著濃重的悲觀厭世色彩，《匪風》情調也十分低沉，可能都是亡國之音吧。」孔子所說「詩可以興，詩可以觀，詩可以群，詩可以怨」的四個功能，深刻影響中國詩學傳統最重的音符，正是從怨情中內化而成的憂字。從「詩可以怨」到「詩可以憂」，既為排解個人內心的憂愁，更被昇華為憂國憂民的大義。中國歷史上多少朝代更替，多少蕭然亡國之音，無限痛苦的憂傷，呼人無告的絕望，書寫其情其貌，這樣的詩能長存，其目的不在悲觀厭世，而在對心靈痲木的刺痛上。部分現代學者對《檜風》的輕蔑，對《隰有萇楚》的批判，以為人心如草木一般寂滅，便從厭世之思，將心靈歸到腐爛與朽壞上。《詩經》選詩所持「溫柔敦厚」的宗旨，《隰有萇楚》同樣合於怨而不怒「溫柔敦厚」的節拍。

什麼樣的悲怨之情，能讓人對無情之物喃喃自語，甚至達到神經質的程度？《隰有萇楚》的情感滿滿蓄積在「樂子之無知」、「樂子之無家」、「樂子之無室」三句裡（羨慕你無憂無慮，羨慕你不為家室所累，羨慕你不為子女操心），這顆灰暗的心房，每一天被所見所聞所做所行的事累到幾乎要千瘡百孔，他對眼前無情草木生機勃勃的羨慕，足見他內心達到怎樣的絕望，而眼前的一株草木，正是一個人宣洩情緒所剩無幾的最後出口中的一個。如果詩寫於檜國滅亡之前，詩意的大悲劇，正在寫出檜國傾覆的預言；如果詩寫於檜國滅亡之後遺民對故國的懷思，那這懷想，倒真有幾分厭世掩埋心間，而且這厭世深處，還有一股隱祕的激情，寄存著故國不死的靈魂。

《隰有萇楚》當愛情詩來看，詩的情意，前後突兀，不是那麼通達。作為悲劇的雄壯之詩來看，《隰有萇楚》的面目才會震盪激湧。流沙河說：「每章的最後那一句，卻突然如奇峰突起。」（摘自《流沙河講詩經》）心靈大起伏壓抑著胸口情緒奇峰的險峻，詩中深沉的憂慮激蕩著人心，所形成千古不滅的勢頭，才是《隰有萇楚》能成為「詩三百」一顆珍珠的原因。

「我」注《詩經》

1. 隰有萇楚，猗儺其枝。夭之沃沃，樂子之無知。

隰有萇楚

隰，低濕的地方。萇楚，古稱羊桃或陽桃，為獼猴桃科獼猴桃屬蔓生藤本，詳釋見「植物筆記」。

猗儺其枝

猗，作名詞為閹割過的狗，作形容詞為美而盛大的樣子；儺，一種神祕而古老的驅除瘟疫的原始祭祀舞蹈。袁梅《詩經異文匯考辯證》：「猗儺，柔順也，美盛也。」意與「旖旎」同，「婀娜」之貌，指面貌秀麗，身形柔美。

夭之沃沃

《毛傳》：「夭，少也。」馬瑞辰《毛詩傳箋通釋》引「桃之夭夭」，「草木之盛通得名夭」，指生長鮮嫩豐盛。沃沃，壯佼。佼通姣，滋潤有光澤，也指體態高挑妖嬈。

樂子之無知

樂，羨慕，喜歡。子，指萇楚。無知，沒有知覺，故沒有煩惱和憂愁。錢鍾書《管錐編》第一冊，釋「知」為情欲。「『知』，知慮也，而亦兼情欲言之。」、「萇楚無心之物，遂能夭沃茂盛，而人則有身為患，有待為煩，形役神勞，唯憂用老，不能長保朱顏青鬢，故睹草木而生羨也。」

2.

隰有萇楚，猗儺其華。夭之沃沃，樂子之無家。

華

古「花」字，既指花朵，又包含盛開之兆。

3.

隰有萇楚，猗儺其實。夭之沃沃，樂子之無室。

實

果實。

無室

（上一章「無家」）沒有家庭。古人說「女有家，男有室」，此外家在古代一般多指配偶、家人、親屬、附屬物品等關係，室則通常指處所、房屋。這裡的無家、無室實際是說沒有牽掛。流沙河《詩經現場》，以一個官吏視角，解「無家」、「無室」為「無妻無妾，無兒無女」。

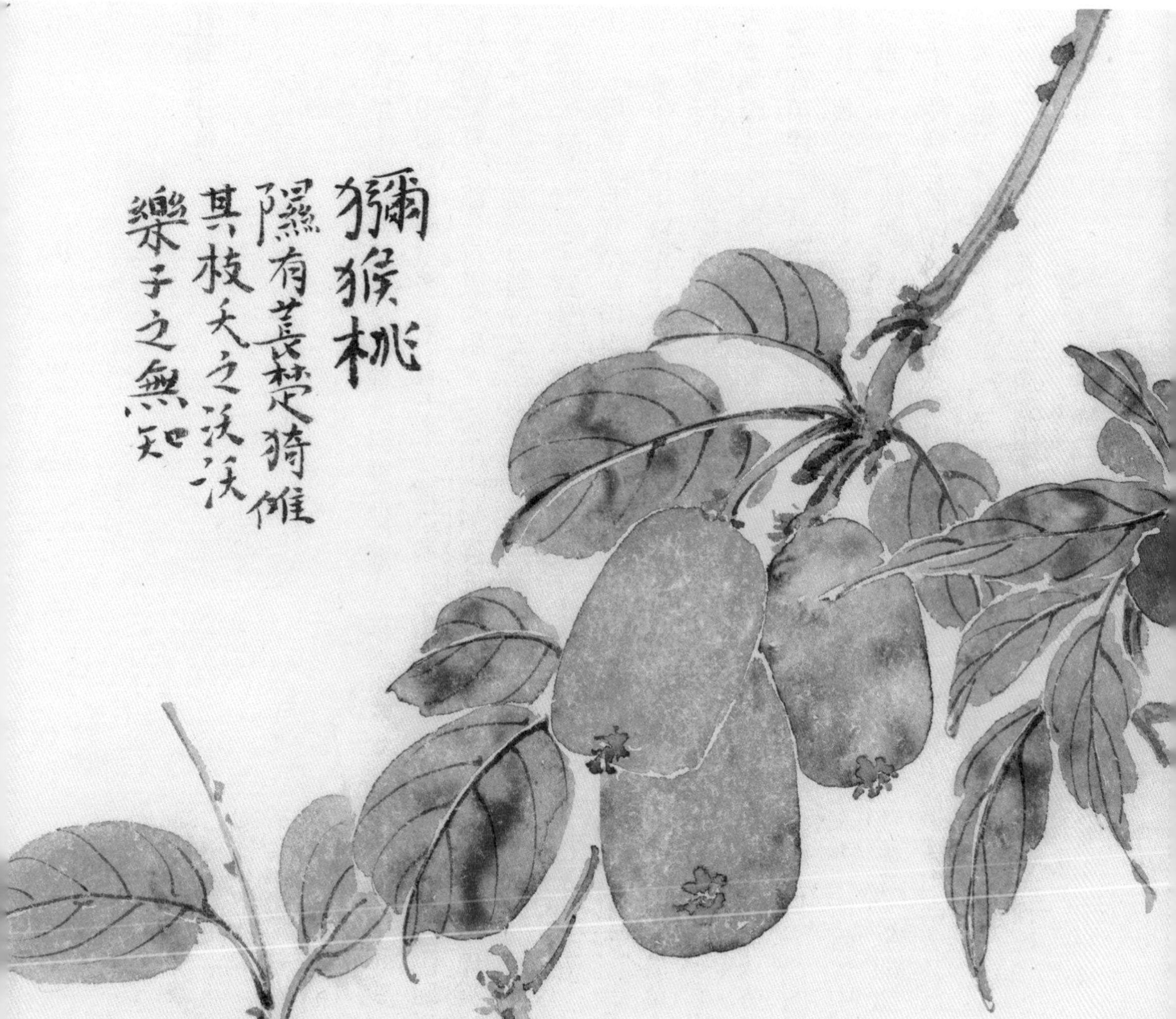
獼猴桃
隰有萇楚猗儺
其枝夭之沃沃
樂子之無知

萇楚，即獼猴桃，是獼猴桃科獼猴桃屬落葉、半落葉至常綠藤本，主產亞洲，全屬五十四種以上，中國為優勢主產區，有五十二種之多。集中產地是秦嶺以南和橫斷山脈以東的大陸地區。獼猴桃的果實大部分可以食用。水果中的獼猴桃主要是中華獼猴桃和它的變種美味獼猴桃。從《隰有萇楚》可以推測，中國古人在兩千多年前就有採集野生獼猴桃的習慣。關於獼猴桃的解釋，最早見《爾雅．釋草》：「萇楚，銚芅。東漢郭璞注：今羊桃也，葉似桃，華（花）白，子如小麥，亦似桃。」現在湖北宜昌和川東一些地區仍把獼猴桃稱作羊桃。陸璣《陸疏》記錄的可能是長葉獼猴桃的形態：「今羊桃是也，葉長而狹，華紫赤色，其枝莖弱，過一尺，引蔓於草上，今人以為汲灌，重而善沒，不如楊柳也。近下根，刀切其皮，著熱灰中，脫之可韜筆管。」羊桃名稱變為獼猴桃，大概到唐代才出現。又有從野生移植庭院，人工栽培的記錄，比如唐代詩人岑參在《宿太白東溪李老舍寄弟侄》一詩中有「中庭井欄上，一架獼猴桃」的描述。到宋代，《開寶本草》中記載獼猴桃有「藤梨、木子、獼猴梨」的名稱，宋代藥物學家寇宗奭在《本草衍義》中記述：「獼猴桃，今永興郡（在今陝西）南山甚多，食之解實熱，……十月爛熟，色淡綠，生則極酸。子繁細，其色如芥子。枝條柔弱，高二三丈，多附木而生。淺山傍道則有存者，深山則多為猴所食。」明朝李時珍《本草綱目》解釋獼猴桃的名字：「其形如梨，其色如桃，而獼猴喜食，故有諸名。」《本草綱目》中記載的羊桃其實就是獼猴桃，可能他並沒有意識到兩者是同一種植物，在果部和草部將它們分列了出來。一九零四年，有紐西蘭人從湖北宜昌霧渡河鎮，將野生獼猴桃移植到紐西蘭，後經植物專家人工選育，果實變大，果皮絨毛均勻，果實更富光澤，定名奇異果，以富含多種維生素，果味獨特，風靡全世界。

以中華獼猴桃為範本，該種植物為落葉木質藤本，幼枝披灰白色或灰褐色茸毛，隔年老枝禿淨無毛；葉厚紙質，圓形或倒闊卵形，表面深綠，僅葉脈有疏毛，背面灰綠，密生灰棕色星狀毛；葉柄長三至十公分，花雜生，聚傘花序，具一至三朵花，花瓣白色漸成黃色，萼片五，花瓣五，雄蕊密生，子房多室。漿果黃褐色，卵圓形，四至六公分，果肉綠色多汁，種子細小，黑色。

獼猴桃在中國有文字記載已二三千年，但作為果樹進行大面積人工栽培，僅是近幾十年的事。因它含維生素C特別豐富，比一般果蔬高十數倍至數十倍，果味甜酸適度，風味特美，又有鮮食和易於加工的優點，逐漸被不少國家引種栽培，它的鮮果和加工品已成為世界商業市場的商品之一。獼猴桃屬植物的果實可食，葉子可做豬飼料，枝條浸出的膠質，可供造紙業作調漿劑，並在建築方面可與水泥、石灰、黃泥、沙子等混用，起到加固作用，還可以鋪築路面、曬坪和塗封瓦簷屋脊，根部可作殺蟲農藥，花是很好的蜜源，枝、葉、花、果都十分美觀，適宜栽植於綠化園地作觀賞植物。

《詩經》注我

「萇楚」和「獼猴桃」這兩個名字，一個見枝蔓攀緣，草長鶯飛，一個見美味果實，豐盈潤澤，都是充滿了無限想像力的名字。

古人呼為「萇楚」，就像眼前草木，見它生長於荒野，與楚薪類似，又長草蔓生，脫口而得「萇楚」。「萇楚」這個名字，引領著身後兩千多年的光陰，雖不像獼猴桃的名字這般親切，卻另有一種古奧悠遠的韻律。

從《隰有萇楚》的詩意猜測，像是一個官吏寫成。在一個風雨飄搖的動盪時世，一個基層官吏的工作實在是艱苦極了。也可能是苛政如虎，生計窘迫，一家人求生艱難，壓得他喘不過氣來。也可能他是一個失意的王公貴族，在沒落潦倒中漸漸悲觀絕望下去。聞一多以為《隰有萇楚》是情詩，也算是一種輕盈的理解。

詩意簡練明晰，情意飄忽不定，核心卻幾乎要把心頭的絕望呼喚出來。《隰有萇楚》似實而虛的寫法，隱含著彰而不顯的緊繃張力。

讀透詩心，甚至會擔心這個厭棄世事的人，該不會被絕望之情吞噬。社會的尊重和家庭的溫暖，在任何年代，都是支撐一個人生命價值的重要支柱。正是依靠這兩根柱子的支撐，一個人才會竭盡全力，在社會上立身拼搏。攀緣生長的獼猴桃，幼嫩的新枝、潤澤的花朵、飽滿的果實，全然將一個生命沉甸甸的價值烘托出來，這些飽滿的姿態，更像反面的鏡子，照出詩人內心的黑洞。後世詩境裡，「獼猴桃」襯托人心的作品，極少有超過《隰有萇楚》的輕盈與滯重，輕盈是物象之疼，滯重是欲哭無淚的絕望。輕盈與滯重轉移之間，風中的獼猴桃和生活世界的鐵網，將詩人內心的悲哀與無奈一次次放大。

獼猴桃種類繁多，主要分布在中國秦嶺以南和橫斷山脈以東的大陸地區。曾經在北京順義的山谷中採摘過狗棗獼猴桃的果實，拇指大小，果味甘甜。超市裡常見的是中華獼猴桃，商標上被標為「水果之王」的名字，獼猴桃定然是種植的農人們心中的驕傲。據《中國植物志》，中國有關獼猴桃的文字記錄，自《隰有萇楚》始，已有二三千年的歷史。中唐岑參有「中庭井欄上，一架獼猴桃」，詩境的白描雖然不像《隰有萇楚》那麼純粹開闊，至少能夠推想，獼猴桃在唐朝已經成為了庭院的栽培樹種。

榛
落鳥承林

曹風

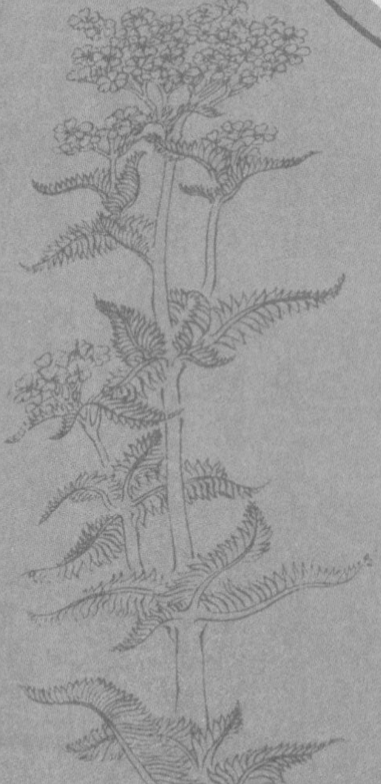

蓍草
降神術士的道具

地理位置

武王滅紂，西周初建，文王嫡出第六子（諸子中排行第十三），周武王胞弟叔振鐸，獲封地於曹，定都陶丘（今山東菏澤市定陶區），始建曹國，西周時，曹國為一方大國，與魯國共守王朝的東方。春秋時期，曹國是重要的十二諸侯（指魯、齊、晉、秦、楚、宋、衛、陳、蔡、曹、鄭、燕）之一。曹國地處平原，道路易修，車輛易行，陶丘又位於濟水南岸，是周朝水陸貿易的中心，《史記》稱陶丘為「天下之中」的膏腴之地。《詩地理考》載：「昔帝堯嘗游成陽，死而葬焉。舜漁雷澤，民俗始化。其遺風重厚，多君子，務稼穡，薄衣食，以至畜積，夾於魯、衛之間，又寡於患難，末時富而無教，乃更驕侈。」從中可察曹地民風。東周初，曹國內亂而衰。晉楚爭霸時，重耳（即晉文公）落難過曹，遭曹共公無禮相待。之後，晉文公伐曹、衛時，俘虜曹共公。曹國割讓土地，贖回曹共公，並聽命於晉國，國力更趨衰弱。春秋末，曹、宋交惡，宋景公誅殺曹伯陽，西元四八七年，曹國覆滅。曹風中所收的四首詩，大概作於東周遷都之後，詩風涵蓋區域，在今山東菏澤、定陶、曹縣一帶。

榛

落鳥承林

《曹風・鳲鳩》

鳲鳩在桑，其子七兮。
淑人君子，其儀一兮。
其儀一兮，心如結兮。
鳲鳩在桑，其子在梅。
淑人君子，其帶伊絲。
其帶伊絲，其弁伊騏。
鳲鳩在桑，其子在棘。
淑人君子，其儀不忒。
其儀不忒，正是四國。
鳲鳩在桑，其子在榛。
淑人君子，正是國人。
正是國人，胡不萬年。

※「鳲」音同「施」。

雜家題解

經學的傳統裡，《詩經》所重，首為刺，次為美。《鳲鳩》一詩對刺詩的理解，有著特別的感應。

從漢朝至清朝，皇權帝制時代，自廟堂到民間，《詩經》一直都承擔著「溫柔敦厚」的教化功能。直接從詩意看，《鳲鳩》說的是對君子也就是統治者的褒揚和讚美。一國之君要聽頌揚之辭，真是再容易不過了，哪怕是一點功績，都會被無限放大。或許正是為了防止這樣的言辭惑耳惑心，《毛詩序》才會在詩意闡發上，首重刺與諷，次重美與盛。

詩從本質上不以呈現真實為目的，詩在極力追求感覺、韻律和靈魂的合拍，只有對生命的感受存著超然警覺和入微洞察，才會將一呼一吸、一驚一詫寫成交替著律動的言辭，變為詩長存的形式。《毛詩序》：「《鳲鳩》，刺不一也。在位無君子，用心之不一也。」雖然整首詩全為溢美之詞，不見刺諷之意，但《毛詩序》依然解釋它是「以美為刺」之作。這種強扭之意，往往遭後世很多批駁。但一切詩，原本就在言辭深處藏了美與刺深意的互變。像《鳲鳩》這樣的詩，在美詩一角，可顯宏大方正的和諧，在刺詩一角，則可見現實殘缺朽壞的崩塌。

理解了《毛詩序》的深意（這也是《詩經》研究一直存在著強烈復古意志的一個重要原因），也就能夠理解朱熹說《鳲鳩》為「美詩」的機心。兩者本都沒錯。「淑人君子」四字，看似為輕，卻是《鳲鳩》不可缺少的詩核，其中之重更在「君子」二字的評議裡。「君子」是儒家思想的文柱概念之一，也是古代禮樂文化的核心。「君子」一詞最早是對統治者的尊稱，周朝，可做道德楷模，擁有非凡才學的君王和貴族，才可得到君子的美稱。國家的君王，必要有君子之德，心存君子之志，才會有才能有機會引領國家走向強盛之途。《鳲鳩》的「溫柔敦厚」，取的就是一份期盼和勸勉。方玉潤《詩經原始》猜測，詩是以讚美曹國創始者叔振鐸為引，來引導當世君王能以君子之德為念（可見當時的這個君王當得實在不怎麼樣）。在群雄紛爭的春秋時期，小小曹國對國家盛衰的危機意識，從《鳲鳩》側面的謹小慎微可以想見時局四伏的危機。

《鳲鳩》複疊的修辭手法非常周正，似乎要將心中的一股浩然之氣，從萎靡困頓之局裡喚醒和激發。每一章每兩句首尾相連的疊句，實在是絕妙的筆法，好像接連湧起的浪濤，君子的形象，從心儀的內在到形式的莊嚴，一波一波推出一個遠大而強盛的結果。詩意內藏的那股超然氣勢，正是君子修身、治國、平天下的志向之本。

詩的讚美之辭，牛運震《詩志》說：「平易和雅，變風中少有此格。」但所有的讚美之辭，其實也可反說，《詩經》的好，也正在於此。

「我」注《詩經》

1\. 鳲鳩在桑，其子七兮。淑人君子，其儀一兮。其儀一兮，心如結兮。

鳲鳩在桑

鳲鳩，馬瑞辰《毛詩傳箋通釋》：「《爾雅》『鳲鳩，鵠鵴』。《方言》『布穀，自關而東，梁楚之間謂之結誥；周魏之間，謂之擊穀。自關而西，謂之布穀』。」大杜鵑，俗名布穀鳥。亦作鳲鳩，體長一尺，上體灰褐色，下體白色，具暗色橫斑，其顯著特點是雙音節叫聲（因此又名四聲杜鵑），並把卵產於別的鳥巢中為它孵化。桑，桑樹。

其子七兮

七為虛數，言其多。曹植《責躬應詔詩序》：「七子均養者，鳲鳩之仁也。」舊說布穀鳥有七子，早晨餵食從頭到尾，下午餵食從尾到頭，始終均平如一。由鳲鳩平均撫養幼鳥，引出君子德性專一。

淑

溫和、善良。淑為有德君子的秉性。

其儀一兮

儀，《鄭箋》：「儀，義也。善人君子，其執義當如一也。」《荀子》：「君者，儀也，儀正則景正。」馬瑞辰《毛詩傳箋通釋》：「人之立木為表曰儀，人之為民表則亦曰儀。」詩言儀錶、儀式、儀度，均指君子用心專一，猶如儀錶之正。流沙河先生認為，儀指配偶。一，指專一。

結

朱熹《詩集傳》：「如物之固結而不散也。」指將心放在一個穩固的地方。流沙河先生認為，此結為中華「同心結」的最早出處。同心一結，指國家，祝福強盛富強，天下太平；指個人，祝福家庭美滿，幸福常在。

2. **鳲鳩在桑，其子在梅。淑人君子，其帶伊絲。其帶伊絲，其弁伊騏。**

梅

《爾雅．釋木》：「梅，柟也。」《爾雅注》：「似杏，實酢。」《康熙字典》集各家之說：「又《書．說命》『若作和羹，爾惟鹽梅』。《禮．內則》『梅諸』。《名物疏》『陸璣所釋有條有梅』，自是 木似豫章者。豫章，大樹可以為棺舟者也。和羹之梅，籩實之乾橑，似杏實酢者也。」梅可能為楠木，也可能是梅子樹。馬瑞辰《通釋》：「梅當為梅杏之梅，以下『在棘』、『在榛』類之，知皆小樹，不得為梅柑也。」程俊英以為，以梅興「淑人君子」的德澤廣被。

其帶伊絲

帶，腰帶，也指朝服之大帶。伊絲，《鄭箋》：「大帶用素絲，有雜色飾焉。」製作腰帶的絲都是唯一的。

其弁伊騏

弁，皮帽。騏，有黑色條紋的白馬，此處指皮帽上的黑白條紋裝飾。伊騏，連皮帽上的紋樣色澤都是唯一的。

3.

鳲鳩在桑，其子在棘。淑人君子，其儀不忒。其儀不忒，正是四國。

棘

酸棗樹。

忒

差錯，變更。段玉裁《說文解字》注：「凡人有過失，改革謂之忒。」

正是四國

正，聞一多《風詩類鈔》：「正，法也，則也。正是四國，為此四國之法則。」正，指示範。四國，各國。此處指君子之德，影響到各國。

4. **鳲鳩在桑，其子在榛。淑人君子，正是國人。正是國人，胡不萬年。**

榛 樺木科榛屬的榛，詳釋見「植物筆記」。

正是國人 正，糾正，指以這樣的君子做榜樣，來糾正曹國的不良風氣。國人，曹國的百姓。

胡不萬年 胡，何。《詩集傳》：「胡不萬年，願其壽考之辭也。」曹國的國運怎麼會不長久？

5. 用現代人的眼光來看《鳲鳩》，用一句話做評價：「榜樣的力量是無窮的，君子的榜樣更是影響深遠。」這同樣體現著《詩經》溫柔敦厚的深意。

榛，是樺木科榛屬植物總的名稱。《中國植物志》載中國原產榛屬植物有八種和兩個變種，分別為川榛、滇榛、華榛、維西榛、平榛、刺榛、毛榛、絨苞榛，以及變種平榛和變種長苞榛。新石器時代代表仰紹文化的陝西半坡村古人類遺址中，發現有大量榛子果殼，說明中國採集榛子的歷史至少有六千多年。

《周禮・籩人》：「饋食之籩，其實棗、栗、桃、乾橑、榛實。」（釋：盛食物的竹豆中，裝滿了榛子等）說明，榛子在周朝已是重要的祭祀物品之一。《詩經》裡將桑、榛並提，說明榛子在當時已經是普遍栽培的樹種。

常說的榛子指的就是榛樹成熟後的果實，榛子含有大量的脂肪和蛋白質，風味佳，營養豐富，還可以榨油。古代行軍，常以榛子當做軍糧。《左傳》：「女贄不過榛、栗、棗、脩，以告虔也。」

榛子

鳲鳩在桑

其子在榛

《毛詩名物圖說》所說「味如栗而香，猶為婦人贄禮（俗稱見面禮）」，指的應該是平榛（俗稱大榛子）、毛榛（俗稱小榛子）的果實。平榛果實，又名山板栗、尖栗，是世界四大堅果（指核桃、杏仁、榛子、腰果）之一，古來為堅果之珍品。榛樹木材堅硬緻密，可製作各種器物，古代還以榛樹的枝莖用來做夜晚的燈燭。李白詩中有：「王風委蔓草，戰國多荊榛。」此處荊榛，雖然指的是灌木，但也說明先秦時代榛樹在中國北方隨處可見。

榛樹的基本形態特徵，落葉灌木或小喬木，高一至七公尺，樹皮灰色，枝條暗灰，無毛，小枝黃褐色，密被短柔毛兼被疏生的長柔毛。葉的輪廓為矩圓形或寬倒卵形，長四至十三公分，寬二．五至十公分，頂端凹缺或截形，中央具三角狀突尖，基部心形。雄花序單生，果苞鐘狀，堅果近球形。

《詩經》注我

《周禮．籩人》：「饋食之籩，其實棗、栗、桃、乾穮、榛實。」（釋：盛食物的竹豆中，裝滿了榛子等），能夠想像，周人的祭祀活動上，竹筐裡裝滿了榛子，榛子的栗色光澤同祭祀燭火的光影交織著。《毛詩名物圖說》所說「味如栗而香」的榛子，早在周朝，不僅是重要的獻祭食品，還是走親訪友常備的禮品。

我自小生活在大西北的黃土高原上，以乾旱著稱的荒山禿嶺中間，榛樹沒有見過，更不要說吃到榛子了，偶爾從遠來的親戚那裡嘗到榛子果實脆響甜美的滋味，在記憶裡一直都隱祕地存在，人從大自然的一物得到一種美味的饋贈，記憶深處味蕾的愉悅便會將探究的好奇保存下來，直到在華北的山林裡旅行，植物老師指著枝頭平榛成熟的果實，並且摘下來讓我們品嘗，心裡藏了多年榛子作為美味堅果的謎題才算解開。

人對自然的隔膜，其實和我們對自然的認識是緊密相關的。

梭羅的《湖濱散記》深遠地影響了整個二十世紀的人類生活，書中寫的是他在瓦爾登湖畔的生活日記和對大自然的觀察記錄，對大自然的探索之旅，核心展現的則是人類追求精神自由的獨立意志。瓦爾登湖畔動植物的生活習性，像天幕上的星辰一樣閃耀在字裡行間。這些動植物的生死，跟隨著四季變化的歷程，將整個瓦爾登湖的寧靜、豐饒和非凡的活力投影在讀者的內心世界裡。在大自然深處，正是有名有姓的一個個動植物的生命，喚醒了我們認識時間、感覺空間、理解自我的座標。

當我閱讀《詩經》的世界，理解一首詩的意義和它呈現出來的生命張力，感覺到中華文明天人一體觀念脈動的衝擊，這些詩行裡不時映入眼簾的草木的身影，讓社會、心靈和自然展現出如此高度的和諧與平衡，心靈與萬物之間的感應就像一個神祕的樂器，物與人，自然與詩，演繹出來如此動人的樂章，總是令人驚訝。我在閱讀《湖濱散記》時感到的澄澈和幽靜，正是《詩經》裡展現出來的澄澈與幽靜，這兩個莊嚴平衡的世界，在精神體驗的一角不其然彙聚為一體。對於自己心靈的遲鈍，審美上的促狹，思想的空洞與淺薄，才突然有了一種靈敏的感應，這樣的察覺自身渺小的感應，時常令我心生羞愧，又促使我更加奮發。

《詩經》裡的榛樹，是映現君子身影的背景。對於國泰民安的國家，《鳲鳩》很自然是對君子的頌詞，詩意不僅是頌，還有內在天理人心禮儀上的督察。對於陷入暗無天日困境的國家，《鳲鳩》就是埋在諷刺的曲筆裡對美好未來的呼喚，這樣的呼喚之音裡，刺人奮起的力量顯然更大些。

作《鳲鳩》時，曹國的情況顯然不容樂觀，《鳲鳩》的喚醒顯然已經無望，《詩經》還收了浸泡於《下泉》冰冷的絕望。西元前四八七年，曹國被宋景公所滅，後一十一年（公元前四七六年），周敬王卒，時代便正式進入了戰國的亂世風雲裡。

蓍草

降神術士的道具

《曹風・下泉》

冽彼下泉，浸彼苞稂。
愾我寤歎，念彼周京。
冽彼下泉，浸彼苞蕭。
愾我寤歎，念彼京周。
冽彼下泉，浸彼苞蓍。
愾我寤歎，念彼京師。
芃芃黍苗，陰雨膏之。
四國有王，郇伯勞之。

雜家題解

《下泉》以感衰思盛之詩著稱。牛運震《詩志》說《下泉》：「雅正充悅，歡想有神，或以此為小雅錯簡者，失之。」清人儲欣評點國風之變：「檜亡，春秋之始，曹亡，春秋之終。夫子刪詩，系《曹》、《檜》於國風之後，於《檜》之卒章曰『思周道也，傷天下之無王也』，於《曹》之卒章曰『思治也，傷天下之無伯也』。」所說的正是《下泉》的悲哀。

按《毛詩序》：「《下泉》，思治也。曹人疾共公侵刻下民，不得其所，憂而思明王賢伯也。」曹共公暴政苛稅，人民哀歎，憂思國家缺少周朝初建時如郇伯那樣賢明之主的治理。另有「美晉大夫荀躒」的說法。程俊英《詩經注析》載：「據《左傳》及《史記》記載，魯昭公二十二年，周景王死，太子壽先卒，王子猛立。王子朝作亂，攻殺猛，尹氏立王子朝。王子丐居於狄泉，即詩之下泉（亦名翟泉，在今洛陽東郊）。後來晉文公派大夫荀躒攻子朝而立猛弟丐，是為敬王。詩當作於周敬王入成周以後，即在西元前五一六年後。這是《詩經》中時間最晚的一首詩。至於讚美晉荀伯，為什麼詩列在曹風呢？馬瑞辰說：『美荀躒而詩列曹風者，（《左傳》）昭二十五年：『晉人為黃父之會，謀王室，具成人。』二十七年：『會扈，令戍周。』三十二年：『城成周。』

曹人蓋皆與焉。』故曹人歌其事也。」

詩的結構精彩地將「詩可以怨」的張力，在詩的每一章裡浸透擴展為失望和希望的兩極，以對抗的形式，將詩完整地統合為一體。前三章的詩頭詩尾對應著現實和理想的反差，最後一章，自成一種形式和節奏，對應盛世豐收、仁君安國的憧憬。詩中隱隱有一股力量，試圖去感應天地、時運激變的隱祕。

《下泉》一詠三歎的調子十分低沉。對於能參與周室王事，小小曹國人的心情是複雜的。詩中既有對弱小曹國命運難以把握的深沉歎息，又有試圖依靠周王室余蔭渴望自強的殷切期望。《下泉》之思，反面的襯托和正面的渲染，將情感「芃芃其盛」的期盼恰到好處地表達出來，正如劉勰《文心雕龍．附會》所言「善附者異旨如肝膽」。《下泉》的悲聲裡影響後世的肝膽，極深。

東漢末年，「建安七子」之一的王粲，初離長安，見到難民棄子的慘狀，作《七哀詩》，詩中寫到「悟彼《下泉》人，喟然傷心肝」的感歎，正是與曹風《下泉》的詩魂共鳴而生的感應。

到南宋淪喪，那個一生悲愴孤苦又特立獨行的詩人鄭思肖，囑友人，在他死後，靈牌上填寫「大宋不忠不孝鄭思肖」，在《德佑二年歲旦》一詩中，寫下「一心中國夢，萬古《下泉》詩」，表達終有一日統一中原的渴望，鄭思肖承接《下泉》的情感反應方式，已經與目睹「狗與華人不得入內」的近代人的憂憤心理基本一致了。

「我」注《詩經》

1. **洌彼下泉，浸彼苞稂。愾我寤歎，念彼周京。**

洌彼下泉

洌，嚴粲《詩緝》：「列旁三點者，從水也、清也、潔也。旁二點者，從冰也、寒也。」下泉，地下湧出的泉水。《爾雅．釋水》：「沃泉縣出。」縣出，下出，指地下冷冽湧出的泉水。

浸彼苞稂

苞，叢生茂盛。馬瑞辰《通釋》：「苞古通作葆。《說文》『葆，草盛貌』。」又曰：「葆，本也。本亦叢生之義。」稂，《毛傳》：「稂，童粱。非溉草，得水而病也。」《本草綱目》釋名，稱稂、狼茅、孟、宿田翁，為狼尾草。陸文鬱《詩草木今釋》：牧草，古代或用以救荒。稂為禾本科狼尾草屬多年生草本。

愾我寤歎

愾，大聲歎息，體現感觸之複雜，之深入。寤，醒。

念彼周京

念，包含無限感慨之情。周京，周朝首都為鎬京，沿用近三百年，又稱宗周。下文「京周」、「京師」同指。也有一種看法，認為「京周」指東周首都洛陽，「京師」指曹國首都。

2. **洌彼下泉，浸彼苞蕭。愾我寤歎，念彼京周。**

蕭

陸璣《詩疏》：「蕭荻，今人所謂荻蒿者是也。或云牛尾蒿，似白蒿。」陸文鬱《詩草木今釋》：古時或代燭用，以其有香氣也。又供祭祀，禮記郊特牲云：「蕭合黍稷，臭陽達於牆屋。故既奠，然後焫蕭，合馨香。」可見蕭在古代是祭奠時的重要物品。牛尾蒿，為菊科蒿屬半灌木狀草本植物。

3. **洌彼下泉，浸彼苞蓍。愾我寤歎，念彼京師。**

蓍

菊科蓍屬多年生草本。詳釋見「植物筆記」。

4. **芃芃黍苗，陰雨膏之。四國有王，郇伯勞之。**

芃芃 草木茂盛的樣子。《毛傳》：「芃芃，美貌。」

膏 原指油膏，此處作動詞，滋潤。

四國有王 四國，指天下。《鄭箋》：「有王，謂朝聘於天子也。」

郇伯勞之 郇伯，《毛傳》：「郇伯，郇侯也。」《鄭箋》：「郇侯，文王之子，為州伯，有治諸侯之功。」郇侯，為文王之子，武王之弟，成王之叔，為人英明，又有權威。何楷《詩經世本古義》則據齊詩之說，指郇伯為晉大夫荀躒。蓋郇、荀音同相通假。勞，操勞。

5.

《下泉》的悲切，直透中華千年苦痛之時呼應的悲聲，因為有這悲聲的共鳴，文化的心脈，總有極力連成一念的張力。

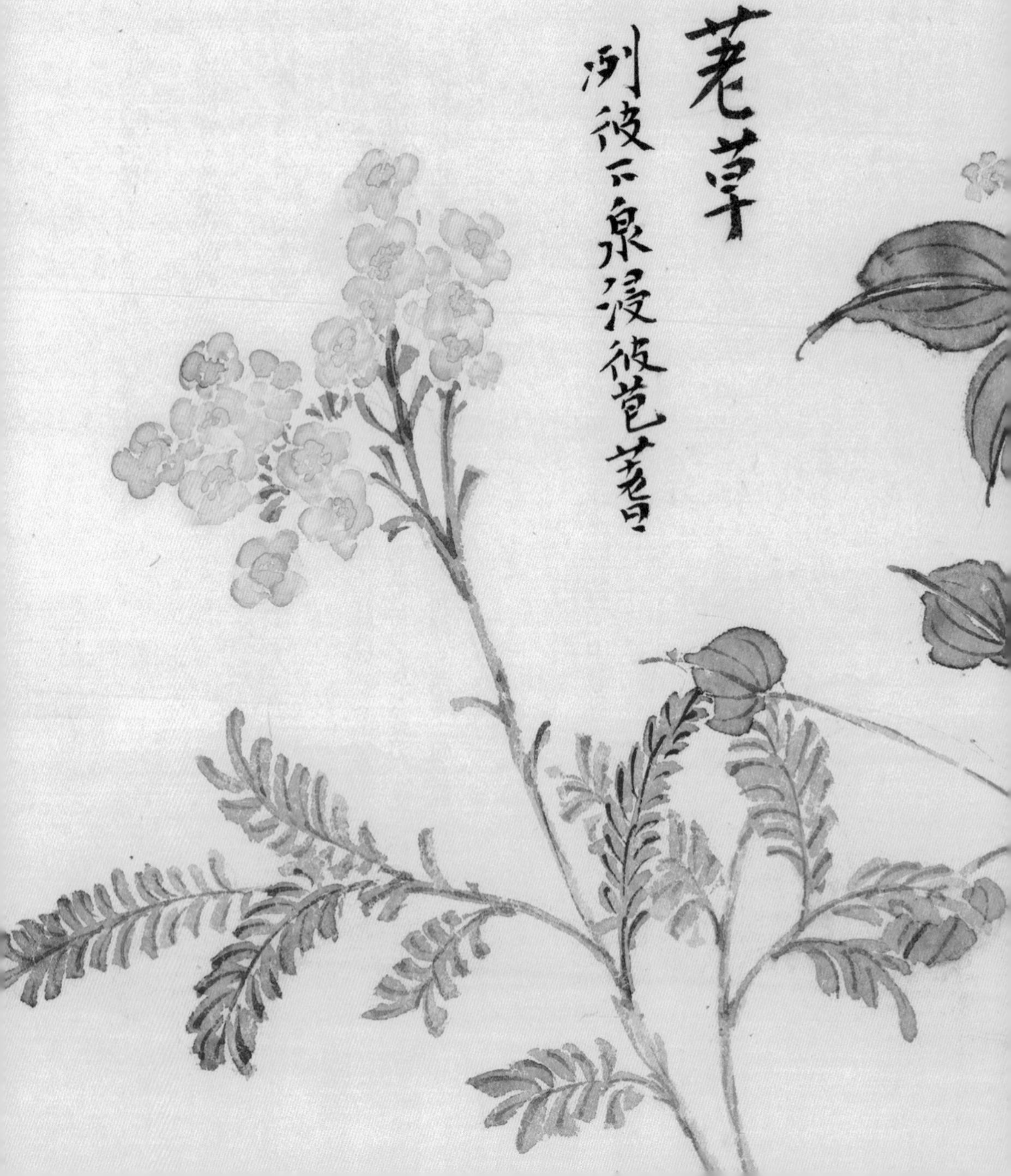
荖草
洌彼下泉浸彼苞蓍

植物筆記

蓍草，為菊科蓍屬植物，廣泛分布於北溫帶，中國有十種。蓍草名稱由來的解釋，見《論衡・蔔筮篇》：「子路問孔子曰：『豬肩羊膊，可以得兆；萑葦槁芼，可以得數，何必以蓍龜？』孔子曰：『不然，蓋取其名也。夫蓍之為言耆也，龜之為言舊也，明狐疑之事，當問耆舊也。』」意思是說，蓍草和烏龜都很長壽，能夠預見未來，和向老人請教解答一樣。古代筮、蓍、耆字音相同。「耆」指六十歲的老人。蓍草中隱藏著人類借助動植物預測禍福的原始宗教觀和樸素的自然哲學觀。古代占卜，君王用龜甲，貴族用獸骨，百姓用蓍草。占卜時，巫師採用揲蓍法，將蓍草依次分放、點數，通過記錄餘數、演算，以圖顯示吉凶。

蓍草因為占卜，連接神靈，《博物志》：「蓍一千歲而三百莖，其本以老，故知吉凶。」古時，一株蓍草簇生五十莖以上的，稱為「靈蓍」，取六十莖，長為六尺的靈蓍，用來占卜。傳說，天下太平，天道行於正德，大自然中的蓍草，草莖就會長到一丈，

植株叢生可滿百莖，若國家衰敗，權力不行於道，國事敗德而衰，蓍草就不會在地上生長。這

些都是圍繞蓍草的傳說。蓍草俗名筮草，因占卜而得。葉邊緣似鋸齒，又叫鋸草。

《中國植物志》中，蓍又名歐蓍或千歲蓍，菊科蓍屬多年生草本，中醫上，高山蓍、歐蓍和雲南蓍的全草稱為蓍草。蓍具細的匍匐根，莖直立，高四十至一百公分，披柔毛。葉無柄，披針形，羽狀深裂，基部裂片抱莖；頭狀花序集成複傘房狀，多數，頭花邊緣為舌狀花，其餘為管狀花，花白色至淡粉色。花果期七至九月。全中國各地庭院園林常見作為觀花植物栽培。遠古時代，蓍草可能已被馴化，有了人工栽培。

《詩經》注我

在科學以嚴密的邏輯將萬物的面目解釋得有根有據之前，人們相信天地有神，萬物有靈。人們骨子裡廣泛的宗教觀是一種更貼近現實的泛神論。

詩人與科學家的一個重要差異，是他總有一個擺脫不掉的神祕主義者的身分，這個身分是與古老的巫師祭祀的傳統有著緊密聯繫的。商周時代，中國文學意識自覺甦醒的前夜，正是詩人身分萌芽的重要時期，對人心幽微的洞察和對天地神祕的困惑共存於一個巫人的心裡，他試圖穿透占卜的幻象，看到世事和人心裡隱藏的一份真實，他既相信無限向外擴展的莊嚴與宏大，也相信不斷向內凝聚的幽微與神奇，他作為能被後世記住的詩人的靈魂，就是誕生於被宏大與幽微的兩極撕裂的夾縫之中。他隱隱相信，在幽暗與光明之間，有一種永恆的東西存在。一個寫作的人，正是從凝視靈魂的本體開始，不竭探索生存的神祕，才有了不斷寫作下去的衝動和激情。

當我試圖貼近蓍草的神祕，想像那個占卜之人凝重而又莊嚴的深情，我試圖透過那個看不透的神性的幻象，看到他內心隱祕悚動的動機。

上溯詩意的源頭，在西周祖先那裡，農耕放牧的艱苦生活，還不足以讓人們形成像現代人這樣自以為能改天換地的自信。未知的天象、自然變化的神祕、死亡的降臨都是沒有辦法理性解釋的事情。正因為如此，圖騰膜拜與自然崇拜補充到人類的精神活動中來。古人心裡便根植了「信天信地」的天命觀。恐懼與崇信在人心上找到了一個蹺蹺板上的平衡，占卜問卦，成為了一種天地與人保持溝通的重要儀式。

商周時代，一個國家，記錄、保存和探索知識是巫師最為重要的職責和任務，占卜吉凶，規避利害，上至王朝，下至百姓，占卜活動是日常生活中不可缺少的活動，占卜的工具，君王用龜甲，貴族大夫用獸骨，小民百姓用蓍草。蓍草本是普通的一種草木，沾上神性，便有了很多神奇怪誕的傳說和記錄，《萬行經》說：「蓍生地於殷凋殞一千歲。一百歲方生四十九莖，足承天地數。五百歲形漸幹實，七百歲無枝葉也。九百歲色紫如鐵色。一千歲上有紫氣，下有靈龍神龜伏於下。」

在《下泉》裡，蓍草雖然只是詩的一個韻腳，但也說明當時它在祭祀神壇佔據的一個位置。在占卜利與害、生與死的莊嚴時刻，萬物祕密的紋理在術士依次分放的蓍草之數中得到解讀，只有術士才能讀出其隱祕的語言。那是一種獨特的神的語調，這樣的語調沖進人的腦海，在極大地肯定著人的生存價值的同時，淨化著人的靈魂的混亂與汙濁。

《詩經》應該不是降神術士的道具，它與《下泉》中寒泉之思發生的感應，讓小小曹國最後滅亡的命運昭然若揭，蓍草似乎已經知覺一個國家悲涼的悲劇，一顆草木心，不言不語中道盡了生與死的連接。

探索萬物宇宙的無窮旅程中，觸摸未知的努力，傾盡全力，科學與占卜的意味其實來得一樣神祕，作為占卜工具的蓍草和作為植物分類學中有名有姓的蓍草，其價值與意義的身影，看似分離，其實是重合的。

參考書目（含書中簡稱與全稱對照）

《毛傳》——【漢】毛亨《毛詩故訓傳》

《鄭箋》——【漢】鄭箋《毛詩傳箋》

《陸疏》——【晉】陸璣《毛詩草木鳥獸蟲魚疏》

《正義》——【晉】孔穎達《毛詩正義》

《集傳》——【宋】朱熹《詩集傳》

《陸疏廣要》——【明】毛晉《毛詩草木鳥獸蟲魚疏廣要》

《稽古編》——【清】陳啟源《毛詩稽古編》

《通論》——【清】姚際恆《詩經通論》

《小學》——【清】段玉裁《詩經小學》

《後箋》——【清】胡承珙《毛詩後箋》

《通釋》——【清】馬瑞辰《毛詩傳箋通釋》

《傳疏》——【清】陳奐《詩毛詩傳疏》

《名物圖說》——【清】徐鼎《毛詩名物圖說》

《集疏》——【清】王先謙《詩三家義集疏》

《毛詩多識》——【清】多隆阿《毛詩多識》

《品物圖考》——【日本】岡元鳳《毛詩品物圖考》
《詩草木今釋》——陸文鬱《詩草木今釋》
《詩經注析》——程俊英《詩經注析》
《詩經匯評》——張洪海《詩經匯評》
《詩經二南匯通》——劉毓慶《詩經二南匯通》
《詩地理考》——【宋】王應麟《詩考詩地理考》
《本草圖經》——【宋】蘇頌《本草圖經》
《本草綱目》——【明】李時珍《本草綱目》
《名實圖考》——【清】吳其濬《植物名實圖考》
《名實圖考長編》——【清】吳其濬《植物名實圖考長編》
《爾雅》——《爾雅》
《爾雅》郭注——【晉】郭璞《爾雅注》
《埤雅》——【宋】陸佃《埤雅》
《爾雅翼》——【宋】羅願《爾雅翼》
《說文》——【漢】許慎《說文解字》
《說文》段注——【清】段玉裁《說文解字注》
《廣雅》——【漢】張揖《廣雅》

詩經植物筆記 2

古典文學 × 自然科學經典讀本，發現詩經裡的植物之美

作者　韓育生
插圖　南穀小蓮
執行編輯　顏妤安
行銷企畫　劉妍伶
封面設計　周家瑤
版面構成　綠貝殼資訊有限公司

發行人　王榮文
出版發行　遠流出版事業股份有限公司
地址　104005 臺北市中山區中山北路 1 段 11 號 13 樓
客服電話　02-2571-0297
傳真　02-2571-0197
郵撥　0189456-1
著作權顧問　蕭雄淋律師

2024 年 2 月 20 日　初版一刷
定價　新台幣 450 元（如有缺頁或破損，請寄回更換）

ISBN　978-626-361-441-3
遠流博識網　http://www.ylib.com　E-mail: ylib@ylib.com

遠流出版公司

國家圖書館出版品預行編目（CIP）資料

詩經植物筆記 2 ／韓育生著 . -- 初版 . -- 臺北市：遠流出版事業股份有限公司，2024.02
336 面；17×23 公分
ISBN 978-626-361-441-3（平裝）
1. CST：詩經　2. CST：研究考訂　3.CST：植物學
831.18　　112022004